Manuel J. Hartung
Der Uni-Roman

Zu diesem Buch

Wer übernachtet vor dem Institut, um sich zum begehrten Seminar anmelden zu können? Wer muss deutsches Mensa-Essen ertragen? Wer wird mit flirtresistenten Perlen-Paulas konfrontiert? Antwort: deutsche Studenten. Markus ist einer von ihnen, erstes Semester, Bonn. Ein frustrierender Start, sagt sich Markus, es kann eigentlich nur besser werden. Zunächst aber wird es immer schlimmer: Er kippt der schönen Anna Schnaps auf die Hose, legt sich mit dem Verbindungsstudenten Scheitel an und wird von Privatdozent Dr. Krepp aus dem Institut geschmissen. Und Anna erzählt ihm von ihrem Freund. Doch zum Glück müssen Anna und Markus gemeinsam ihren sturzbetrunkenen Dozenten nach Hause bringen ... Manuel J. Hartung nimmt den Leser mit auf eine Reise durch den Studentenalltag und beschreibt witzig, scharfsinnig und treffend den Wahnsinn Uni.

Manuel J. Hartung, geboren 1981 in Fritzlar, machte nach Abitur und Zivildienst eine Ausbildung an der Henri-Nannen-Journalistenschule in Hamburg und arbeitete anschließend als jüngster Redakteur der Wochenzeitung DIE ZEIT. Danach begann er, in Bonn Geschichte, Jura und Psychologie zu studieren und schrieb eine Kolumne über sein Studentenleben für den UniSPIEGEL. Ein Auslandssemester an der New York University finanzierte er, indem er den *Uni-Roman* schrieb, sein erstes Buch. Zwischenzeitlich baute er als stellvertretender Chefredakteur das Magazin ZEIT CAMPUS mit auf und war Lehrbeauftragter an der Universität Göttingen. Er erhielt mehrere Stipendien und Auszeichnungen, unter anderem den Axel-Springer-Preis für junge Journalisten.

Manuel J. Hartung

Der Uni-Roman

Piper München Zürich

FSC

Dieses Taschenbuch wurde auf FSC-zertifiziertem Papier gedruckt. FSC (Forest Stewardship Council) ist eine nichtstaatliche, gemeinnützige Organisation, die sich für eine ökologische und sozialverantwortliche Nutzung der Wälder unserer Erde einsetzt (vgl. Logo auf der Umschlagrückseite).

Originalausgabe
Juni 2007

Umschlag / Bildredaktion: Büro Hamburg
Heike Dehning, Charlotte Wippermann,
Alke Bücking, Daniel Barthmann
Umschlagabbildung: M. Wolff / plainpicture
Autorenfoto: Matthias Jung
Satz: Filmsatz Schröter, München
Papier: Munken Print von Arctic Paper Munkedals AB, Schweden
Druck und Bindung: Clausen & Bosse, Leck
Printed in Germany ISBN 978-3-492-24922-5

www.piper.de

Kapitel 1

Im zweiten Stock der Universität wird die Luft knapp. Durch zwei weiß getünchte Heizkörper gurgelt Wasser, die Luft ist warm, doch schon leicht angetrocknet. Aus vier kugelförmigen Lampen glimmt Licht über den langen Gang, aus einer der Kugeln ist ein Stück Glas herausgebrochen. Durch den Spalt wirft die Glühbirne einen Lichtfleck an die Wand, der wie eine Zipfelmütze aussieht. Es riecht ein bisschen nach Beerdigungsinstitut, nach Bohnerwachs, nach Schweiß und zu viel Deo vom Discounter, nach Aufregung und Angst und stundenlangem Warten.

Links hat jemand ein Fahrrad abgestellt, auf dessen Sattel ein schmutziggrauer Putzlumpen liegt. Daneben stehen ein grüner Schneeschieber und eine gelbe Kiste, in der drei längliche Briefumschläge liegen, angeschrägt wie die Klingen eines Nassrasierers. Auf dem vordersten Umschlag prangen zwei Stempel. »Empfänger unbekannt verzogen«, steht groß in der Mitte, oben links etwas kleiner: »Universität Bonn – Institut für Politik und Politische Philosophie«. Derselbe Schriftzug steht in altväterlichen Versalien auch neben der zweiten Tür, die rechts von dem langen Gang abgeht.

Schräg neben dem Fahrrad steht ein Mann mit kurzen blonden Haaren voller Gel, in die er links einen harschen Scheitel gezogen hat. Er saugt die Luft hastig ein und stößt sie ebenso schnell wieder aus. Schräg dahinter hockt ein Mädchen mit langen schwarzen Haaren und umklammert mit der linken Hand ihr Knie, während sie sich mit der rechten Hand über das Gesicht wischt. Sie sieht aus, als würde sie gleich hyperventilieren und wolle vorher noch verhindern, dass die trockene Luft auf ihrem Gesicht kleben bleibt. Neben ihr sitzt ein Junge mit zu großer Drahtbrille und dünner werdendem Haar, daneben schlackert ein Mann, der einen mächtigen Bauch vor sich herträgt, mit den Oberschenkeln. Er ist sechzig, vielleicht fünfundsechzig; seine Augen starren regungslos zum Ende des Gangs. In die Glastür dort ist eine Uhr eingesetzt, ein Modell, wie es auf den zugigen Bahnsteigen des Bonner Hauptbahnhofs zu sehen ist. Die Zeiger bewegen sich nicht. Die Uhr ist stehen geblieben. Sie zeigt sechs Minuten vor zwölf.

Ich gehe an den vier Leuten vorbei und sage »Hallo!«

»Hallo«, murmelt das Mädchen. »Du bist Nummer siebenunddreißig auf der Liste.«

»Siebenunddreißig?«, frage ich. »Auf welcher Liste?«

Das Mädchen wischt sich mit der Hand übers Gesicht und reicht mir einen völlig zerknitterten Zettel. Namen stehen darauf, davor Zahlen, dahinter Zeitangaben. Ganz oben hat jemand in vereinfachter Ausgangsschrift »Anmeldeliste für das Proseminar Internationale Beziehungen bei PD Dr. W. Krepp, M. A.« geschrieben und dies zweimal unterkringelt.

Ich gehe die Liste durch. »1. Max Lippay, 5.30 Uhr«, steht da. »2. Dorothee Eichele, 6.12 Uhr. 3. Thomas Pisch, 6.14 Uhr.« Ich haste mit den Blicken weiter nach unten. »14. Daniel Denzer, 8.04 Uhr. 15. Charlotte Simons, 8.12 Uhr.« Und »28. Cordelia Johannes, 10.14 Uhr«, lese ich da. Ganz unten dann: »35. Johann Böcking, 13.29 Uhr. 36. Anna Schnitzler, 13.30 Uhr.«

Mit violetter Tinte hat jemand eine 37 unter den letzten Namen geschrieben; der Platz daneben ist noch leer. Ich erinnere mich an die Ankündigung im Kommentierten Vorlesungsverzeichnis, einer Kladde aus ökologisch korrektem grauem Papier mit knallgelbem Schutzumschlag: »Anmeldung für das Proseminar persönlich am Montag um 16 Uhr im Geschäftszimmer des Instituts für Politik und Politische Philosophie. Höchstteilnehmerzahl: 30.« Ich presse die Oberlippe auf die Unterlippe: Auf dieser Liste stehen sechsunddreißig Leute. Bringt es überhaupt etwas, sich nun als Nummer 37 einzutragen? Ich verwerfe den Gedanken.

»Hast du mal einen Stift?«, frage ich das Mädchen. Sie schüttelt den Kopf, doch der Typ mit den dünner werdenden Haaren reicht mir wortlos einen Lamy-Füller, bei dem ein silbernes Endstück mit einer roten Spitze kombiniert ist.

Ich presse die Liste an die Wand und schreibe meinen Namen hinter Nummer 37: »Markus Rüttgers«. Aus dem Füller kommt violette Tinte, und da ich beim Schreiben fest aufdrücke, rieselt mir etwas Putz von der Wand entgegen. Ich muss husten. Hinter meinen Namen setze ich die Uhrzeit: 13.38 Uhr. Mir hatte jemand geraten, etwa zwei Stunden vor der Anmeldung da zu sein, damit ich noch einen Platz im Seminar bekäme.

Ich reiche den Füller zurück und murmle »Danke.«

Dann frage ich in den Raum: »Wo sind denn die anderen?«

Der Scheitel blickt mich an und schiebt den Unterkiefer in Richtung der geöffneten Tür, die neben dem Schriftzug »Institut für Politik und Politische Philosophie« vom Gang abgeht. Bei dieser Bewegung blitzt ein Bändchen auf, das er um den Oberkörper trägt und das in drei Farben längs gestreift ist.

Ich gehe ein paar Schritte auf die Tür zu und linse kurz hindurch. Dann ziehe ich den Kopf zurück, strecke ihn wieder vor und schaue nochmals: alles voller Menschen. Sie sitzen in einem weiteren, kleineren Flur, und am Ende des Flurs gibt es eine Tür, auf der »Geschäftszimmer« steht. Genau, »Anmeldung im Geschäftszimmer des Instituts für Politik und Politische Philosophie« hatte im Vorlesungsverzeichnis gestanden. In diesem Geschäftszimmer findet wohl der Kartenvorverkauf für das einzige »White-Stripes«-Konzert in Europa statt. Oder hinter der Tür befindet sich ein Atommüllzwischenlager. Bestimmt soll hier gleich ein Castor-Transport zur Aufbereitungsanlage vorbeirollen, und die Leute wollen das mit einem tagelangen Sitzstreik verhindern.

Dicht an dicht, Knie an Knie, Po an Po sitzen sie hier. Fünfundzwanzig zähle ich, dreißig. Rechts vor mir mampft einer ein Leberwurstbrot, daneben liest eine ein gelbes Reclam-Heftchen, die drei Leute neben ihr fixieren einen imaginären Fleck an der Wand und hecheln die schweißschwangere Luft aus und ein. Ganz vorn sitzt einer und hält eine metallisch grün glänzende Schlafsackwurst zwischen den Beinen.

Höchstteilnehmerzahl: dreißig, wiederhole ich in Gedanken. Höchst-teil-neh-mer-zahl: drei-ßig.

»Hi«, raunt irgendjemand.

»Hallo«, sage ich. »Wollt ihr euch zum Proseminar Internationale Beziehungen anmelden?«

»Nee, was denn sonst?«, blökt der Typ mit dem Leberwurstbrot zurück. »Meinste, Paris Hilton gibt hier gleich 'ne Runde Champagner aus, oder was?«

Ich presse kurz die Lippen zusammen und frage dann: »Und wie lange sitzt ihr schon hier?«

»Hast du die Liste nicht gesehen?«, krächzt Leberwurst. »Die ersten waren um halb sechs da!«

»Aber das Institut macht doch erst um neun auf.«

Leberwurst zieht die Brauen nach oben und rollt mit den Augen.

»Die Uni um sechs, das Institut um neun, aber das reicht nicht«, sagt er dann.

Ich denke an die Schlafsackwurst.

»Aber«, wende ich ein, »die Anmeldung ist doch erst um vier, oder?«

Leberwurst pustet zwischen einer kleinen Flirtlücke zwischen den Schneidezähnen hindurch und sagt dann: »Sag mal, du bist wohl neu hier, oder? Willkommen an der Universität Bonn!«

Bonn hört sich bei Leberwurst an wie ein Schimpfwort, ein tiefer Brunftschrei, ein dunkles Stöhnen, eine Schiedsrichterbeschimpfung im Eishockeystadion. »Boonnnnn!«

Ich frage nicht weiter, verlasse verstört den Flur und setze mich draußen neben das Mädchen mit den langen schwarzen Haaren. Sie wischt sich mit beiden Händen über das Gesicht. Ich presse den Rücken an die Wand und starre das Fahrrad mit dem Putzlumpen an, das direkt vor mir steht.

Das also ist die deutsche Universität, die deutsche Massenuniversität, Parkhaus und Verwahranstalt für über zwei Millionen Studenten. Hier sollen die künftigen deutschen Nobelpreisträger herangebildet werden, unsere Bundeskanzler und Wirtschaftslenker, unsere Professoren und Lehrer, unsere Helden und Vorbilder, alle die, die außerhalb von »Deutschland sucht den Superstar« ihre fünfzehn Minuten Ruhm suchen. Doch hier oben, im zweiten Stock der Universität, setze ich mich erst mal auf den staubigen Boden der Tatsachen.

Eigentlich hatte alles so gut begonnen. Heute sollte sie losgehen, die Suche nach Erkenntnis und Interesse, die Jagd nach akademischem Wissen und akademischen Weihen, der Kampf um gute Noten, die richtigen Bücher in der Bibliothek und die Eintrittskarten zur besten Studentenparty.

Heute ist mein erster Tag an der Uni.

Guten Tag, ich heiße Markus Rüttgers, ich bin zwanzig Jahre alt, und ich will studieren!

Ich bin einen Meter dreiundachtzig groß, habe kurze dunkelbraune Haare, die nach dem Aufstehen in alle Himmelsrichtungen abstehen und in die sich oberhalb der Stirn zwei klitzekleine Geheimratsecken ziehen. Meine Wangenknochen sind zu groß, meine Nase ist zu lang, und ich bin kurzsichtig, seit ich zehn bin, doch ich trage meine Brille fast nie, weil ich sie auf Partys häufiger verliere und mein goldfarbenes AOK-Gestell auch nicht so wahnsinnig hip ist. Ich trage eine blaue Röhrenjeans, die wirklich alt ist (und nicht nur durch hundertfaches Waschen mit Steinen und Bleichmitteln alt aussieht), einen schwarzen Pulli aus kratziger Wolle und schwarze Chucks, in die ich die selbst gestrickten Wollsocken meiner Großmutter gezogen habe. Eigentlich finde ich Wollsocken peinlich; Selbstgestricktes ist was für Waldorfschüler und Kirchentagsbesucher, Studenten von Gesamthochschulen und Mateteetrinker, doch es ist April, und das beginnende Semester hat seinen Namen überhaupt nicht verdient: Sommersemester. Es ist schweinekalt. Auch die Wand hinter mir, das jahrhundertealte Gemäuer des Bonner Uni-Hauptgebäudes, fühlt sich kalt an. Mich fröstelt.

Ich betrachte die Leute, mit denen ich vermutlich die nächsten drei Jahre verbringen werde, meine »Kommilitonen«, was sich allein von der Aussprache her schon so viel erwachsener anhört als die »Klassenkameraden« aus der Schule. Drei Jahre lang, mindestens, denn einen Bachelor will ich machen, einen Bachelor in Politik, einem Fach, vor dem meine Freunde (und deren Eltern) immer warnten – die Freunde, die sich in Betriebswirtschaft an einer Privatuniversität eingeschrieben haben, die Bekannten, die nun Jura mit Berufsziel Parlamentarischer Staatssekretär studieren und die schon in der neunten Klasse auf FDP- oder CDU-Parteitagen im blauen Zweireiher mit Goldknöpfen herumliefen.

Für mich also Politik. Und in diesem Studium muss man nicht nur Politikvorlesungen hören, sondern auch Statistikscheine machen, in die Soziologie reinschnuppern und eine VWL-Vorlesung besuchen. Das finde ich toll. Warum ich diese brotlose Wahl getroffen habe? Offiziell natürlich deshalb, weil ich viel zu neugierig bin auf viele Dinge, als dass ich eine ganz klare Entscheidung hätte treffen können. »Ich habe einfach so umfassende Interessen«, hatte ich zu meinen Freunden gesagt, »und bin ja selbst auch so super vielseitig. Da kann ich mich doch nicht jetzt schon festlegen. Da würde ich mich ja total einschränken! Aber Politik hält mir alles offen.«

Der wahre Grund für die Wahl dieses Fachs aber ist ein anderer: Ich kann mich nicht entscheiden. Ich kann mich nicht entscheiden, was ich studieren soll, und ich kann mich nicht entscheiden, welchen Beruf ich später einmal ergreifen will.

Keine Ahnung, nada, niente.

Ein Politikstudium verschiebt diese Entscheidung um ein paar Jahre nach hinten – und das hinterlässt in mir das gute Gefühl, die eigene Spätpubertät noch eine geraume Zeit verlängern zu können.

Klar gibt es Traumjobs für mich: Botschafter bei der UNO in New York oder Professor in Berlin oder Berater des britischen Premierministers. Doch die sind sowieso alle unerreichbar. Vielleicht mache ich das, was irgendwie irgendwo irgendwann alle Geisteswissenschaftler wollen: »irgendwas mit Medien«.

Ich habe mich schwergetan mit der Auswahl meines Fachs. Geschichte fand ich spannend, Jura interessierte mich, Biologie, Literaturwissenschaft, Theologie, Anglistik, Soziologie, aber auch Journalistik, Kommunikationswissenschaft, Volkswirtschaft. Erst fand ich ein klassisches Magisterstudium cool, dann das gute deutsche Diplom, dann einen Bachelor (da wird man ja ein bisschen mehr an die Hand genommen).

»Ich bin ja so super vielseitig.«

Ich erinnere mich noch gut an die Berge von Post, die ich zwei oder drei Wochen lang aus dem Briefkasten zog. Darin: viele lieblos kopierte Zettel mit Übersichten über Studiengänge, Städte, Universitäten, viele auf dem Stand von vor fünf Jahren, manche ganz neu mit photoshopblauem Himmel über der Uni. Beides hat mir die Entscheidung nicht leichter gemacht. Ich habe dann alle Studiengänge auf einen großen Zettel geschrieben und nach und nach alle jene weggestrichen, an denen ich etwas auszusetzen hatte. Am Ende blieb mein Fach übrig: Politik.

Für das Studium fühle ich mich gut präpariert. Ich habe mir Bücher gekauft, die mich durch das erste Semester retten sollen: »Bush at War« und die »Einführung in die Statistik«, und für die Soziologie-Vorlesung habe ich mir aus dem Soziologie-Regal einer Buchhandlung auch gleich zwei Titel ausgesucht (weil ich mich mal wieder nicht entscheiden konnte). Der eine heißt »Entwurf einer Theorie der Praxis auf der ethnischen Grundlage der kabylischen Gesellschaft«. Klingt verdammt klug, finde ich, vor allem »Theorie der Praxis«. Ich dachte immer, Theorie und Praxis seien was völlig Unterschiedliches. Das andere Buch heißt: »Patriarchat und Kapital. Frauen in der internationalen Arbeitsteilung«. Hört sich echt spannend an, finde ich. Oder fand ich zumindest, als ich das Buch kaufte.

Scheitel pult sich mit dem Zeigefinger im linken Nasenloch herum, das Mädchen mit den langen schwarzen Haaren streicht sich übers Gesicht und starrt auf die gegenüberliegende Wand. Plötzlich lächelt es. Zwischen seine Augenbrauen schiebt sich eine schmale, aber tiefe Falte, die zornig aussähe, wenn sie nicht lächelte. Die Falte teilt die Stirn ein Stückchen links vom Nasenbein, das in eine etwas zu lange schlanke Nase mündet. Die Falte gibt dem Gesicht etwas Asymmetrisches, fast Schiefes. Plötzlich entblößt die Schwarzhaarige die Zähne, zieht die Mundwinkel nach oben, und ein Grübchen furcht ihr Kinn.

Warum, um Gottes willen, lächelt sie plötzlich?, frage ich mich. Warum grinst sie mit starrem Blick die leere Wand an?

Vielleicht motiviert sie sich mit dem Lächeln selbst. Vielleicht wird man hier oben, unterm Dach des Uni-Hauptgebäudes, aber auch nur schnell grenzdebil.

Das Geräusch schlurfender Schritte reißt mich aus meinen Gedanken. Ein Junge in Hemd, Pullover und Jeans, auf deren linkem Knie ein Erdfleck prangt, kommt den Gang entlang – und outet sich gleich als Uni-Insider. »Wer hat die Liste?«, fragt er und stemmt die Hände in die Hüften.

Ich reiche ihm das zerknitterte Papier. Er zieht einen Kuli aus der hinteren Tasche seiner Jeans, schreibt die Nummer 38 auf die Liste, dann seinen Namen. Es ist 13.50 Uhr. Ich fixiere die Wand gegenüber. Eigentlich hätte ich Lust, den Typen mit dem Erdfleck auf der Jeans anzusprechen. Ich kenne in Bonn niemanden, nur meine Großtante, und die ist auch schon leicht wunderlich. Seitdem sie einmal rein zufällig vom Musikantenstadl auf eine Agentenklamotte im Privatfernsehen umstellte, glaubt sie, dass geheime Mächte ihr Mehl mit weißen Pülverchen versetzen, wodurch sie langsam und qualvoll von innen heraus stirbt. Seitdem bäckt sie nicht mehr, und seitdem ist ein ziemlich entscheidender Grund weggefallen, sie zu besuchen.

Ich blicke an dem Fahrrad mit dem Putzlumpen vorbei, und ich frage mich plötzlich, was mich eigentlich bewogen hat, nach Bonn zu gehen, die Stadt mit dem Namen eines Brunftschreis: »Boooonn!« Ich bin vollkommen auf mich allein gestellt; meine Eltern leben sechseinhalb Zugstunden entfernt. Viele Freunde haben es besser gemacht als ich: Für die Mamasöhnchen und Papatöchterchen war der ausschlaggebende Grund für ihre Uni-Wahl der Standort der Waschmaschine der Eltern; viele studieren eine halbe Zugstunde von zu Hause entfernt und wollen spätestens jeden Donnerstag am Spätnachmittag in die Vier-Raum-Wohnung oder ins Reihenmittelhaus pendeln. Die Mamas bügeln sogar die T-Shirts, machen Fischstäbchen und Pommes (»Das hast du doch immer so gern gegessen«), und zum Abschied legt Papi noch einen Fuffi für die kommende Woche hin.

Jeden Heimschläferabend legen sich die Jungs ins Kinderbett, an dem oft noch die Fußballerbildchen von Hanuta und Duplo kleben, und die Mädchen schlafen im neunzig-Zentimeter-Himmelbett, zwischen Teddybären und rosa Motivkissen.

Die haben's einfach, und irgendwie haben sie's auch einfach gut.

Doch ich bin viele, viele Kilometer von zu Hause entfernt, in der Stadt, über die meine gute Freundin Susanne lästert, sie sei halb so groß wie der Zentralfriedhof von Chicago, aber doppelt so tot. In den Broschüren und Heftchen fand ich Bonn großartig: Die Uni ist gut, und die Stadt ist nicht so schnuckelig wie Heidelberg oder Tübingen, aber auch nicht so monströs wie Berlin.

Und außerdem hat Bonn den Charme jener längst verschollenen Zeiten, in denen ein ziemlich dicker Mann das Land aus einem Kreissparkassengebäude heraus regierte. »Reagan, go home«, bleicht etwa auf einem Aufkleber am Eingang einer Bonner Straßenbahnstation, die sich U-Bahn-Station nennt, weil die Straßenbahn mal ein paar Stationen unter der Erde fährt und U-Bahn irgendwie weltstädtisch klingt.

Ich überlege wieder, ob ich den Typen mit dem Erdfleck auf dem Knie ansprechen soll oder aber das Mädchen mit der Falte und dem Grübchen. Doch irgendwie traue ich mich nicht, das meditative Schweigen zu unterbrechen; ich schaue lieber vor mich hin. Blicke auf die Uhr. Immer und immer wieder. Ich lehne mich nach hinten, schließe die Augen und döse ein bisschen. Ich habe Kopfschmerzen. Die Luft wird immer stickiger. Plötzlich fällt der Putzlumpen vom Sattel des Fahrrads und landet auf dem Boden, direkt vor meinen Füßen. Kreide, Staub und Dreck steigen als winzige Kumuluswolken nach oben wie der Weihrauch bei einer Papstmesse. Das Mädchen mit der Falte hustet.

Neben mir stehen nun noch fünf oder sechs weitere Leute, die Liste steht in den Vierzigern, irgendjemand knabbert hörbar an einem Knäckebrot, und merkwürdigerweise schweigen alle.

Was sagt mir das über die Universität? Lauter Studenten sitzen zusammen, und keiner redet.

Was hatte ich mir in den vergangenen Tagen für Gedanken gemacht! Ich hatte das Vorlesungsverzeichnis gewälzt, ich hatte mir Seminare angestrichen, ich hatte kleine Listen angelegt mit grünen Strichen für »interessant« und roten für »langweilig«. Ich hatte abgewogen: Soll ich wirklich das Seminar zu transatlantischen Beziehungen belegen oder lieber das Seminar zum deutsch-russischen Kulturaustausch seit 1991? Soll ich mich ins Seminar über die Grünen und die FDP einwählen, das mich sehr interessierte, das aber etwas ungünstig lag, nämlich am Freitagmorgen? Oder soll ich mich lieber zur Blockveranstaltung über plebiszitäre Elemente anmelden? Die Veranstaltung »Techno als Variante der Protestkultur (Blockseminar mit Exkursion)«, von der ich gehört hatte, fand ich leider nicht im Vorlesungsverzeichnis. Vielleicht ist das erst was für Master-Studenten, die »Lucy in the Sky with Diamonds« nicht bloß für einen kitschigen Song aus Papas Plattenkiste halten.

Ich hatte Argumente für ein Seminar gesammelt und Argumente dagegen, hatte in Büchern geblättert und viele Wikipedia-Einträge gelesen. Was ist interessant? Und vor allem: Was ist so interessant, dass ich mich damit ein ganzes Semester lang beschäftigen möchte?

Jetzt muss ich feststellen: Ob ein Seminar interessant ist, ist für die Studienentscheidung völlig egal. Entscheidend ist allein die Länge der Anmeldeliste.

Die Liste wird länger und länger – und die Gesichter der Neuankömmlinge auch. Die Menschen hinter den Nummern mit einer 5 am Anfang stehen auf der Treppe, die hinunter in den ersten Stock des Hauptgebäudes führt. Ich sitze auf dem Boden, fixiere den zipfelförmigen Lichtfleck an der Wand, und ich bekomme kaum noch Luft. Das Mädchen mit dem Grübchen wischt sich wieder mit beiden Händen über das Gesicht, und ich selbst mache es nun nach. Ich schließe die Augen, reibe mir über die Wangen, übers Kinn, merke, dass ich schlecht rasiert bin, fahre mir über die Augen und merke, dass ich mich etwas besser fühle.

Scheitel zieht plötzlich einen kleinen silbernen Flachmann

aus der Tasche, in den ein Adler eingeprägt ist, ein deutscher Adler. Er dreht den Flachmann auf, hält ihn kurz an die Nase, schnuppert am Flaschenhals und reicht ihn in die Runde.

»Wer will?«, fragt Scheitel, und ich erschaudere fast, als ich seine Stimme höre – schneidend scharf, aber sicher eine Septime zu hoch.

»Was ist das?«, frage ich.

»Guter deutscher Doppelkorn, was sonst? Sonst ist das hier doch nicht zu ertragen!«, gibt er zurück. Wieder blitzt das Bändchen um seinen Hals auf.

Ich schüttle den Kopf und habe das Gefühl, dass Scheitel einer jener Leute ist, die nicht über ihre Kleiner-Feigling-Phase hinausgekommen sind.

Nun meldet sich der Kommilitone mit dem schütteren Haar und dem farbigen Füller zum ersten Mal. »Leute, lasst uns einen heben, der Likör bleibt in den Haaren kleben«, reimt er. Ich drehe den Kopf weg. Das sind die Typen, die sonst akustische Umweltverschmutzung betreiben mit Sprüchen wie »Alles roger in Kambodscha« und die sich wahlweise durch »Tschö mit ö«, »Tschau mit au« oder »Tschüssikowsky« verabschieden. Man sollte das Folterverbot in der Menschenrechtskonvention der Vereinten Nationen auch auf solche Sprachdelikte ausdehnen: Das nennt sich dann nicht Mundraub sondern Wortmord.

Kollege Scheitel setzt die Flasche an, nimmt einen tiefen Schluck und rülpst in die Runde. Ich muss lachen und blicke dem Mädchen mit dem Grübchen ins Gesicht. Sie schaut mich an. Die Falte furcht sich durchs Gesicht, das Kinn bildet die Grube. Scheitel grinst von links nach rechts und stellt den Flachmann auf dem Boden ab. Ich wische mir wieder übers Gesicht.

»Das wird ein vergnügungsvolles Seminar werden«, sagt das Mädchen plötzlich und schaut mich an. Sie sagt tatsächlich »vergnügungsvoll«, spricht leise, akzentuiert aber jedes einzelne Wort – und dadurch hört sich der Satz merkwürdig gestelzt an.

»Vergnügungsvoll«. Ich zucke zusammen bei diesem Ausdruck. Ich habe dieses Wort schon einmal gehört, höchstens ein Dreivierteljahr ist es her. Maria und ich hatten im Bett gelegen, und sie hatte mir eine Kurzgeschichte vorgelesen, die kitschig war, aber irgendwie schön. »Vergnügungsvoll« kam darin vor, doch drei oder vier Tage später hatte Maria mit mir Schluss gemacht. Das war nicht vergnügungsvoll und ist es bis heute nicht.

Ich gebe mir innerlich einen Ruck und versuche, diesen Gedankensplitter loszuwerden.

»Ja«, sage ich dann und weiß nicht, was ich Geistreiches antworten soll. »Ja, aber mal sehen, ob wir überhaupt reinkommen ins Seminar.«

Sie lächelt wieder, und ich starre auf die Furche, die sich nun tief zwischen den Augenbrauen eingräbt.

»Es gibt bei jeder Seminaranmeldung die Spezialisten, die total verpeilt sind. Sie übernachten vor der Uni, sitzen acht Stunden vorm Geschäftszimmer und sind, wenn die Anmeldung losgeht, gerade einen Kaffee holen.«

»Das ist ja beruhigend.«

»Hört sich unglaubwürdig an, ist aber wahr.« Sie stößt sich mit den Handflächen vom Boden ab und steht rasch auf. »Du bist neu hier, oder?« Sie streckt mir die Hand hin. »Anna.«

Ich bin verdattert, so etwas Förmliches hätte ich an der Uni gar nicht erwartet. Ich springe auf, eine Idee zu hastig, trete mit dem rechten Fuß auf den Putzlappen, der vom Fahrrad gefallen war. Ich rutsche aus, mein Fuß schlingert weg, ich rudere mit den Armen, verliere das Gleichgewicht, falle nach hinten und treffe mit der Fußspitze den Flachmann, den Scheitel dort abgestellt hat. Ich versetze der Flasche einen Stoß und sehe nur noch, wie Anna das Gesicht verzieht und die Flasche über den Boden schlittert, an der Postkiste und am Schneeschieber vorbei.

»Ahh!«, schreit Anna.

»Arschloch!«, schreit Scheitel.

»Aua!«, schreie ich.

Mein Steiß schmerzt fürchterlich, und meine Hände sind weiß vom Staub des Bodens. Ich hebe den Hintern leicht hoch, stütze mich mit den Händen ab und stehe auf. Vor mir steht Anna und streicht sich mit der linken Hand über den linken Oberschenkel, zehn Zentimeter südlich des Schritts. Dort glänzt es dunkel, zwei Handteller groß, und Anna streicht mit der Hand von oben nach unten.

»Danke, Bewegungslegastheniker«, sagt sie und grinst dabei, ohne dass sich ihre Falte einfurcht. Ich bin unsicher, ob sie sich pampig anhört oder belustigt.

Ich blicke sie an und fahnde in meinen Hosentaschen nach einem Tempo, finde ein altes Stofftaschentuch und will das Nass an ihrem Oberschenkel wegwischen. »Dazu ist keine Hilfe nötig!«, faucht Anna. Sie nimmt mir das Taschentuch ab und reibt sich damit am Schenkel hin und her.

»Hahaha!«, lacht Scheitel und lacht ein dreckiges, aber zu hohes Lachen. »Das sieht aus, als ob du dich mit Korn bepieselt hast. Inkompetenz ist eben nicht nur unter älteren Menschen verbreitet, haha.«

»Inkontinenz, wenn schon, bitte«, knurrt Anna, und ihr Blick besagt, dass sie Scheitel am liebsten wegwünschen würde. »Inkompetent sind vielleicht Leute wie du, die auch gern über den Kategorischen Infinitiv oder die Realitätstheorie schwadronieren.«

»Zicke!«, murmelt Scheitel.

Ich nicke Anna und Scheitel zu und zucke entschuldigend mit den Achseln.

»Sorry, tut mir wirklich leid.«

Scheitel zieht die Augenbrauen nach oben und nickt gönnerhaft. Dabei drückt er die Brust heraus, bis sich das Bändchen spannt, das er um den Oberkörper trägt.

Anna hat nun aufgehört, mit dem Taschentuch am Oberschenkel herumzureiben, der Gestank von Korn mischt sich allmählich mit dem Geruch ihres Parfüms, und ich entschuldige mich bei ihr nochmals für das Malheur. Ich will sie als Entschädigung auf einen Kaffee einladen, später oder morgen oder übermorgen, und als sie zustimmt, beobachte ich wieder, wie sich die Falte zwischen den Augenbrauen furcht und das Loch ins Kinn gräbt.

»Unter einer Bedingung«, sagt sie. »Dass nämlich nicht der unberechtigte Eindruck von Inkontinenz entsteht.«

Plötzlich lacht sie und setzt sich wieder hin, und ich tue es ihr gleich. Der Hintern tut mir weh. Wir reden. Beziehungsweise: Sie redet, ich schweige und sitze mit offenem Mund vor ihr, während sie für mich doziert und mir die Welt des Bonner Instituts für Politik erklärt. Manchmal redet sie ganz normal, aber manchmal sagt sie auch so eigentümliche Sätze wie »Privatdozent Krepp ist ein Zyniker im Sinne antiker Philosophen« oder »Frau Doktor Meiser macht sich die sklavische Fixierung ihres Doktorvaters auf Statistik zu eigen«.

Irgendwie hören sich die Sätze nicht bloß eigentümlich an, sondern auch sehr schön. Sie spricht ein bisschen wie eine Mischung aus Rudi Dutschke und Benediktinermönch, verbindet den schnarrenden Ton Dutschkes mit der Melodik einer Allerheiligenlitanei. Beim Reden zuckt ihre Falte fortwährend vor und zurück, und ich merke, dass ihre Unterlippe viel zu groß ist für ihre Oberlippe. Anna trägt eine braune Kordhose mit Schlag, einen dicken graubraunen Strickpulli und braune Adidas-Schuhe mit orangefarbenen Streifen. Beim Reden zupft sie häufig an ihrem Pulli herum. Irgendwann macht sie eine Pause, und die will ich gleich nutzen.

»Ich heiße übrigens Markus. Das haben wir bei der Sache mit dem Korn vorhin ganz vergessen«, sage ich.

Das Grübchen am Kinn taucht wieder auf, und sie will etwas sagen, doch plötzlich wird sie von einer lauten Stimme übertönt. »Guten Tag, meine Damen und Herren, würden Sie mich freundlicherweise kurz durchlassen?«

Ich drehe mich um und sehe einen Mann vor mir: volles Gesicht, der Ansatz eines Bierbauchs, schütteres Haar, eine kleine runde Hornbrille, die John Lennon mit der deutschen Wissenschaft versöhnen soll. Die Zeit hat Falten in sein Gesicht geschliffen, so als ob man mit einem schmalen Kiesel Linien durch noch feuchten Sand zieht. Der Mann trägt eine grüne Kordhose und ein dunkelbraunes Tweedsakko, darunter ein fliederfarbenes Hemd. Um den Hals hat er sich eine Krawatte gebunden, die Bücher zeigt, sieben, nein, acht Reihen Bücher. »Goethe« steht auf einer Reihe von Titeln, »Kant« auf anderen, auf weiteren prangt »Ranke«.

Der Mann geht ein paar Schritte weiter und bleibt stehen. »Guten Tag, meine Damen und Herren, ich freue mich, dass Sie so zahlreich gekommen sind«, setzt er an. »Mein Name ist Privatdozent Doktor Wolfgang Krepp, M. A.« Er sagt wirklich »Emmmm-Aahaah« und hebt die Stimme bei der zweiten Silbe des »Aahaah« ganz deutlich an. »Ich werde das Seminar leiten. Leider habe ich nur dreißig Plätze zu vergeben. Ich gehe davon aus, dass Sie eine inoffizielle Liste angefertigt haben, und lasse abweichend vom Ausschreibungstext die Nummern eins bis fünfunddreißig – ich betone: *fünf*unddreißig – nun zur Anmeldung zu. Alle anderen darf ich schon jetzt bitten, den Flur freizugeben. Übermorgen um zehn Uhr s.t. – ich betone: ess tehee – findet eine weitere Anmeldung zu einem weiteren von mir geleiteten Proseminar statt. Ich darf die nicht berücksichtigten Bewerber für den Seminarplatz bitten, sich übermorgen hier im Geschäftszimmer des Instituts für Politik und Politische Philosophie einzufinden. Vielen Dank.«

Er atmet schwer aus, wie ein Grundschüler, der zum ersten Mal ein langes Gedicht auswendig gelernt hat. Dann geht er in Richtung Geschäftszimmer.

Plötzlich räuspert sich Anna und sagt: »Entschuldigen Sie bitte!«

Der Mann dreht sich um. »Ja?«

»Wenn jemand die Nummer sechsunddreißig auf der Liste ist, wäre es unter Umständen möglich, dass derjenige trotzdem ins Seminar kommt?«

»Ich habe Ihnen meine Spielregeln genannt. Daher ist Nummer sechsunddreißig nicht unter Umständen im Seminar, sondern unter allen Umständen draußen.«

Er dreht sich weg und drängelt sich zwischen den am Boden sitzenden Studenten hindurch, stakst durch ein Gewirr aus Beinen, tritt auf ein Reclam-Bändchen und stolpert fast über die Schlafsackwurst.

»Wie gut, dass ich Nummer fünfunddreißig bin«, sagt Scheitel und grient in die Runde.

»Armleuchter!«, faucht Anna.

»Scheiß-Feministin!«, kontert Scheitel.

»Du denkst doch bestimmt, dass Frauen gar nicht studieren sollten«, vermutet Anna.

»Meine Verlobte macht eine Konditoren-Ausbildung. Aber sie hat Abitur. Das ist wichtig für die Konservation. Wenn man mal Gäste hat.«

»Konversation!«, zischt Anna, dreht sich weg und stakst den Gang entlang, läuft dann treppabwärts. Ich stehe ziemlich verdattert da. Alles, was an Scheitel links ist, ist offenbar sein Scheitel. Langsam steige ich die Treppe des Uni-Hauptgebäudes hinunter, raus aus dem dottergelben Schloss. Über den Innenhof sehe ich ein Mädchen mit langen schwarzen Haaren rennen. Vielleicht ist es Anna, ich weiß es nicht.

Meine erste Begegnung mit der Massen-Uni – und ich bin kläglich gescheitert. Kein Seminarplatz, kein Schein, und irgendwann, so fürchte ich, stehen bei mir sechzehn Semester auf dem Studentenausweis bis ich zum Bachelor komme, vom Master ganz zu schweigen.

Ich verlasse das Schloss und gehe zum Bonner Hofgarten. Jemand drückt mir ein Flugblatt vom ASTA, der Studentenregierung, in die Hand. Ich blicke nicht drauf, denn irgendwie überfordert mich das Flugblatt, noch dazu hier am Hofgarten, wo meine Eltern und Hunderttausende andere Friedensbewegte Anfang der Achtziger gegen Nachrüstung protestierten. Jetzt auch noch an Politik denken? Dazu fehlt mir die Motivation. Ich studiere schließlich schon Politik, da muss ich meine Freizeit nicht auch noch politisieren.

Ich dachte schon oft über die Frage nach, ob ich eigentlich ein politischer Mensch bin, ein Zoon politikon (was sich »zo-on« ausspricht und nicht »suuhn«, wie ich früher annahm). Irgendwie bin ich an aktiver Politik nicht interessiert. Das ist nicht meine Schuld, natürlich nicht, sondern die Schuld meiner Eltern und ihrer Generation. Die beseitigte ja schon alles, was es zu beseitigen galt, erst um 1968, dann die Siebziger hindurch bis zu den großen Demonstrationen Anfang der Achtziger. Seit ich vierzehn bin – ja, seitdem! –, möchte ich eine Revolution entfachen. Ja, eine richtige Revolution, mit Megafonen, Sternmärschen und Barrikaden, mit Sit-ins, Go-ins und Steinewerfen, mit großen Reden, starken Sprüchen und Formeln, die sich in das kulturelle Gedächtnis der Bundesrepublik Deutschland eingraben sollen. So was wie »Petting statt Pershing« schwebt mir vor oder »Unter den Talaren der Muff von tausend Jahren« oder zur Not auch »Wer zweimal mit derselben pennt, gehört schon zum Establishment«.

Ich will revoltieren. Das Problem ist nur: Ich weiß nicht wogegen. Und schon gar nicht wofür. Unsere Eltern haben uns alles weggenommen: Sie haben die Unis umgekrempelt, die Gesellschaft reformiert und den langen Marsch durch die Institutionen gemacht. Ihr Sitzfleisch wurde vom vielen Diskutieren in WG-Küchen, Kneipen und Soziologischen Oberseminaren schon zu Gammelfleisch, als es den Ausdruck noch gar nicht gab. Hier in Bonn haben sie auf der Hofgartenwiese die »Internationale« gesungen, sie sind durch Bonn gezogen und haben skandiert: »Bürger, lasst das Glotzen sein, reiht euch lieber bei uns ein!«

Für mich, für uns, für alle bleibt nichts mehr zum Protestieren übrig. Unsere Eltern diskutierten über Notstandsgesetze, Ostpolitik und Nachrüstung. Wir diskutieren über Bausparen, Haarausfall und den neuen iPod.

Sogar den Protest-Lifestyle haben uns unsere Eltern gestohlen: Lange Haare, zerrissene Jeans – fanden sie immer gut. Steineschmeißen – »aber nur gegen Sachen, nicht gegen Menschen, dann ist es okay«. Am Morgen ein Joint, und der Tag ist dein Freund – unsere Eltern fanden es höchstens schockierend, dass wir uns auf dem Abiball eine Zigarre in den Mund steckten, denn die war ja ein Symbol des Kapitalismus (für uns war sie nicht nur ein Statussymbol, sondern auch ein Mittel zur Verdauungsförderung). Und ich erinnere noch gut den Tag, als ich zum ersten Mal Sex hatte, mit sechzehn, mit Hannah, in ihrem

Kinderzimmer, auf ihrem Neunzig-Zentimeter-Bett. Ihre Mutter kam rein, entschuldigte sich für die Störung und schmiss eine Packung Erdbeerkondome aufs Bett. »Viel Spaß euch noch!«, wünschte sie dazu. Spaß hat es an diesem Nachmittag, trotz allem, nicht mehr gemacht.

Ich kehre wieder zurück in den Innenhof des Uni-Hauptgebäudes, gehe eine andere Treppe hoch, irrlichtere ein wenig durch die Gänge und schaue mich mit großen Augen um: An der einen Ecke bröckelt der Putz von den Wänden, an einer anderen Ecke steht eine blank polierte, golden schimmernde Statue des heiligen Georg, der martialisch auf einen Drachen tritt. Vor einem Hörsaal bleicht ein Schild »Garderobe bitte nicht in die Hörsäle mitnehmen. Sie ist in der Zentralgarderobe abzugeben. Bonn, den 2. Januar 1959 DER REKTOR«. Ich setze mich auf eine Bank und denke nach. Wie oft werde ich noch in staubigen Gängen warten müssen? Wie oft werde ich auf dem Boden hocken? Und werde ich nur Kommilitonen wie Scheitel haben oder eher viele Freunde wie Anna? Wie einsam werde ich sein? Ich weiß es nicht.

Plötzlich gehen zwei Studenten an mir vorbei.

»Mach's gut!«, ruft der eine dem anderen zu.

Der andere erwidert: »Tschau mit au.«

Kapitel 2

Ich wache auf, und ich habe furchtbare Kopfschmerzen. Alles ist hell, das Licht gleißt durch die Fensterscheiben meines WG-Zimmers, ich kneife die Augen zusammen und ziehe die Decke bis über das Kinn nach oben. Vor dem Fenster heult ein Krankenwagen vorbei. Auf meinem Bettzeug sind große, ehemals dottergelbe Sonnenblumen aufgedruckt, die durch jahrelanges Heißmangeln zitrusfarben geworden sind. Die Sonnenblumen riechen entfernt nach »Spee-Megaperls zum kleinen Preis«, sehr nahe aber nach Schweiß, Rauch und nach einer undefinierbaren Form von Alkohol. Ich presse den Hinterkopf ins Kissen. Eine Fliege brummt über mein Bett, sie fliegt tief, dreht einige Kreise über meinem Kopf, surrt im Sturzflug auf mich herunter, und ich reiße fliegenschnell die Sonnenblumen als atomaren Schutzschild über meinen Kopf und muss zur Strafe die Schweiß-Rauch-Alk-Melange einsaugen. Die Fliege landet auf dem Schutzschild, in meinem Kopf kreisen Luftschutzsirenen, ich huste unter der Decke, und die Fliege fliegt in Richtung Fenster. Ich atme ein, schiebe die Sonnenblumen zurück, atme aus, atme ein, atme aus, atme auf.

Langsam öffne ich die Augen, versuche, das Poster zu erkennen, das über meinem Bett hängt. »Im Garten von Max Liebermann«, steht darauf. Es stammt aus irgendeiner Kunstausstellung und zeigt eine Frau (blond) im Kleid (weiß) auf einer Bank (weiß) unter einem Baum (grün). Warum um Gottes willen habe ich mir dieses Plakat ausgesucht? Sollte das romantisch wirken oder intellektuell oder beides? Oder einfach nur – falls doch mal Besuch kommt – meine grässliche Bettwäsche kompensieren? Sonnenblumen waren noch das verträglichste Motiv, das ich zur Auswahl hatte. Teddybären und nackter Frauenrücken bei Sonnenuntergang am Meer erschienen mir eine Spur gewöhnungs- und erklärungsbedürftiger. Die Bettwäsche, auf der meine Frühpubertätsfreundin Britta ihr … sagen wir, Konterfei, verewigt hatte, hatte ich kürzlich der Caritas gespendet. Mein Mitbewohner Rudi hat Bettwäsche mit den Backstreet Boys und mit Surfbrett-Waschbrett-Menschen drauf. Das sind vielleicht noch größere Abtörner. Ich weiß es nicht.

Der Gedanke an Rudi pustet mir eine Bö durchs Gehirn, die meine Schmerzrezeptoren erst mit Glassplittern abreibt, dann mit Tranquilizer-Creme balsamiert. Rudi studiert wie ich Politik und hält daher viel von Verbrüderungsriten und Initiationszeremonien: Du bist einer von uns, und du gehörst jetzt dazu. Rudi hatte gestern Abend gemeint, ich müsse meinen Einstand in der WG feiern. Ich hatte eingewilligt, obwohl ich müde war und genervt von »Krepp Emm-Ahh« und »Tschau mit au«.

Maja, unsere strebende Mitbewohnerin, die mit dreiundzwanzig schon an ihrer Doktorarbeit schreibt, hatte auch ein Glas Kölsch mitgetrunken und sich dann zu einer Freundin aus dem Oberseminar abgesetzt. Paul, unser zweiter Mitbewohner, hatte ein Dosenbier gezischt und sich dabei eine Tüte gebaut, die er bei seiner Fahrradtour rauchen wollte. Paul fährt jeden Abend die Große Bonner Brückenrunde, auf der linken Rheinseite nach Süden, dann über die Brücke, dann auf der rechten, der schlechten, Rheinseite nach Norden und über die Brücke zurück.

Tütenrauchen beim Fahrradfahren, das war ein Lebensthema für Paul. »Du sparst dir«, hatte er zu mir gesagt, »den ganzen philosophischen Quatsch, den du dir sonst beim Kiffen anhören musst.« Und dann hatte er noch gefaselt, dass er das »quick and dirty« findet und dass Kiffer-Kontemplation und Marihuana-Meditation irgendwie doof sind. Und irgendwie hörte sich das auch schon nach cannabolikazentriertem philosophischem Quatsch an.

Ich aber musste nach dem Kölsch mit Rudi weitertrinken: erst Tannenzäpfle-Bier, dann Martini Meister Pilsener, dann noch billigen Prosecco und Gin vom Discounter, und am Ende holte Rudi eine Flasche mit dem Etikett »River Cola« raus; er schüttelte die Flasche und ließ dabei eine transparente Flüssigkeit hin- und herschwappen.

Ich: »Was ist das?«
Er: »Polnischer Schnaps.«
Ich: »Und warum steht ›River Cola‹ drauf?«
Er: »Hab ich mir in ’ner illegalen Brennerei abfüllen lassen.«
Ich: »Okay.«
Dieses letzte Wort war leichtsinnig.
Okay, aber es war Gruppendruck.
Ich reiße die Augen auf und blicke auf das Liebermann-Plakat. Ich schlage die Sonnenblumen zurück, sehe, dass ich noch meinen schwarzen Pullover trage, darunter Boxershorts und Wollsocken, immerhin habe ich die Hose wohl ausgezogen.
Ich blase die Wangen auf und presse die Luft heraus.
Dann drehe ich mich mit großem Schwung nach links, setze mich auf – und presse den Kopf sofort in die nach oben gereckten offenen Handflächen. Was für ein Kopfschmerz!
Ich werfe den Oberkörper wieder ins Bett zurück. Meine Füße stehen nun auf dem schmutzigweißen Teppichboden, den mein WG-unerfahrener Vermieter leichtsinnigerweise hat legen lassen. Mein Kopf liegt auf den Sonnenblumen, meine Arme taumeln auf die Bettkante.
So liege ich da, vielleicht zehn, fünfzehn Minuten, vielleicht weniger, ich weiß nicht, wo meine Uhr ist, und das Zeitgefühl scheint auch in der Flasche mit dem Etikett »River Cola« verschwunden zu sein; die Frau (blond) im Kleid (weiß) dreht sich über mir.
Ich stehe auf, setze einen Fuß vor den anderen, wie ein Model, zumindest sofern ich meine Füße noch auf eine Linie setzen könnte. »… and I do my little turn on the catwalk, yeah, on the catwalk.« Die Musik von gestern Abend drohnt mir in den Ohren, die Hitparade der ersten Partys in unserem Leben. »I’m too sexy for my shirt« und so was, Right Said Fred, Snap, 2unlimited, Ace of Base, DJ Bobo, Haddaway und dann noch dieser Zahnarzt aus Stockholm: Dr. Alban.
Irre, was so eine Zeitreise der Musik alles mit einem machen kann. Ich hatte daran gedacht, wie ich zum ersten Mal ein

Mädchen geküsst hatte, die Tochter meiner Mathelehrerin, bei irgendeinem »Erkennst-Du-mein-Gesicht«-Spielchen im Dunkeln, bei dem Dr. Alban gelaufen war: »It's my life, stop wasweißich me« und so weiter. Meine Schulkameradin Myriam hatte das Lied im Radio mitgeschnitten und »Its mei Leif« auf die Kassettenhülle geschrieben.

Ich hatte gestern auch so viel getrunken, weil mich die Zeitreise in die eigene Vergangenheit unsicher gemacht hatte. Zum ersten Mal hatte ich die eigene Vergangenheit historisiert, ohne dass ich Dr. Alban und Snap als Soundtrack für eine »Bad Taste«-Party getarnt hatte.

Ich bin zwanzig – und ich bin schon Nostalgiker geworden? Warum? Würde ich auch mal Neunziger-Jahre-Shows im Fernsehen lieben, genauso wie die Dauerwellenmuttis und Vokuhila-Freaks hoch in den Dreißigern, die die Quoten der Achtziger-Partys im Privatfernsehen hochtreiben und die »größten Hits der Achtziger, Neunziger und das Beste von heute« im Privatradio hören?

Ich blase die Wangen zum Hamster auf und wische mir über meine Augen. Links im rechten Auge klebt mir ein entsetzlich großer Brocken Augentalg, Schlaf oder Sandmännchen, wie auch immer man das nennt. Und irgendetwas sticht in meinem Kopf, das ganz nahe unter der Schädeldecke zu lokalisieren ist.

Meine Zimmertür steht offen, und ich gehe in die Küche. Die weißen Zeiger der Ikea-Uhr über dem großen Glastisch stehen auf sechs vor zwölf, doch die Uhr ist nicht stehen geblieben, der Sekundenzeiger versieht stoisch bis störrisch seinen Dienst. Hinter dem Küchentisch, direkt vor der Fensterbank, auf der die Kaffeemaschine steht, lugen zwei Beine hervor, zwei Beine in weißen Retro-Adidas. Rudi liegt auf dem Boden, die Beine breit nach außen gestreckt, die Hände eng an den Körper angelegt. Seine blonden Haare sind mit Asche verklebt. Links neben ihm entdecke ich eine Reyno mit weißem Filter, eine jener Mentholzigaretten, die er immer raucht. Rechts neben ihm liegt eine Flasche Kölsch mit rotem Etikett, daneben hat sich eine kleine weißgelbe Lache gebildet.

Auf Rudis Stirn pappt ein gelbes Post-it.

Ich kann die schnörkeligen Buchstaben auf dem Post-it nicht gleich lesen und beuge mich hinunter. »Jungs«, steht da geschrieben, »eigentlich hat doch jeder in dieser WG ein eigenes Bett, oder? Bin drei Tage auf Exkursion mit dem Lehrstuhl, viel Spaß beim Aufräumen! Grüße: Maja!« Maja – Ausrufezeichen!

Ich trete gegen Rudis Bein.

»Rudi, steh mal auf, es ist zwölf, und ich will mir'n Kaffee machen.«

Rudi reagiert nicht.

Ich trete nochmals gegen das Bein.

Plötzlich löst sich ein tiefes Stöhnen aus Rudis Brust. Ein Stöhnen, das mich an den Brunftschrei von der Einwahl erinnert. »Ooohm«, stöhnt Rudi, und das klingt wirklich nach »Boooonnnn«.

Rudi klappt die Augen auf, klappt sie wieder zu.

»Harter Abend«, sagt er dann und hält die Augen geschlossen.

»Lass mich mal durch, ich will Kaffee machen. Magst du auch einen?«

Rudi will aufstehen, tappt mit der Hand in die Lache, sagt aber nichts, sondern schiebt das Gewicht seines Körpers mit der Hand nach oben, stützt sich mit der Hand an der weißgetünchten Wand ab und hinterlässt dort einen schmierigen Fleck.

»Ja, mach mir auch mal einen.«

Er tappt zum Schrank vor der Dunstabzugshaube und kramt eine Palette Aspirin hervor.

»Auch eine?«

»Nee, danke.«

»Ich glaub, ich leg mich gleich ins Bett. Mein Schädel!«

Er macht eine Pause.

»Mein lieber Tapir, das war'n guter Einstand hier in der WG.« Rudi sagt immer, das habe ich in den ersten Tagen schon gemerkt, »Tapir«, wenn andere Leute »Alder« oder »mein lieber Scholli« sagen. Ein Tapir, das hat Rudi mir stolz erzählt, ist eine Art südamerikanisches Borstenschwein, das hinten mehr

Zehen hat als vorn oder umgekehrt und das mit einer komischen Stimme herumfiept.

»Mein lieber Tapir!«, wiederholt Rudi.

»Du hast da was«, sage ich und zeige mit dem rechten Zeigefinger auf das Post-it auf seiner Stirn. Er fasst hin, zieht den Zettel ab, liest ihn und knüllt ihn zusammen.

»Die blöde Perfektionistin. Wenn sie mir nicht jedes Mal meine Hausarbeiten Korrektur lesen würde, hätte ich sie schon längst rausgeschmissen.«

Pause.

»Sag mal, du wolltest mir doch die Mensa zeigen, oder?«, frage ich.

Rudi schaut gequält.

»Kannst du allein gehen? Ich muss echt schlafen.«

Ich nicke, doch insgeheim ärgere ich mich. Rudi hat mir versprochen, mir die Mensa zu zeigen, ich habe ihn darum gebeten. Nicht, weil ich den Weg nicht selbst fände. Sondern weil ich nicht allein sein will. Nicht allein auf mein Essen warten, dann, das Tablett in den Händen, nach einem Platz suchen und das Essen schweigend in mich hineinschaufeln will. Schnell, hastig gegürtet und die Schuhe an den Füßen, am besten noch über eine Zeitschrift gebeugt, im schlimmsten Fall ein Werbeblatt, im besten Fall »Spiegel« oder »ZEIT Campus«, ganz tief, damit ich niemandem in die Augen blicken muss. Niemandem, der vorbeigeht in einer Gruppe von Freunden. Niemandem, der seine Freunde mit den Augen schon anlächelt, weil sie ihm einen Platz frei gehalten haben.

Allein in die Mensa zu gehen, das scheint mir so zu sein, wie allein in einem Restaurant zu sitzen, ein Gericht zu bestellen und in der Wartezeit auf dem Handy herumzutippen, in die Luft zu starren oder eine Frauenzeitschrift zu lesen.

Das Alleinessen ist für mich das sichtbarste Zeichen fürs Alleinsein, die Manifestation der Einsamkeit.

Plötzlich rattern mir alle Gedanken der vergangenen Monate durch den Kopf: Soll ich nicht doch da studieren, wo alle meine Freunde sind? Soll ich mich nicht lieber bloß eine halbe Stunde von zu Hause entfernt einschreiben, so wie die Muttersöhnchen und Papatöchterchen, über die ich mich sonst so lustig mache? Was tue ich, wenn ich hier keine Freunde finde? Was tue ich, wenn ich hier allein bleibe, ganz unten in der Studentenhierarchie – da, bei den Alleinessern in der Mensa?

Ich mache mich an der Kaffeemaschine zu schaffen. Soll ich Rudi noch mal fragen, ob er doch mit in die Mensa geht?

Doch der ist schon in sein Zimmer getrottet.

Ich gieße mir Kaffee ein, nippe, renne kurz ins Bad, nutze die Taschendusche namens »Axe«, klatsche mir zwei Hände Wasser aufs Haar und rücke die Frisur zurecht. Ich sehe mies aus, richtig mies, und ich beschließe, heute ausnahmsweise mal meine Brille aufzusetzen. Deren Gläser sind nicht entspiegelt – und dadurch sieht man meine Augenringe nicht mehr. Das ist eine billige, aber sehr effektvolle Taktik. Frauen und Metrosexuelle kaufen sich spezielle Cremes, ich setze meine Brille auf.

Um kurz nach halb eins verlasse ich die Wohnung, setze mich aufs Fahrrad und strample los. Vorbei an einigen Häusern, an denen Fahnen hängen. In Berlin oder Hamburg oder sogar in Köln wären das Häuser, die von der gestrigen Szene besetzt sind, von Anarchos, Sozialismus-Träumern, Bambulisten, Mao-Apologeten. In Bonn handelt es sich um Häuser, die von der vorgestrigen Szene besetzt sind – von Burschenschaftern mit archaischen Männlichkeitsritualen, von guten Christen, die ein unchristliches Frauenbild pflegen, von Nachwuchs-Elitisten, die Bier für einen besseren Karriere-Booster halten als Können. In Berlin oder Hamburg oder sogar Köln würden die Flaggen rote Sterne zeigen oder weiße Totenköpfe; in Bonn bestehen sie einfach nur aus Streifen.

Vor einem der Häuser steht Scheitel, zwei ebenso streng gescheitelte Kollegen neben sich. Sie tragen das Bändchen mit den drei Streifen um den Hals, dazu grüne Wachsjacken und olivfarbene Kordhosen. Jetzt wird mir klar, was die Halstrikolore bedeuten soll, die ich schon bei der Einwahl gesehen habe: Scheitel ist ein Verbindungsstudent. Er scheint mich nicht zu sehen. Ich will ihn auch nicht sehen, und ich beuge mich über den Lenker wie ein Alleinesser in der Mensa über seine Kroketten.

Dann komme ich in die Mensa, zwänge mich durch eine Drehtür mit großen gläsernen Flügeln und habe das erste Déjà-vu-Erlebnis meines Unilebens: Ich stehe wieder in einer Schlange, bloß dass ich mich hier in keine Liste einschreiben muss und dass die Mensa keine Höchstteilnehmerzahl vorschreibt, sondern das große Heilsversprechen abgibt, alle, die in der Schlange stehen, auch wirklich zu befriedigen oder zumindest satt zu machen.

Hinter der großen Drehtür blinken rote LCD-Buchstaben auf schwarzem Grund und zeigen die kulinarische Variationsbreite der Mensamenüs an.

Als Essen 1 ist irgendeine Lasagne deklariert; unter »Eintopf« werden Würstchen mit Senf und Sauerkraut angeboten; Essen 2 ist Schweinshaxe mit Jus.

Mein Kopf tut noch immer extrem weh. Vielleicht wäre die Haxe nicht die schlechteste Wahl. Ich gehe einige Schritte in die Mensa hinein und bleibe stehen. Eine Menschentraube versperrt mir den Weg.

»Ist das hier die Schlange zum Essen?«, frage ich und grinse vor mich hin.

Pause. Stille. Nichts.

Niemand antwortet, niemand sagt etwas, und ich denke an Rudi und daran, dass er nicht mitgekommen ist in die Mensa und mich hier allein lässt. Allein. Allein! Allein!!

Ich drehe mich um und sehe den Typen hinter mir an. Er grinst mich an, dieser Typ, breit, groß, blond, doch gleichzeitig sehr fragil, zerbrechlich. Er hat grünliche Augen, seine Wangenknochen scheinen sich durch die fahle Gesichtshaut zu bohren, sein Grinsen fängt am einen Wangenknochen an und hört am anderen auf.

»Ja, hier ist Essen zwei«, sagt er dann, »eine Viertelstunde wird's wohl noch dauern.«

Plötzlich ruft er laut durch den Raum: »Essen fassen! Es-sen fas-sen!«

Er hört sich an wie ein Oberpfadfinder beim Zeltlager oder wie ein Teamer, wie das wohl neuerdings heißt, bei einem Jugendausflug der Wandervogelbewegung.

Ich muss lachen und schaue ihn an.

»Bist du neu hier in Bonn?«, fragt er dann.

Ich nicke.

»Dann hallo erst mal. Ich bin Daniel.«

Er reicht mir die rechte Hand, ich schiebe ihm meine rüber, er drückt fest zu und haut dazu noch die linke Hand auf meine rechte. Platsch!

Wir stehen nebeneinander und reden. Daniel erzählt, dass er Jura studiert, dass er aus Stuttgart kommt, dass er da am liebsten in einem Oma-Café gegenüber vom Schloss abhängt, dass er nach Bonn gegangen ist, weil er Bonn als Kind immer für etwas Großes, Bedeutungsschweres, Geheimnisvolles hielt: den Ort, der dauernd in den Nachrichten vorkam, den Ort, an dessen Fluss wichtige Menschen entlangspazierten, da, wo er heute jeden Abend entlangjoggt, wäre er früher dem Kanzler begegnet.

Unterdessen schieben wir uns Schritt für Schritt weiter in der Menschenschlange. Den Gang entlang, durch ein verqualmtes Café mit tief hängender Decke. Hinter der Theke steht ein Plastikgefäß in Form eines Aquariums. Inhalt: eine hellbraune Tunke mit vielen kleinen Eiswürfeln. Konsistenz: schleimig. Aussehen: eklig. Anziehungskraft: keine. Aufschrift: Ice-Cappuccino.

Wir schieben uns im Gänsemarsch weiter, die Treppe hoch, rechter Fuß nimmt eine Stufe, warten, linker Fuß ist noch eine Stufe drunter, warten, linker Fuß zieht hinterher. Und so weiter.

Daniel ist vierundzwanzig, seit sechs Semestern in Bonn. Und er sagt, es sei auszuhalten. Daniel grüßt links und rechts, sagt mal da Hallo und grüßt mal dort – und irgendwann frage ich ihn, warum er denn allein in die Mensa geht.

»Nee, allein ja nicht, man trifft ja immer jemanden, und heute haben wir uns eben getroffen«, sagt er, und es hört sich so an, als sei das eine Selbstverständlichkeit, als seien die diffusen Ängste und konkreten Befürchtungen, die ich hatte, nicht nur übertrieben oder absurd, sondern schlicht nicht ausdenkbar.

Ich atme aus, wir drängen weiter die Treppe nach oben. Das Mädchen vor mir, gefühlte siebzehn, scheint zu hyperventilieren. Der Typ neben ihr, geschätzte vierunddreißig, hat viele Schweißperlen auf der hohen Stirn, dafür hängen seine Arme tief nach unten, und es zeigen sich dunkle Flecken unter den Achseln.

Irgendwann stehen wir beim Essen, beim »Essen 2«, wie es heißt. Auf zwei großen Rondells kommt das Essen angefahren, oben stehen kleine weiße Schalen mit Schnittbohnen oder Erbsen oder Erbsen und Möhren oder Kartoffeln, unten kommt die Schweinshaxe mit Jus.

Ich nehme einen Teller, stelle ihn auf ein tiefbraunes Tablett, stelle eine Schale Erbsen und Möhren daneben.

»Du darfst drei Beilagen!«, ruft mir Daniel zu.

Ich will eigentlich keine, weil ich an den Restalkohol denke und an die armen Kinder in Afrika, denen gegenüber es gemein wäre, den großen Topf mit Möhren zu nehmen, ihn aber wieder nicht aufzuessen. »Immer an die armen Kinder denken«, das war ein Satz meiner frühen Jugend. So bin ich eben aufgewachsen, politisch korrekt und ethisch einwandfrei, und meine Eltern durfte ich auch nicht »Mama« und »Papa« nennen, sondern musste »Gerti« und »Piet« sagen, weil »Mama« und »Papa« ja »Ehrfurchtsbezeichnungen von Renegaten und Reaktionären« sind, wie mein Vater, also Piet, mal sagte, und obwohl ich nicht genau wusste, was Renegaten und Reaktionäre sind, verstand ich, dass das etwas ganz Böses sein musste.

Ich verdränge den Gedanken an die armen Kinder. Vor mir stehen also die Erbsen und Möhren, von hinten drängen hungrige Esser nach, einer rempelt mich an. Ich packe mir dann aber doch die volle Ladung aufs Tablett: Neben die Haxe und die Erbsen und Möhren stelle ich ein Schälchen mit Kartoffeln und eines mit einem bremsspurherrenslipbraunen Pudding, der mit drei Mandelsplittern garniert ist.

Kasse, Geld raus, Studentenausweis raus, Wechselgeld rein, Studentenausweis rein, Tablett hoch, in den Gang. Daniel und ich trotten nebeneinanderher und finden schließlich einen Platz.

Neben uns sitzt ein tief über den Teller gebeugter Typ, der ein kariertes Hemd mit großen Karos trägt, das ein bisschen zu eng ist und über dem Bauch spannt. Im Gesicht hat der Typ eine große Brille, die Haare sind leicht fettig und mit der Hand aus dem Gesicht gekämmt. Er hält die Gabel in der rechten Hand, spießt eine Krokette nach der anderen auf, tunkt sie schnell in die undefinierbare braune Soße und pult derweil mit der linken Hand an einem Pickel neben dem linken Nasenflügel herum.

Wie im Klischee, denke ich.

Daniel kann offenbar Gedanken lesen, denn plötzlich flüstert er zu mir herüber: »Das Erstaunliche ist, dass alle Klischees stimmen.«

»Ja«, sage ich, »irgendwo müssen die Klischees ja herkommen.«

»So was nennt man Entscheidungsheuristik«, doziert Daniel. »Man schafft sich eine Abkürzung im Kopf, damit man schneller entscheiden kann.«

Ich nehme das Schälchen mit Kartoffeln, drehe es um und lasse die Kartoffeln in die braune Tunke neben der Haxe plumpsen. Die Soße spritzt mir auf den Hemdärmel.

»Okay«, sage ich, »damit kann man also seine Vorurteile rechtfertigen, oder wie?«

»Ziemlich genau so.«

Ich will grinsen, doch als ich mir ein Stück Haxe in den Mund schiebe, muss ich husten. Ich presse die Hand vor den Mund und merke gleichzeitig, wie mir die Augen aus dem Kopf treten. Mir kommen die Tränen, der Adamsapfel pocht gegen die dünne Vorderhaut des Halses, und ein dumpfer, brummender Ton dringt aus meinem Brustkorb. Erst muss ich husten, dann würgen. Die Haxe schmeckt wie lau aufgewärmte Gelatine mit Fleischaroma, glibbert in meinem Mund herum, greift die Geschmacksnerven brutalstmöglich an – so wie der Gedanke an Rudi meine Schmerzrezeptoren attackiert. Ich versuche zu kauen, versuche zu schlucken, doch es gelingt nicht. Einmal nicht, zweimal nicht, und dann entscheide ich mich für die Methode, die Rudi gestern Abend Brockenhusten genannt hat. Ich spucke die Haxe wieder aus.

Daniel lacht. Er lacht fies, dröhnend, ein bisschen wie J. R. in »Dallas«, das ich mir, wenn ich als Schüler krank war, vormittags um elf in der siebenundzwanzigsten Wiederholungsschleife anschaute.

»Beim ersten Mal in der Mensa ist mir das auch so gegangen«, erklärt er. »Aber du gewöhnst dich dran.«

Daniel lacht weiter. Und ich lache mit.

Ich malträtiere die Haxe. Drei, vier Bissen später habe ich herausgefunden, dass man die Haxe am besten nach einem ganz einfachen Prinzip isst: Ich schneide die Stücke ganz klein, schiebe dann mit der Gabel die braune Soße auf den Bissen, schiebe ihn mir in den Mund und schlucke alles hinunter. Das Geheimnis besteht darin, das Stück Fleisch so schnell zu schlucken, dass es nicht mit den Geschmacksnerven in Berührung kommt. Man darf die Brocken nicht kauen. Regelmäßiges Essen in der Mensa ist somit ein bestmöglicher Vorbereitungskurs dafür, später eine große Karriere als Kokainkurier zu machen: Potenzielle Koks-im-Magen-Transporteure müssen pflaumengroße Kokspäckchen schlucken, ohne zu kauen – wenn sie draufbeißen, sind sie tot. Drogenbosse sollten ihre Nachwuchskuriere an deutschen Unis rekrutieren.

Daniel und ich sitzen noch eine Dreiviertelstunde in der Mensa. Am Ende habe ich erfahren, dass er eine Freundin hat (eine Medizinstudentin in Hamburg), dass er gern Klavier spielt (er hat sogar mal »Jugend musiziert« gewonnen) und dass er gern Bier trinkt (am liebsten Jever, aber das kriegt man in Bonn so schlecht). Und ich bin um einige neue Erkenntnisse reicher: dass hässliche Männer die schönsten Frauen abbekommen (weil sie sich seit früher Jugend anstrengen müssen, während den schönen alles zufliegt), dass man an der Dicke der Oberarme schon bei vierzehnjährigen Oberschülerinnen sehen kann, wie dick sie später werden (das will Daniel empirisch validiert haben), dass eine bekannte deutsche Gegenwartssängerin eine Granate im Bett ist (das will Daniel zumindest in der »Bild«-Zeitung gelesen haben) und dass die Komparatisten-Party die beste Party aller Partys ist (die mit der lautesten Musik, dem billigsten Bier und den besten Frauen, wie Daniel mit Crescendo in der Stimme sagt).

Wir verabreden uns für übermorgen, ich tippe seine Nummer in mein Handy ein, schieße mit der eingebauten Kamera noch ein Foto von ihm, das bei Anruf aufleuchtet.

Als ich Daniel die Hand gebe, bin ich erleichtert. Erleichtert, weil ich glaube, dass Daniel und ich Freunde werden können. Erleichtert, weil ich das erste Mal Mensa überstanden habe, ohne allein gelassen über einem Hochschulmagazin hängend das Essen in mich hineinschaufeln zu müssen. Ich winke Daniel kurz zu.

»Bis bald«, sagt er, und irgendwie glaube ich daran, dass das keine Floskel ist.

Kapitel 3

Das Mensaessen liegt mir schwer im Magen, und ich habe das dringende Bedürfnis nach einem Underberg (»Für den Magen nach gutem Essen«). Ich überquere die Straße. Hier, schräg gegenüber der Mensa, soll das Juridicum sein, der Ort, an dem die Juristen lernen, an dem ich aber auch meine erste VWL-Vorlesung hören soll.

Ich gehe über einen Hinterhof, auf dem Fahrräder abgestellt sind, und ich blicke auf ein Gebäude, das problemlos als früheres FDJ-Zentrum in der Platte von Berlin-Marzahn oder als nordhessische Gesamtschule durchgehen könnte: ein geduckter Bau im schlechtesten Stil der Sechziger, Siebziger und dem Schlimmsten von heute, Platte, viel Beton, gedrungene Fenster. Ich betrete das Gebäude, und innen sieht es genauso bedrückend aus wie draußen. Der Boden ist schmutzig weiß gefliest, die Decken hängen so niedrig, dass sie großwüchsige Menschen fast erschlagen.

Das ist also der Ort, an dem die klügsten Volkswirte Deutschlands lehren, sogar ein Nobelpreisträger, und noch dazu die besten Juristen Deutschlands forschen.

Und dann wird mir klar, dass ich hier ziemlich auffalle: Ich trage eines meiner drei Hemden, ein abgewetztes, ehemals schwarzes Cordhemd, in dem ich in dieser Umgebung wie ein Bombenleger wirke, der mit der RAF sympathisiert. Als Erster kommt mir ein mittelalter Typ entgegen: senfgelbes Sakko, schwarze Hose, und um den Hals hat er eine Bücher-Krawatte gebunden, die gleiche, wie sie Privatdozent Krepp gestern trug. Von den Jungs im Juridicum sieht ein Drittel normal aus, ein Drittel von ihnen hat derart gegelte Haare, dass es in Sizilien von der Sonderkommission zur Mafiabekämpfung eingekerkert würde, und das restliche Drittel hat eine immer deutlicher werdende Glatze (ich gehöre noch zum ersten Drittel, drohe aber, perspektivisch ins letzte Drittel überzuwechseln). Viele tragen Hemden mit kleinem Reitersymbol drauf, viele tragen jägergrüne Wachsjacken, und viele schleppen ein dickes rotes Buch mit gesangbuchartigen Seiten mit sich rum, in dem viele Gesetze stehen und dessen Pflege so viel Aufmerksamkeit benötigt, dass man jede zweite Bundesliga-Live-Schalte im Radio dazu nutzen muss, Seiten rauszurupfen und neue einzuheften. Die Mädchen tragen zwar kein Gel, dafür aber Perlen; um den Hals die von Oma, an den Ohren die von H&M. Alle überpudern sie ihre Pickel, und vielleicht, denke ich, hat das Juridicum nur deswegen jeden Abend bis elf geöffnet, weil die Morgentoilette bei manchen Frauen bis zum Mittagessen dauert und sich der Tagesablauf entsprechend nach hinten verschiebt.

Ich bleibe kurz stehen und suche nach dem Hörsaal D. Doch nirgends ist ein Schild zu sehen. Ich blicke mich um und entdecke einen Glaskasten mit Zetteln. Vielleicht befreit der mich aus der Orientierungslosigkeit, vielleicht finde ich hier einen Hörsaal-Plan.

Gesprächsfetzen dringen an mein Ohr. Zwei Wachsjacken-Freaks sprechen darüber, warum Papas Cabrio schon wieder einen Kratzer hat. Eine große Brünette erklärt ihrer dunkelhaarigen Perlhuhn-Freundin, warum sie heute so einen supertiefen Ausschnitt angezogen hat (Brünett: »Du weißt doch, bei Sprechstunden und mündlichen Prüfungen heißt es immer: Display your assets.« Dunkel: gackergacker). Eine Kunstblonde erzählt ihrer Bekannten, dass »Claudio schon wieder die Preise erhöht hat. Für ein bisschen Konturschnitt habe ich hundertvierzehn Euro bezahlt.«

Natürlich, hatte mir jemand erzählt, sei das Juridicum ein Ort großer geistig-intellektueller Anziehungskraft – für Professoren, Doktoranden und hochbegabte Erstsemester. Für die meisten anderen sei der Betonblock aber eher ein Ort seelisch-semiintellektueller Strahlkraft – das größte Eheanbahnungsinstitut westlich von Vilich-Müldorf. Bis dreißig muss man unter der Haube sein, so laute das Partnerwahlprinzip der Jurastudentinnen: »Wenn du mit dreißig noch keinen Doktor hast, musst du leider selbst einen machen.«

Ich finde einen mit Lineal und Schwarzstift gezeichneten Plan und versuche, darauf Hörsaal D zu finden. Treppe hoch, dann rechts, doch auf dem Treppenabsatz werde ich fast von einem Mädchen mit schwarzen Haaren umgerannt, einem Mädchen mit einer Falte zwischen den Augen, die ihr Gesicht leicht asymmetrisch teilt, und mit einer Unterlippe, die voller ist als die Oberlippe: Anna. Anna Schnitzler.

»Hoppla«, sagt Anna, »entschuldige, aber dies ist der schnellstmögliche Weg, von der einen Seite zur anderen zu kommen.«

»Schnellstmöglich«, sagt sie und »hoppla«, während doch jeder »ups« sagt, und ich finde ihre Ausdrucksweise so bizarr wie faszinierend, so seltsam wie anziehend.

»Ja, ich hab jetzt meine erste Vorlesung, Einführung in die Volkswirtschaftslehre«, erkläre ich.

Sie grient leicht, wischt sich kurz mit der Hand durchs Gesicht, klemmt sich eine Strähne hinters linke Ohr und ruft: »Brutalstmöglich viel Spaß!«

Ich muss kurz lächeln ob der Formulierung und frage mich, woher sie diese Ausdrucksweisen hat, ob sie gestelzt klingt, weil sie es nicht besser gelernt hat, ob das die Antithese zum »Ey boah, ey«-Gesabber ihrer Schulkameraden gewesen sein kann oder ob sie sich, mir und allen anderen damit etwas beweisen möchte.

»Sag mal«, erkundige ich mich dann, »morgen früh um zehn ist doch die zweite Einwahl von Krepp, gehst du da hin?«

»Mit an Sicherheit grenzender Wahrscheinlichkeit, dieser Seminarplatz ist sehr wichtig.«

»Sollen wir zusammen hingehen? Um acht?«

»Acht ist viel zu spät, spätestens um fünf sollte man da sein, um tatsächlich noch die Möglichkeit einer Chance zu haben.«

Mich macht dieses gestelzte Gerede noch wahnsinnig.

»Okay, um fünf. Vorm Hauptgebäude, Hofgartenseite? Ich bin da.«

»D'accord. Du solltest Tee in einer Thermoskanne mitbringen. Vor der Uni ist es kalt.«

Sie macht eine Pause.

»Bis dann, Markus, gehab dich wohl.«

Dann streicht sie mir kurz mit der rechten Hand über den linken Cordhemd-Oberarm und rennt die Treppe hinunter.

Ich blicke ihr hinterher und weiß nicht, was ich von ihr halten soll. Ich muss an meine eine Ex denken, Maria, die manchmal ganz ähnlich redete, aber ein völlig anderer Typ war als Anna. Maria war zurückhaltend, höheretochterhaft, klein und ein bisschen gedrungen, während Anna so fragil und zerbrechlich wirkt. »Vergnügungsvoll« – dieses Wort löst in mir ein leichtes Schaudern aus.

Ich steige die Treppe hoch und frage mich, warum Anna in ihren Sätzen nie zu handeln scheint. Immer passiert etwas, oft tut sie was, aber das sagt sie nie. Immer handelt etwas, immer zieht sie sich zurück, versteckt ihr eigenes Zutun hinter ihrer verkünstelten Redeweise. Ich weiß nicht, ob sie in meiner Gegenwart jemals das Wort »ich« gesagt hat, ein kleines Wort, aber kein unbedeutendes.

Ich drehe mich um, steige die Stufen hinauf, stehe vor Hörsaal D. Ich trete durch die Tür, gehe eine Rampe nach oben.

Ich schaue weit nach vorn, in den großen Hörsaal, sehe die Sitzreihen, die auf den abschüssigen Boden montiert wurden, ein Sitz neben dem nächsten, sehe einen Gang in der Mitte, der den Blick freigibt auf ein braun getäfeltes Rednerpult, das links und rechts von jeweils einem Mikrofon eingerahmt wird; beide stechen aus dem braunen Holz hervor wie die Stielaugen eines Insekts.

Ich lasse den Blick durch die Reihen schweifen. Hinten links klappt ein Junge in Cordhose und blau-weiß kleinkariertem Hemd einen der Sitze herunter, setzt sich drauf, und der Sitz bricht nach unten durch, sodass ich nur noch seinen blonden Schopf hervorlugen sehe. Der Junge rappelt sich auf, schlägt beide Handflächen gegeneinander und blickt hilflos umher.

Ich will sehen, was er weiterhin tut, tapse mit kleinen Schritten weiter in den Raum hinein, als mich ein jäher Schrei aus meinen Gedanken reißt.

»Ahhh! Du Arschloch, kannst du nicht aufpassen??!!«

Ich zucke zusammen und blicke erschrocken vor mir auf den Boden.

Ein Mädchen sitzt da. Die dunkelblonden Haare fallen ihr ins Gesicht, doch sie geben den Blick frei auf ihren Mund, der sich zu einer gekräuselten Linie verzieht. Sie trägt eine weiße Bluse und hat sich ein roséfarbenes Tantentuch um den Hals gebunden.

»Du Arsch, du stehst auf meinem Fuß!«, schreit sie mich an, und ihre Lippen kräuseln sich noch stärker.

Ich blicke nach unten, sehe, dass mein rechter Fuß, der wie fast immer in Chucks steckt, tatsächlich auf einem Schuh der Marke Timberland steht.

Ich ziehe den Fuß zurück.

»Sorry«, murmle ich.

»Schnellmerkerarsch«, zischt sie.

Neben dem Mädchen sitzt noch ein Mädchen und daneben noch eins, und daneben sitzt ein Junge, neben ihm noch einer. Und daneben eine ganze Reihe weiterer Studenten, Junge, Junge, Mädchen, Junge, Mädchen, Mädchen, Mädchen, Mädchen, weiß nicht, Mädchen, Junge, Junge. Alle haben sie die Beine vor dem Körper angewinkelt, und auf ihren Oberschenkeln liegen Schreibblöcke im Format DIN A4. Manche halten noch einen Stift in der Hand, ein Mädchen liest die »FAZ«. Alle sitzen auf dem Boden. Ich schaue auf die Uhr. Um 14 Uhr c.t. soll die Vorlesung anfangen, »zeh tehee«, wie Krepp sagen würde, cum tempore, also um Viertel nach zwei, ein Atavismus der deutschen Ordinarienuniversität: Wir kommen nicht pünktlich, sondern eine Viertelstunde zu spät. Jetzt ist es fünf nach zwei, und der Hörsaal ist komplett voll. Jeder einzelne Platz ist besetzt, und wenn es mal eine Lücke zwischen den Rückenansichten gibt, dann nur deshalb, weil offenbar wieder ein Klappsitz durchgebrochen ist.

Ich muss mich wohl auch auf den Boden setzen, neben das Mädchen mit dem Kräuselmund.

»Kann ich mich hier hinsetzen?«, frage ich.

»Wenn du einen anderen Platz für deinen Arsch sehen solltest, dann nimm ihn, Arschloch. Aber ich sehe keinen!«, patzt sie.

Eben noch war ich so gut gelaunt, froh, Daniel kennengelernt zu haben, froh, dass ich den Mensatest nicht als Alleinesser durchstehen musste. Jetzt ist meine Stimmung auf einem Tiefpunkt angelangt. Bin ich so doof, so tapsig, so ungeschickt? Am besten sollte ich mich vollkommen unauffällig durchs Juridicum schleichen, mir zur Tarnung auch ein weißes Hemd mit kleinen blauen Karos anziehen – am besten noch mit Reitersymbol. Das schwarze Cordhemd mit den abgewetzten Ärmeln, die außerdem zu kurz sind und meine Hände dadurch ein bisschen klavierspielerhaft erscheinen lassen, ist ein eindeutiges Signal: Du gehörst nicht hierher.

Ich setze mich neben das Mädchen, winkle die Füße an, blicke kurz auf die Uhr, es ist zehn nach zwei, und hole meinen Block raus, den ich auf den Oberschenkeln ablege.

Ich hole eine »Süddeutsche Zeitung« aus meiner alten Schultasche, einem Ranzen aus hellbraunem Leder, an dem ich sehr hänge. Ich falte die Zeitung auf und frage das Mädchen neben mir, ob sie auch einen Teil will. Doch sie schüttelt nur den Kopf und schaut mich an, als hätte ich sie gefragt, ob wir beide nicht neben dem Rednerpult mit der braunen Holzvertäfelung die Bengalische Tigerschaukel vollziehen könnten.

»Zeitung? Wieso das denn? Ich hab vor drei Jahren zum letzten Mal eine Zeitung angefasst. Zeitung ist doch was für Leute von gestern.«

An ihrer brüsken Rede wundert mich nur, dass sie sie nicht mit einem Kosewort wie »Arsch« oder »Arschloch« aufhübscht. Vielleicht lässt sie einen solchen Zusatz auch deshalb weg, weil ihr die Variationsbreite fehlt. Vielleicht sollte ich ihr ein paar neue Zusammensetzungen vorschlagen: »Arsch mit Ohren«, »Arschgesicht«, »Arschbacke«, »Arschgeweih« (wobei Letzteres streng genommen nicht ganz so gut passt). Ich könnte sie auch bitten, ihrem Satz wenigstens eine historisch interessante Einleitung zu geben: »Mit Verlaub, Herr Kommilitone, Sie sind ein Arschloch!«

Stattdessen frage ich: »Liest du denn überhaupt keine Zeitung?«

Das kann ich mir nicht vorstellen, schließlich sollten Politikwissenschaftler jeden Tag die Zeitung lesen. Das dachte ich zumindest immer.

»Nee«, sagt sie, »ich les Zeitschriften, ›Glamour‹, ›Instyle‹ und so was, und für die normalen Informationen seh ich hin und wieder die ›Tagesschau‹ und jede Woche ›Sabine Christiansen‹.«

Ich weiß nicht, was ich darauf antworten soll, gebe nur ein brummendes Geräusch von mir und blättere in der Zeitung. Der Hörsaal wird von Minute zu Minute voller, und mittlerweile sitzen dreißig, vielleicht auch vierzig Leute auf dem Boden.

Es ist Viertel nach zwei, als drei Männer, zwei mitteljunge und ein alter, den Saal betreten. Sie staksen geübt zwischen den Beinen der Leute hindurch. Den Alten kleiden ein rostbrauner Sakko, eine schwarze Anzughose und eine rot-blau-gestreifte Krawatte, in der Hand hält er ein Mikrofon mit einem kleinen grauen Kasten; der eine junge Mann trägt ein weißes Hemd und Jeans und schleppt eine Aktentasche; der zweite hat eine Hose mit Fischgrätmuster und ein blaues Hemd an; mit beiden Händen umschließt er einen Stapel Bücher.

Die drei gehen die abschüssige Rampe hinunter, der alte Mann nickt links und rechts in den Raum hinein, und es würde mich nicht wundern, wenn er gleich wie ein Erzbischof die rechte Hand ausstrecken würde, um die ihm (oder der Volkswirtschaftsheilslehre) huldigenden Studentenmassen zu segnen.

Der eine junge Mann stellt den Aktenkoffer neben das Rednerpult, der andere hievt den Bücherstapel aufs Pult hinauf. Dann reicht der Alte dem Typ im weißen Hemd den kleinen Kasten mit dem Mikrofon; der klemmt ihm den Kasten an die Anzugjacke und hängt ihm ein Bändchen um den Hals, an dem das Mikrofon schaukelt.

Der schwarze Knüppel unterhalb des Kinns des Alten wirkt ausgesprochen phallisch. Ich muss grinsen, da fängt der Mann schon an zu reden.

»Guten Tag, meine Damen und Herren, ich heiße Professor Brechtig und Sie herzlich willkommen, haha.«

Ganz vorn lachen tatsächlich ein paar Leute, und ich fühle mich an den uralten Heinz-Erhardt-Film erinnert, aus dem Brechtig den Spruch hat.

»Brechtig ist die niederdeutsche Variante von ›prächtig‹«, sagt Brechtig, »Sie brauchen mich aber nicht Herr Professor Brechtig nennen, Herr Professor genügt. Meine Damen und Herren, ich bitte um Applaus für meine beiden Assistenten, Herrn Kießling und Herrn Weber, die mit großer Bravour die ihnen obliegenden Aufgaben bewältigt haben.«

Dann zieht er sich die Hose nach oben und spricht weiter: »Es wäre auch schlimm, wenn man als Professor seine Tasche selbst tragen müsste.«

Von vorn nach hinten durchzieht Knöchelapplaus den Hörsaal, und ich selbst kloppe, weil ich auf dem Boden sitze und die nächste Tischplatte drei Meter entfernt ist, die linke Handfläche in die rechte.

Die beiden Assistenten verlassen das Podium, ziehen den Kopf ein, die Schultern hoch und schleichen den kleinen Anstieg im Hörsaal wieder hoch. Mir fallen das dünner werdende Haar des Typs im weißen Hemd und der leichte Bauchansatz seines Kollegen in Blau auf. Ich schätze die beiden auf Mitte dreißig, eigentlich ein Alter, in dem die Lebensplanung der meisten nicht vorsieht, von einem Großordinarius fürs Koffer- und Wassertragen öffentlich gelobt zu werden. Als die beiden Assistenten geübt zwischen den Beinen hindurchballettieren, sehe ich, dass Weißhemd rote Flecken am Hals hat. Er stakst an mir vorbei, ihm folgt Meister Blauhemd. Er läuft etwas wackelig, rudert mit den Armen, und plötzlich spüre ich einen Schmerz auf meinem rechten Fuß. Blauhemd steht mir voll auf dem Fuß. Aua, schießt es mir durch den Kopf, aua, und natürlich auch das andere A-Wort, das das Mädchen mit den Timberlands so gern gebraucht.

»Meine Damen und Herren«, hallt nun wieder die Stimme des Professors durch die Mikrofone, »ich freue mich, dass Sie meine Vorlesung besuchen. Ich freue mich, dass wir auch als Volkswirte etwas zum neuen Bachelor-Studiengang Politik beitragen können.«

Der Professor geht auf dem Podest auf und ab, und das umgehängte Mikrofon wippt im Takt seiner Schritte vor und zurück, etwas verspätet, wie bei einer Fuge: Schritt, Schritt, vor, zurück. Er steigt nun vom Podest herunter und schreitet durch den Gang nach oben, dorthin, wo seine Assistenten vor einigen Augenblicken verschwunden sind.

»Damit es zwischen Ihnen heute gleich ganz kuschelig wird, darf ich Sie bitten, sich Ihren Nachbarn links und Ihren Nachbarn rechts ganz genau anzusehen.«

Er macht eine Pause, und ich blicke schüchtern nach rechts, zu dem Mädchen mit den Timberlands, und auch nach links, zu dem Typ neben mir, der sich um sieben nach zwei hingesetzt hatte. Das Mädchen lächelt verkrampft.

»Jetzt schauen Sie Ihren Nachbarn nacheinander fest in die Augen und stellen sich einander vor.«

Ich drehe mich nach links, und der Typ sagt tatsächlich: »Tim.«

»Markus.«

Ich drehe mich nach rechts, und das Mädchen in den Timberlands guckt wieder extrem genervt.

»Okee«, sagt sie, »ich bin die Sandy.« Es hört sich an wie »Sssssääääändie«.

»Markus«, sage ich wieder.

»Ich hab's gehört, du Arsch«, entgegnet sie.

Plötzlich knarzt wieder die Stimme des Professors durch die Mikrofon-Anlage. »Prägen Sie sich beide Gesichter ganz genau ein. Vergessen Sie die Namen nicht! Einen von den beiden werden Sie nie wiedersehen. Einer von dreien fällt bei uns durch, und wenn Sie selbst der unglückliche Verlierer sind, dann werden Sie sogar beide nicht wiedersehen, haha.«

Er kommt weiter den ansteigenden Hörsaal herauf, immer näher, und bleibt wenige Meter vor mir stehen.

»Sie«, sagt der Professor und sticht mit dem Mittelfinger in meine Richtung, »sagen Sie mir doch, wie Ihre beiden Nachbarn heißen.«

Ich starre in die Leere.

»Sie, ich meine Sie, Sie mit der Brille und dem schwarzen Hemd.«

O Gott, heute habe ich meine Brille aufgesetzt, um meine Augenringe zu verdecken. Mich fröstelt plötzlich überall, und ich merke, dass er mich meint, mich, an meinem zweiten Tag an der Universität.

»Ich?«

»Ja, Sie. Die Unterrichtssprache in dieser Vorlesung ist Deutsch und nicht Suaheli. Wie heißen Sie?«

Ich sage artig »Markus Rüttgers«, und der Professor grient mich an.

»Herr Röttgen«, fährt der Professor fort, »dann nennen Sie mir doch die Namen Ihrer beiden Nachbarn.«

»Tim und Sandy«, antworte ich.

»Jim und Mandy«, papageit der Professor meinen Satz nach und fragt weiter: »Glauben Sie, Herr Röttgen, dass eher Herr Jim oder eher Fräulein Mandy nicht durchs Studium kommen wird?«

Ich weiß nicht, was ich sagen soll. Der Professor starrt mich an, ich merke, er erwartet, dass ich etwas sage, und ich habe keine Ahnung, warum er ausgerechnet mich fragt. Falle ich in dem alten Hemd so sehr auf, dass ich ein prädestiniertes erstes Opfer bin?

»Ich weiß es nicht«, sage ich. »Ich kenne die beiden ja noch nicht.«

Der Professor lacht und ruft dann durch seinen Mikrofon-Phallus. »Dann prophezeie ich Ihnen, dass Sie derjenige sein werden, welcher nicht durchs Studium kommt. Als Politikwissenschaftler müssen Sie sich entscheiden können! Das gilt nicht nur für Theorien und Analysen. Meinen Sie, Sie könnten in einer Statistik-Klausur schreiben, Sie wüssten die Antwort nicht? Falsche Antwort – Minuspunkt. Keine Antwort – auch Minuspunkt. Da kann man nicht so urteilsschwach sein wie Sie!«

Sein Lachen dröhnt durch die Lautsprecher, und da er dicht genug vor mir steht, höre ich sowohl das echte als auch das Lautsprecherlachen.

Die Kommilitonen lachen ebenfalls. Der ganze Hörsaal lacht schallend, gnadenlos über mich, der ich das erste Opfer bin. Dass ich Opfer wurde, war sicher Zufall. Doch bei den anderen macht sich das Mescalero-Gefühl breit, das Gefühl klammheimlicher Freude.

Die Vorlesung geht weiter, und ich erfahre wirklich viel Neues: dass der Prof Drillinge hat, dass er Fan der SG Wallau-Massenheim ist, dass er ein bestimmtes Restaurant in Bonn schätzt. Dass die Sommerfeste der Staatswissenschaftlichen Fakultät immer großartig sind, vor allem die gemeinsamen Fußballspiele. »Sie müssen aber wissen, dass die Juristen und wir uns nicht grün sind. Beim Fußball geht's daher oft ziemlich hart zur Sache.« Dass er selbst in Bonn studiert hat und dass er froh ist, nun endlich auch an seiner Alma Mater lehren zu dürfen. »Alma Mater heißt nährende Mutter, haha, da denke ich immer an Abstillen, haha.« Über VWL erfahre ich auch etwas: zum Beispiel, dass der Prof dreizehn oder vierzehn Semester studiert hat und gerade deshalb ein super Examen gemacht hat. Dass der »Kollege Meier« besonders witzige Vorlesungen hält. Dass es in der Bibliothek manchmal extrem heiß ist und man im Sommer am besten nicht mit langen Ärmeln kommt. »Auch ein Sakko ist nicht ratsam, meine Herren«, sagt er, was den Protest eines Kommilitonen auslöst: »Einen Sakko müssen wir doch später im Beruf auch anziehen!« Und er gibt mir die gewichtige Information, dass er in einem Professorenquartett vorkommt, das Studenten der Uni Bielefeld zum Herunterladen ins Internet gestellt haben; einfach ausschneiden, und fertig ist der Pausenspaß. »Da kommen nur echte Prof-Profis rein, meine Damen und Herren, und ich sage Ihnen: Ich steche in zwei Kategorien – Unterhaltung und witzige Vorlesung.« Das sei, gibt er zu, nicht so gewichtig wie die Kategorie »Zahl abgelehnter Rufe«, »Zahl der Assistenten« oder »Summe bislang eingeworbener Drittmittel«, aber unwichtig eben auch nicht.

Der Professor läuft dabei stets durch den Hörsaal, und das Umhängemikro baumelt dabei vor und zurück, vor und zurück, schlägt gegen die eng geknotete Krawatte. Der Prof dreht seine Kreise, steht mal vor mir, dann plötzlich am vollkommen anderen Ende des Hörsaals. Er sieht ein wenig aus wie Thomas Gottschalk mit grauen Haaren, doch er trägt eine große Brille, die ein bisschen nach Kassengestell aussieht, aber nur ein bisschen, und wenn er die Arme ausbreitet und sein Sakko sich leicht nach hinten spannt, sieht man, dass sein Hemd an den Achseln durch große Schweißflecken verdunkelt wird. Er hat ganz dünne Lippen, die bei jedem seiner Worte vor Ekstase zu vibrieren scheinen, und in jedem zweiten Satz vibrieren sie ein »meine Damen und Herren« hervor, das sich wie »mein Dam un Herrn« anhört.

Ich schaue auf die Uhr. Er redet nun schon seit siebzig Minuten, es ist kurz vor halb vier, und außer meiner verstammelten Antwort auf seine Frage nach den Nebenleuten hat kein anderer Student etwas gesagt. Auch nach fünfundsiebzig Minuten habe ich noch nichts gelernt über den Inhalt des Studiums, über die Frage, wie Politikwissenschaftler von der VWL profitieren sollen, oder zumindest über eine relevante volkswirtschaftliche Frage. Kein Wort von Keynes oder Smith. Gar nichts. Einmal fällt das Wort Ordnungspolitik, einmal das Wort WTO, zweimal bringt der geschätzte Herr Hochschullehrer den Lombardsatz über seine schmalen Lippen. Das war's.

Am Ende fragt er dann in die Runde: »Mein Dam un Herrn, hat noch jemand Fragen?«

Zwei Reihen vor mir rechts meldet sich ein Mädchen mit langen blonden Locken am Kopf und schweren Moonboots an den Füßen.

Der Professor zeigt auf sie und sagt: »Meine Dame, bitte!«

»Sind die Inhalte der heutigen Vorlesung schon prüfungsrelevant?«

Ich kichere. Doch der Hörsaal bleibt ruhig. Niemand lacht. Offenbar stellen sich auch andere Kommilitonen die entscheidende Frage: Könnte in der Bachelorprüfung, die in sechs Semestern ansteht, gefragt werden, ob der große Professor von der Universität Bonn vielleicht Fan der SG Wallau-Massenheim ist oder wie viele Semester er studiert hat?

Plötzlich beugt sich Sandy leicht nach links und zischt herüber: »Warum lachst du? Das ist schließlich die entscheidende Frage: Was kommt in der Prüfung dran und was nicht?«

Ich will noch etwas sagen darüber, dass der Bachelor ja noch lange hin ist, dass aus der heutigen Veranstaltung sicher nichts drankommt, aber da schnarrt schon wieder Brechtigs Stimme durch die Mikrofonanlage: »Mein Dam un Herrn, Sie können davon ausgehen, dass sämtliche Inhalte meiner Vorlesungen examensrelevant sind. Weitere Fragen?«

Niemand meldet sich.

»Dann danke ich Ihnen herzlich fürs Kommen, wünsche Ihnen ein gutes, unfallfreies Studium und der SG Wallau-Massenheim morgen einen 30:25-Sieg.«

Knöchelapplaus.

Ich stehe auf und nicke Sandy kurz zu. Sie lächelt genervt zurück.

Draußen bleibe ich ein paar Minuten lang vor der Tür stehen und beobachte, wie die Masse aus den verschiedenen Hörsälen quillt. Die Jungs tragen kariertes Hemd, Barbour-Jacke und Scheitel oder ein Poloshirt von Ralph Lauren, darunter ein Hemd mit langen Ärmeln, darunter ein weißes T-Shirt, dafür lassen sie dann die Jacke weg. Viele haben Timberlands an den Füßen, genauso wie die Mädchen. Die tragen Blusen oder Poloshirts, immer aber Perlen.

Niemand will auffallen, niemand will vor den anderen als Außenseiter dastehen, als jemand, der die Regeln der Universität nicht kennt, die Regeln der Uniformität, der Gleichmacherei. Jeder will mit der Masse schwimmen und kopiert daher das, was er unter dem Habitus eines Volkswirts oder Juristen versteht. Im Grunde genommen wollen die Studenten hier gar keine Volkswirte oder Juristen werden, sondern Volkswirtsschauspieler und Juristendarsteller.

Ich schaue an mir hinunter, sehe mein altes Cordhemd. Auch

ich hatte das sorgsam ausgewählt: Formal korrekt sollte es aussehen, aber gleichzeitig abgewetzt genug, um noch als locker, cool oder unkonventionell durchgehen zu können.

Vielleicht ist das, schießt es mir durch den Kopf, vielleicht ist das genau die Nonkonformistenuniform. Vielleicht ist das genauso gleichmacherisch wie das Aussehen der anderen, bloß unter gewendeten Vorzeichen?

Ich weiß es nicht.

Ich verlasse das Juridicum und sauge die lauwarme Bonner Luft ein. Sie schmeckt nach Kastanie, und ich nehme immer tiefere Züge. Ein-aus-ein-aus-ein-aus-ein-ein-aus-ein-ein-ein-ein-aus. Ich fühle mich leer, ausgepumpt, fertig, mir schwindelt leicht, und ich weiß nicht, ob es die Nachwehen des gestrigen Abends, die Folgen von Schweiß und Schnaps, von Kölsch und Reyno-Rauch sind oder ob die Vorlesung mich so leer hat werden lassen, das Gequasel des Professors, die Kommentare der Kommilitonen und vielleicht auch die Sauerstoffarmut eines Raums, in dem jeder heile Stuhl besetzt und jedes Fleckchen Boden belagert wurde.

Ich ziehe die Luft wieder ein. Ein und aus. Dann nehme ich noch zwei tiefe Züge Sauerstoff. Ich schließe das Schloss meines Fahrrads auf, stelle mich auf die Pedale und ziehe das Rad zwischen den Beinen hin und her, von rechts nach links, von links nach rechts, ich muss mich beeilen: Ich muss in die nächste Vorlesung. Eine Soziologie-Vorlesung muss ich für meinen Bachelor hören. Drei Stunden pro Woche muss ich also hospitieren im Studiengang »Gut, dass wir darüber gesprochen haben«.

Kapitel 4

Ich fahre die Lennéstraße entlang, steure mein Fahrrad durch den Hofgarten, egge mit dem Vorderreifen eine Pfütze und lasse den Matsch wild durch die Gegend spritzen. »Iiiiih!«, kreischen zwei Mädchen, deren Hosenbeine nun leopardenartig gesprenkelt sind. Ich lache, weil ich mich so herrlich unerwachsen fühle und weil Durch-den-Matsch-fahren die gewalttätigste Form von Gewaltlosigkeit ist, die mein Gewissen noch tolerieren kann. Schließlich haben meine Eltern, also der Piet und die Gerti, mich politisch korrekt und gewaltfrei erzogen. Als die anderen grobgepixelte Ballerspiele auf dem Computer spielten, schob ich eine Freiwilligenschicht im Altersheim. Und während andere mit Platzpatronen-Revolvern und Wasser-Pumpguns aufeinander schießen durften, echauffierte sich die Gerti auf dem Elternabend: »Es ist Kosovokrieg, und eure Kinder spielen mit Pistolen!« Ich habe diese Haltung beim langen Lauf zu mir selbst verinnerlicht. Durch den Matsch zu düsen und andere schmutzig zu sprenkeln ist aber gerade noch okay.

Die Soziologie-Vorlesung für Politikwissenschaftler findet in Hörsaal XVII statt, der sich irgendwo am östlichen Rand des Hauptgebäudes befinden soll.

Anna kommt mir in den Kopf, Anna Schnitzler. Warum wischt sie sich ständig mit der Hand übers Gesicht? Warum redet sie so gestelzt? Morgen früh um fünf Uhr sehe ich sie wieder. Mir kommt ihr Satz in den Sinn, bei dem ich zusammengezuckt bin. »Das wird ein vergnügungsvolles Seminar werden.« Nun benutze ich es selbst: »Vergnügungsvolle Stunden in der Soziologie!«, mache ich mir Mut.

Ich stelle mein Rad in eine der Fahrradreihen, die vor dem Hauptgebäude stehen. Dann mäandere ich ein wenig durch das Gebäude, finde dann Hörsaal XVII, vor dem eine Gruppe von Studenten steht. Ziemlich viele Mädchen sind darunter, zwei Leute, bei denen ich nicht genau weiß, ob es Männer sind oder

Frauen, dann noch ein paar Jungs mit Rastazöpfen, zwei mit langen fettigen Haaren. Mädchen mit Plateausohlenschuhen sind auch dabei, aber auch welche mit Manowar-Aufnäher auf der Kutte, eine mit Riesensonnenbrille und einem T-Shirt mit der aufgedruckten Frage: »Sind Engel Geflügel?«

Ich spreche ein Mädchen mit einem gewollt zu kurzen Oberteil an, das den Blick auf ihren Bauchwulst freigibt. »Entschuldigung, ist das hier diese Pflichtveranstaltung für Erstsemester?«

»Du meinst die ›Einführung in die Soziologie‹ für Erstsemester der Politikwissenschaft?«

»Namen habe ich vergessen, das ist die Veranstaltung, die drei Stunden geht.«

»Ja, dann bist du hier richtig.«

»Ja, prima«, sage ich, »vielen Dank.«

Als ich das Wort »vielen« sage, merke ich, dass es um mich herum still ist. Alle schweigen, und ich merke, dass jeder hier vor dem Hörsaal meine Worte verstanden hat. Keiner spricht, aber es blickt mich auch keiner an. Alle starren vor sich hin, fixieren irgendetwas, blättern in einer Zeitung; die Aktiveren gehen vor dem Hörsaal auf und ab. Es passiert genau das, was mir schon bei der vergeblichen Einwahl bei Krepp, Emm Aah, aufgefallen ist: Alle sind neu, viele sind allein, manche sind einsam, doch niemand, absolut niemand schickt sich an, das Alleinsein und die Einsamkeit zu überwinden, das Neue erträglich zu machen und miteinander zu reden. Daniel hatte ich durch Zufall kennengelernt, durchs Reden, Anna auch, durchs Reden, aber alle anderen – sie schweigen. Ich selbst auch, heute zumindest. Alle sind feige. Heute bin ich es auch.

Wenige Minuten später kommt ein Mittfünfziger mit blondem Vollbart, der irgendwie gefärbt aussieht. Oben hat er eine Glatze, an den Seiten hängen ihm lange Fusseln herunter, und er hat einen mächtigen Bauch – wäre er Lehrer, würden die Sextaner sagen, er sei ein fetter Sack. Über dem Bauch trägt er eine Lederweste mit vielen kleinen Taschen mit Reißverschlüssen, an deren Enden japanische, zumindest fernöstliche Schriftzeichen baumeln. Schrecklich! Der schleppt womöglich ein ganzes Lehrgebäude mit sich herum – irgendwelche Wiedergeburtsideen oder Neuigkeiten aus dem Shinto-Schrein oder Liedzeilen aus den späten Hare-Krischna-Liedern von George Harrison. Vielleicht sollten sich Jungunionisten Helmut Kohls gesammelte Aphorismen in die Goldknöpfe ihrer Blazer gravieren oder Fußballfans sich die besten Heribert-Faßbender-Sprüche in ihre Plauzen eintätowieren lassen.

Herr Bart schließt den Hörsaal auf, murmelt etwas von technischen Geräten, die geschützt werden müssten, und so weiter.

Die Massen trekken in den Hörsaal, die Jungsmädchen und Mädchenjungs genauso wie die Netten, Harmlosen und die Mädels, die im Hauptberuf Tochter sind und im Nebenberuf etwas über die Gesellschaft lernen möchten.

Ich dränge mich auf einen freien Sitz. Hinter mir strömen die Horden nach, flugs sind die Reihen voll, einer steigt über die ausgeklappten Pulte und findet den letzten freien Platz weit vorn und ziemlich genau in der Mitte einer Reihe. Auf den Boden setzt sich keiner, weil sich keiner auf den Boden setzen kann: Bis vor die Tür hinaus stehen Mädchen und Jungsmädchen und Mädchenjungs. Die Rucksäcke auf den Rücken drücken den Hinterleuten in den Bauch, manchmal rutschen Füße in Turnschuhen gegeneinander, und es quietscht, als ob jemand mit feuchter Kreide auf eine Tafel schreibt.

Ungerührt baut Herr Bart seinen Laptop auf, verstöpselt ihn mit Lautsprechern, und mir scheint, als summe er irgendeine Melodie, vielleicht eine fernöstliche Hymne, bei der ihn seine Lederweste textlich unterstützt.

»Entschuldigung!«, schreit plötzlich jemand von ganz hinten.

»Entschuldigung!«, schreit diese Stimme lauter, fordernder. »Aber hier draußen stehen noch zwanzig Leute, die nicht reinkönnen.«

Der Dozent stöpselt noch immer an seinem Pult herum und pult sich unterdessen mit dem kleinen Finger der linken Hand im linken Ohr herum. Entweder ist er schwerhörig oder er will nicht hören, dass diese Vorlesung voll ist, brechend voll. Sogar sämtliche Stehplätze sind ausgebucht.

»Hallo?? Haaaalllo!!«, ruft ein Mädchen. »Hören Sie uns? Hier draußen sind noch zwanzig Leute!« Sie sagt »Leuuuuuteeee«. Gellend und ganz lang gezogen.

Der Dozent nimmt den Finger aus dem Ohr, beugt sich über das Mikrofon seines Pultes und sagt: »Ich habe dich schon verstanden, aber ich kann diesen Zustand leider nicht ändern. Entweder gehen wir kommende Sitzung in einen größeren Raum, oder ihr setzt euch bei euren Nachbarn auf den Schoß. Oder ihr hört von draußen zu, oder ihr kommt einfach in zwei Semestern wieder. Dann biete ich die Veranstaltung wieder an. Das sind doch wirklich viele Optionen.«

Zwei Mädchen mit Stehplätzen gehen tatsächlich.

»Hat ja keinen Sinn«, sagt die eine zu der anderen.

»Kommen wir eben in zwei Semestern wieder, haben ja sowieso schon vierzehn Semesterwochenstunden, das lastet mich mehr als aus.«

Die beiden drängeln sich durch eine schmale Gasse zwischen den anderen hindurch. Von hinten drängen weitere nach, es ist ein bisschen wie im Fußballstadion, ein bisschen wie bei der Wahlkampfveranstaltung eines Spitzenpolitikers und ein bisschen, ja, wie beim White-Stripes-Konzert, nur deutlich gelangweilter. Plötzlich tippt mir von hinten eine Hand auf die Schulter. Ein kleines Mädchen mit dünnen, albinohaften Haaren und einer kleinen, randlosen Brille steht hinter mir. Sie hat bleiche, fast transparente Haut, die sich nun rot-weiß pustelt, und dünne, blutleere Lippen wie Striche. Die Striche zittern leicht, und sie sagt plötzlich: »Ich sehe nichts, darf ich mich auf deinen Schoß setzen?«

Meint sie das ernst? Soll das eine Anmache sein, oder glaubt sie wirklich, sich auf diese Weise aus ihrer Notsituation befreien zu können?

»Ich glaub, das war ein Scherz, den der Prof gemacht hat.«

»Echt?«, fragt sie, und die Pusteln in ihrem Gesicht vereinen sich zu einem roten Gesamteindruck.

»Ziemlich sicher sogar. Dies ist eine Vorlesung, keine Fischsucht-Fahrrad-Party.«

Sie läuft puterrot an, und ich habe schon Angst, dass sie gleich umfällt. Sie holt Luft, pumpt sich auf, ihre Wangen blähen sich, ihre Augen schrumpfen erst und werden dann froschartig groß hinter der randlosen Brille. Sie dreht sich nach links, will offenbar wegrennen vor Pein, doch da stehen Leute, und so lehnt sie sich nach hinten. Ich drehe mich um.

Vorn, hinterm Pult, räuspert sich Herr Bart.

»Hallo, liebe Studis, herzlich willkommen zu meiner Vorlesung. Ich freue mich, dass ihr so zahlreich gekommen seid, ich biete dieses Jahr die Einführung in die Soziologie für Politikwissenschaftler an, was ihr euch darunter vorstellen könnt, das sage ich euch gleich. Vorweg: Ich bin Bernd Brall, ich bin Privatdozent, und auch wenn ich weiß, dass es in einer Phase der Restauration an den Unis, einer Phase der sozialen Exklusion durch Studiengebühren und Selektion unter dem Schlagwort Elite-Universität, eher unüblich geworden ist, sich auf Augenhöhe zu begegnen, so lege ich doch Wert darauf, dass wir uns duzen.«

Bart-Bernd Brall hat eine leise, schnarrende Stimme, und mir scheint es, als ziehe er den Mund beim Sprechen massiv zur Seite, damit er so spricht wie Habermas. Brall öffnet die Arme, ein bisschen wie ein guter Papa, der sein kleines Kind von der Schule abholt.

»Also, ich bin der Bernd, ich hab auch mal hier studiert, von daher weiß ich, wie es sich anfühlt, dort zu sitzen. Ich bin dann als Wissenschaftler dabeigeblieben, weil mich der Mensch so sehr interessiert. Der Mensch in den gesellschaftlichen Strukturen, in seinen sozialen Umgrenzungen und Umzäunungen, die uns in der Soziologie besonders beschäftigen. Der Mensch steht im Mittelpunkt bei allem was ich tue, und das sollte auch eure Triebfeder sein bei der Soziologie und auch bei der Politikwissenschaft. Ohne Menschen keine Strukturen und ohne Strukturen keine Politik.«

Bart-Bernd räuspert sich erneut, was sich anhört wie das Knurren eines Mopses.

»Ich halte nichts von der Terminologie-Vorlesung, weil ich

nichts vorlesen werde. Ich nenne diese Veranstaltung Dialogimpuls. Ich halte nichts von ausgearbeiteten Manuskripten, sondern ich lasse mich lieber leiten von dem von mir entwickelten dialogischen Prinzip der metathematischen Grundierung und metathetischen Fundierung mittels intuitiv-impressionistischer Methodik. Ich kann euch da einen Aufsatz empfehlen, den ich mal geschrieben habe, er heißt ›Metathema, Metathese und intuitiver Impressionismus – eine Handlungsanleitung für eine grundierende und fundierende Dialogisierung der archaischen Vermittlungsform Vorlesung unter Berücksichtigung des Feldexperiments *Studis in Bonn*‹, und ich habe ihn als Kopiervorlage in den Semesterapparat getan.«

Bart-Bernd wedelt mit den Armen und scheint ob des Wortungetüms fast aus der Puste geraten zu sein. Großartig, nun bin ich Teil eines großen Feldexperiments. Doch ins Grübeln kann ich gar nicht kommen, denn Bart-Bernd fährt mit seiner Suada fort.

»Mir ist wichtig, dass wir viel reden und uns dadurch die vom Curriculum und der Prüfungsordnung – oder ich sage mal: Curricularkorsett – vorgesehenen Inhalte erarbeiten und erschließen. Ich fände es gut – oder sagt man heute nicht knorke? –, also ich fände es knorke, wenn ihr euch alle das erste Lehrbuch auf der Literaturliste kaufen würdet, die ihr im Internet findet. Ich weiß, dass das mit fünfunddreißig Euro für Studis ziemlich teuer ist, aber dann könnt ihr zu Hause immer nachlesen, was im Dialogimpuls selbst vielleicht zu kurz kommt. Und das wird leider manches sein.«

Ich schaue mir den Mann an: den dicken Bauch, den dichten Bart, die kalte Platte auf dem Kopf, den beim Sprechen verzogenen Mund. Will ich diesen Mann duzen? Will ich von diesem Mann, der »knorke« für einen zeitgerechten Ausdruck und »Studi« für eine adäquate Bezeichnung hält, geduzt werden? Und ändert sich durch das Duzen etwas in der Beziehung zwischen Professor und Student, in der der Prof die Note gibt und der Student sie bekommt?

Ich kann alle diese Fragen sofort beantworten: Antwort 1:

Nein! Antwort 2: Nein!! Antwort 3: Nein!!! Ich will diesen Mann nicht duzen, diesen brallen Bart-Bernd. Und so richtig dialogisch finde ich seine Methode auch nicht, denn er fährt in seinem Monolog fort.

»Heute soll es uns um die Wahrnehmung gehen. Wahrnehmung ist besonders wichtig, um Vorurteile zu verstehen. Vorurteile muss man verstehen, um fehlende gesellschaftliche Kommunikationsstrukturen zu verstehen und die Diskrepanz zwischen abgehängtem Prekariat und bildungsbürgerlichen Leistungseliten in diesem Lande. Um darüber mit euch in einen Dialog einzusteigen, möchte ich erst mal, ganz basal, über die unterschiedliche Wahrnehmung von Individual-Neuronal-Prozessen sprechen. Ich habe euch ein Stück mitgebracht, ein Musikstück von Norah Jones, einer wunderbaren, großartigen, zarten, einfühlsamen, kaum zu überbietenden Sängerin. Sie ist die Tochter von Ravi Shankar, bei dem ich übrigens auch mal Sitar spielen gelernt habe, o Mann – äh – Mensch, das waren noch Zeiten. Das Lied heißt ›Don't know why‹, und ich möchte, dass ihr die Augen schließt und die Musik auf euch wirken lasst. Ihr könnt auch aus dem Fenster schauen. Ich möchte, dass ihr mir nachher intensiv beschreibt, was ihr selbst an euch wahrgenommen habt.«

Er tippt auf seinem Laptop herum, und die ersten Mädchen um mich herum schließen die Augen. Vor mir in der Reihe zieht ein Mädchen sein Palituch aus, knüllt es zusammen und bettet das Gesicht darauf.

Jetzt erklingen aus den Lautsprechern die ersten Akkorde des Liedes, dann spielt ein Klavier einige Töne.

»I waited till I saw the sun, I don't know why I didn't come.«

Ich schließe auch kurz die Augen, öffne sie dann aber wieder und blicke im Hörsaal umher. Vorn rechts wiegt eine den Kopf hin und her, daneben streichelt eine ihrer Nebenfrau im Takt über den Rücken, und in einer mittleren Reihe ganz am Rand grinst ein eindeutig als Mann identifizierbarer Kommilitone so breit, als höre er nicht Norah Jones sondern Peter Tosh.

Ich persönlich nehme nichts an mir wahr. Gar nichts. Zumindest nichts, was die Musik betrifft. Gut, ich sitze auf einem harten Stuhl, die Luft ist schlecht, und draußen ist es bewölkt, aber die Musik …? Bart-Bernd dreht die Musik leiser und sagt: »Na, war das nicht schön? Ihr könnt die Augen wieder aufmachen!«

Und dann wedelt er mit den Armen und ruft: »Guddn Moggän!«

Ein Mädchen ruft: »Oooch, wie schade!«

»Und, was habt ihr gespürt? Was habt ihr an euch wahrgenommen?«, fragt Bernd.

Finger schießen in die Luft, sehr viele Finger, das Ganze droht nun extrem dialogisch zu werden.

»Bitte«, sagt Bart-Bernd und zeigt auf das Mädchen mit dem Palituch.

»Also, ich fand das alles total klasse!«

»Stopp!«, ruft Bart-Bernd. »Kannst du uns bitte erst noch sagen, wie du heißt?«

»Okay, ja, also ich bin die Claudi, und ich hab es in mir drin vibrieren gespürt, ich bin erzittert vor, ja, vor, ja, wie soll ich sagen? Vor Ehrfurcht vor der schönen Stimme.«

»Superduper«, lobt Bart-Bernd – oder viel eher: »Supadupa« – und zeigt auf ein Mädchen ganz vorn. Ich verstehe sie nicht, weil sie so leise spricht.

Dann zeigt Bart-Bernd auf eine Kommilitonin mit geringeltem Rollkragen-Pulli neben mir. Die sagt: »Ich bin die Miriam, aber ihr könnt Miri sagen, und ich habe meinen Körper plötzlich nicht mehr wahrgenommen, ich hatte das Gefühl, als wenn ich so irgendwie schwebe, vereint mit dem Glück und der Musik.«

»Das finde ich klasse! Da seht ihr, wie unterschiedlich Wahrnehmung sein kann. Behaltet schon mal im Hinterkopf, welche inhaltlichen und inhaltistischen Implikationen das für die Gesellschaft hat. Wir machen ja hier erlebte Soziologie.«

Eher Erlebnis-Soziologie, denke ich, doch Bart-Bernd strahlt und zeigt dann auf den Peter-Tosh-Grinser in der Mitte ganz rechts.

Aus dessen Mund kommt eine hohe Stimme mit mehrere gefühlte Oktaven umfassende Intonationskurven. »Also, ich bin der Klaus« – er sagt: »Klau-haus« –, »und ich find's doof, wenn man mich Klausi nennt, also lieber Klau-haus, und ich wollte erst mal sagen, dass ich nicht weiß, was Implikationen sind, ich find das echt doof, dass wir hier so reden. Aber dafür fand ich's eben toll, ich habe aus dem Fenster geguckt, und als ich den Busch mit den grünen Blättern angeschaut habe, da habe ich die Musik gar nicht so intensiv wahrgenommen, als ich aber auf die Bäume mit den roten Blättern geschaut habe, da habe ich alles viel intensiver wahrgenommen.«

»Danke, das ist sehr aufschlussreich«, erklärt Bart-Bernd. »Aber ich möchte dich gern noch vor dem repressiven Gehalt des Wörtchens ›man‹ warnen. Das exkludiert die Frauen und zerstört den Dialog. Lieber solltest du denjenigen adressieren, den du auch meinst, also ›ihr‹ sagen oder ›du‹ oder wie auch immer.«

Ich habe allmählich das Gefühl, Teil einer großen Selbsthilfegruppe geworden zu sein. Soll ich mich auch melden und sagen: »Ich bin der Markus, aber meine Freunde können mich Markusino nennen, und ich habe nichts wahrgenommen«? Melden erscheint mir zu blöd, und so rufe ich in die Menge: »Ich hab nichts wahrgenommen.«

Bart-Bernd kontert gleich. »Okay, dann bring ich für dich nächstes Mal Sepultura mit.«

Alle lachen. Ich selbst auch.

Die Vorlesung respektive der Dialogimpuls soll eigentlich bis Viertel vor sechs dauern. Aber Bart-Bernd teilt nur noch die Literaturliste aus, nennt einige Internetadressen und spricht von Top-down- und Bottom-up-Prozessen in der Wahrnehmung, die dann wieder rückwirken auf die gesellschaftliche Schichtung. Ständig sagt er Prekariat und meint damit, glaube ich, die Unterschicht. Um fünf schließt er die Vorlesung mit den Worten »Gut, dass wir darüber gesprochen haben, passt gut auf euch auf, alles wird gut«.

Ich steige auf mein Fahrrad und fahre nach Hause. Morgen früh um fünf Uhr soll ich vor dem Uni-Hauptgebäude stehen. Morgen früh werde ich drei Stunden lang in der Kälte bibbern. Und Morgen früh werde ich Anna Schnitzler wiedersehen.

Kapitel 5

An diesem Morgen kommt das Unheil von ganz weit her. Leise dringt ein Scheppern an mein Ohr. »Drrrrrr«, klingt es, fern, wie im Traum, doch es wird immer lauter, immer härter, immer penetranter, ein Traum ist niemals Traum. Ich liege im Bett, kauere mich zusammen, lege die Beine an den Körper, schiebe die Arme an die Knie und ziehe die Schultern hoch, so wie ein Embryo im Bauch der Mutter. Doch das Läuten hört nicht auf, es wird lauter, es dröhnt mir in den Ohren.

Das Scheppern stammt von meinem Wecker.

Von draußen dringt kein Licht in mein Zimmer, es ist stockdunkel, und ich merke, dass das Klingeln nicht aufhört. Ich schalte die Lampe über meinem Bett an, und der Lichtstrahl scheint mir ins Gesicht wie eine Schreibtischlampe einem Verbrecher bei einem Polizeiverhör.

Ich taste nach dem Wecker, halte den Schlegel zwischen den beiden Glocken fest und versuche, den »Off«-Knopf auf der Rückseite zu finden. Erst verdrehe ich die Uhrzeit, dann die Weckzeit, doch schließlich finde ich den kleinen Knopf, und das Läuten hört auf. Ich will die Weckzeit noch ein paar Stunden weiterdrehen, wie so oft morgens, wenn ich mir vorgenommen habe, irgendetwas Sinnvolles zu tun, und wenn ich merke, es geht nicht, ich kann nicht, ich muss weiterschlafen, und ich wache lieber mit dem schlechten Gewissen auf, gegen mich selbst verloren zu haben, als tatsächlich aufzustehen.

Der Wecker zeigt halb fünf, aber nur weil ich die Weckzeit verdreht habe, eigentlich müsste es vier sein, vier Uhr morgens. Ich muss aufstehen, denn ich muss um fünf am Uni-Hauptgebäude sein, besser um fünf vor fünf, um zehn Uhr findet die Einwahl für das Seminar statt, und ich will den Seminarplatz unbedingt bekommen, und außerdem wartet Anna auf mich, Anna Schnitzler, die komisch redet, die ich aber trotzdem gern mag, lieber als die Sandy in den Timberlands und als die Frau in den Moonboots, die sich für die Bachelorprüfungsrelevanz der Handballvereinspräferenz des VWL-Professors interessierte, und lieber auch als das Mädchen mit dem rotpusteligen Gesicht in der Soziologievorlesung.

Ich stehe auf, gehe in die Küche, mache mir Kaffee, eine ganze Kanne, schließlich will ich wachbleiben bis zehn Uhr. Dann gehe ich ins Bad, duschen darf ich wohl nicht, ich will Rudi, Paul und Maja, meine Mitbewohner, nicht wecken, also klatsche ich mir etwas Wasser unter die Achseln, deodoriere mich und bändige mein Haar mit viel Wasser.

Ich blicke in den Spiegel: Ich sehe zum Gruseln aus. Meine Augen sind durchzogen von vielen roten Äderchen, unter meinen Augen haben sich blaurote Halbkreise gebildet, und links neben meiner Nase prangen zwei rote Pickel, die das Gesicht nicht symmetrischer oder netter machen.

Ich höre aus dem Bad, dass es an der Tür zur Wohnung rumort. Ein harter Gegenstand klackt auf Holz; ich zucke zusammen. Einbrecher? Ich stoße die Badezimmertür auf, taste nach einem Regenschirm, der im Flur stehen müsste und mit dem ich einem Einbrecher zumindest einen schnellen Schlag auf den Kopf geben könnte. Doch meine Hand greift ins Leere.

Dann schiebt sich ein Schlüssel ins Schlüsselloch, der Schlüssel dreht sich, die Tür springt auf, und Rudi kommt herein. Hinter ihm ein blondes, sehr blondes Mädchen mit bleichem Gesicht, einer kurzen, höckerigen Nase und einem vollen Mund. Sie trägt ein weißes, viel zu enges T-Shirt, das die großen Brüste unvorteilhaft quetscht, sodass der Stoff des T-Shirts bloß die Brustwarzen überdeckt.

Rudi stutzt.

»Mein lieber Tapir, bissu au noch wach?«, fragt er und hört sich nicht mehr nüchtern an. Das blonde Mädchen legt ihm von hinten die Arme um die Hüften.

»Nee«, sage ich, »bin gerade erst aufgestanden, Einwahl zum Proseminar Internationale Beziehungen.«

»O Mann, hast du ein Pech! Wir gehen jetzt ers'ma pennen.«

Ihm ist die Situation fast genauso peinlich wie mir.

Ich sehe einfach mies aus, und er ist einfach betrunken, und sie hegt offenbar die Erwartung, dass er noch zu Höchstform aufläuft.

»Ach so«, sagt Rudi dann, »kennt ihr euch? Das is mein neuer Mitbewohner Markus, der is okee, und das is meine Kommi ...«, Rudi stockt. »Kommi ... Kommi-li-to-nin Jasmin.« Rudi macht eine bedeutungsschwere Handbewegung, schließlich hat er ein schweres Wort ausgestoßen.

Ich nicke, sie nickt zurück, und dann sind die beiden auch schon in seinem Zimmer verschwunden.

Er: »Tschö.«

Ich: »Gut Nacht!«

Sie: »Bis später!«

Ich klatsche mir im Bad noch etwas mehr Wasser auf die Haare und setze mich in die Küche.

Plötzlich kommt Rudi in Boxershorts aus seinem Zimmer, ich gucke erst auf seine Shorts, dann lieber schnell weiter nach oben, in der Hand hält er ein Kästchen ohne Deckel, in dem eine Glasphiole, einige Fläschchen, Kondome und ein Paar Handschellen liegen.

»Sag mal, ganz schnell, hast du vielleicht Erdbeer oder so, sie mag kein Pfefferminz.«

Ich schüttle den Kopf, muss an Hannahs Mutter denken, die die Packung Erdbeerkondome aufs Bett geworfen hat, schüttle wieder den Kopf. Rudi zuckt mit den Achseln, trottet zurück in sein Zimmer und knallt die Tür zu. Ich greife zum Kaffee. Alles, was ich tue, kommt mir *slow motion* vor: Wie ich Kaffee trinke. Wie ich den Rest Kaffee in eine große Thermoskanne fülle. Wie ich mich anziehe. Wie ich mich wieder ausziehe, weil ich mir doch noch eine lange Unterhose anziehe, es könnte ja kalt werden. Es ist April, und »Sommer«-Semester, das ist ein fieser Euphemismus. Ich schaue mir zu, als ob ich ein anderer Mensch wäre: Wie ich mich wieder anziehe. Wie ich aus der Wohnung gehe, die Tür abschließe, die Treppe runtergehe, aufs Fahrrad steige, durch die leere Bonner Südstadt fahre, den Hofgarten quere und schließlich das Uni-Hauptgebäude sehe, dessen dunkles Gelb vom kalten Licht des Mondes so angestrahlt wird, als habe Caspar David Friedrich es gemalt. Alles geht so viel langsamer, und als ich auf die Armbanduhr schaue, sehe ich, dass es schon kurz vor fünf ist. Warum auch immer ich so lange gebraucht habe.

Vor dem Hauptgebäude, unter den Blicken der Regina Pacis, steht eine Laterne, die ein gelbliches Licht wirft. Unter der Laterne steht Anna. Ich bremse, rolle auf sie zu. Das dunkle Haar fällt ihr ins Gesicht, das rechte Auge ist frei, das linke nur halb zu sehen, der Mund scheint zu beben, die Nase sticht hervor. Ich sehe ihre Falte, aber vielleicht ist das nur Einbildung, denn sie wischt sich schnell übers Gesicht und winkt mir zu. Eigentlich winkt sie nicht, sie schüttelt die Hand, und es sieht so aus, als könne die Hand, die an einem viel zu dünnen Handgelenk befestigt ist, beim Schütteln abfallen.

Ich stelle mein Fahrrad neben Anna ab, das Fahrrad fällt um, und es klirrt laut.

»Mensch, was soll der Lärm?«, ruft eine Stimme vom Eingang des Hauptgebäudes her. Vor der Tür, einige Meter unterhalb der goldenen Statue der heiligen Maria (»Mutter Gottes, bitte für uns Sünder«), liegt ein bärtiger Typ auf einer Isomatte, eingemummelt in einen dunklen Schlafsack, dessen genaue Farbe ich nicht erkennen kann, neben ihm eine Thermosflasche, eine kleine Dose und eine Gitarre.

»Sorry!«, rufe ich und blicke Anna an. »Guten Morgen, Anna.«

»Guten Morgen, Markus. Du schickst dich also an, Nummer drei zu sein auf dieser Liste, nicht Nummer achtunddreißig.«

Sie lächelt mich an und reicht mir einen weißen A4-Zettel mit kleinen Karos.

»Ich war vorgestern aber Nummer siebenunddreißig auf der Liste«, sage ich, »ganz so schlimm war's dann doch nicht.«

Nummer 1 auf der Liste ist Maik Manns, und er will angeblich um 23.47 Uhr hier gewesen sein, Nummer 2 ist Anna Schnitzler, 4.56 Uhr, Nummer 3 bin ich, 5.01 Uhr.

»Diesmal sind wir wohl sicher drin«, sage ich.

»Ziemlich sicher, aber nicht vollständig sicher«, stellt Anna richtig.

Und dann erzählt sie, dass sie schon mal bei einer Einwahl war, bei der sie Nummer 10 oder Nummer 15 war und bei der der Dozent die inoffizielle Liste dann nicht anerkannte, sondern stattdessen die ersten fünfunddreißig nahm, die in sein Zimmer drängten. Dabei wurde sie von freundlichen Kommilitonen, die schneller, ellbogenstärker und trittfester waren, aus dem Weg geprügelt. Einer sei sogar vor lauter Eifer über einen Tisch gesprungen, doch beim zweiten oder dritten Schritt sei erst die Tischplatte, dann sein rechter Unterarm gebrochen.

»Na ja, versuchen wir unser Glück«, sagt sie dann und lächelt ein wenig, vielleicht gequält, aber vielleicht macht das auch nur das Licht. »Das Hauptgebäude öffnet heute erst um acht Uhr, nicht wie sonst um sechs«, berichtet sie und weist mit der rechten Hand auf einen Zettel, der an der Eingangstür klebt. Für uns wird es also noch länger kalt bleiben heute Morgen.

Ich nicke ihr zu, dann setzen wir uns auf eine Zeitung, trinken den Tee, den sie mitgebracht hat, Chai-Tee mit viel Milch, trinken den Kaffee, den ich mitgebracht habe. »Igitt«, sagt sie, »wie viel Zucker hast du denn hinzugefügt?« Wir reden über unsere Lieblingsbücher. Ihres ist die »Traumnovelle« von Arthur Schnitzler, der aber nicht mit ihr verwandt ist, wie sie gleich versichert, meines »Spieltrieb« von Juli Zeh.

»Was, du liest Bücher von lebenden Autoren?«

»Ja, warum nicht?«

»Die Bewährung vor der Nachwelt ist doch ein ganz entscheidendes Kriterium«, gibt sie zu bedenken.

Ich wiege den Kopf, will etwas sagen, doch da kommt Nummer 4, das ist der Typ mit dem Erdfleck auf der Jeans, er kommt, trägt sich in die Liste ein und kündigt an, gleich eine Runde Kaffee und Brötchen beim Bahnhofsbäcker zu holen. »Der macht um halb sechs auf, dann bin ich gegen Viertel vor wieder hier.«

Als er wieder weg ist, lasse ich mir von Anna das Institut für Politik erklären, sie berichtet vom unnahbaren Großmeister der

Zeitgeschichte, der im kommenden Jahr emeritiert wird, sie redet vom Nachwuchsstar, dessen Vorlesungen so voll sind, dass Studenten im Sommer vor dem offenen Fenster stehen und zuhören, sie erzählt von der schnippischen Statistik-Dozentin, Frau Dr. Meiser, die seit Jahren auf einen Ruf wartet und ihren Post-Habilitations-Frust an ihren Studenten auslässt, und sie spricht von einem Gastprofessor, den selbst andere Professoren »Prof. Wichtig« nennen, weil er fortwährend erzählt, wen er gerade wieder getroffen hat. (»Auf der Tagung in London, da traf ich einen jungen Wissenschaftler, der ganz devot sagte: ›Ui, Sie standen ja im Times Literary Supplement!‹«) Sie erzählt von einem jungen Dozenten, der vielleicht dreißig ist oder zweiunddreißig und der ziemlich gern mit Studentinnen ausgeht, auch mal mit ihr.

»Ein hochinteressanter Typ, eloquenter als jeder Professor, brillant in der Argumentation, wissenschaftlich exzellent, nur leider spricht er einen furchtbaren bayerischen Dialekt, wenn er betrunken ist. Einmal hat er eine Einladung zu sich nach Hause ausgesprochen, und es war sicher einer der intensivsten Abende meines Lebens.«

Sie spricht nicht weiter, und ich frage auch nicht, weil plötzlich die Nummern 5, 6, 7 und 8 auf der Liste eintreffen, es ist fünf nach sechs, und die vier haben sich ein Auto geteilt.

Dann geht es Schlag auf Schlag: Nummer 9 und 10 kommen zu Fuß, dann kehrt Nummer 4 mit der Runde Kaffee vom Bäcker zurück, dann kommt Nummer 11, ein Radfahrer, auch sein Fahrrad fällt um, und Maik wälzt sich wieder in seinem Schlafsack herum und schreit: »Was ist das für ein Lärm??«

Dann rekelt sich Maik noch mal kurz und schält sich langsam aus seinem Schlafsack. Er greift zur Thermoskanne, gießt sich Kaffee ein, holt ein belegtes Brot aus der Box neben sich und beißt hinein. Um zehn nach sechs stehen fünfundzwanzig Leute vor der Uni. Ein paar hüpfen auf und ab, andere hängen sich Wolldecken wie Ponchos über die Schultern, wieder andere starren vor sich hin und klammern sich an den zu Tassen umfunktionierten Deckeln ihrer Thermoskannen fest. Fünf

Plätze sind noch frei in diesem Seminar, vier Stunden vor Beginn der Anmeldung.

Maik greift zu seiner Gitarre und ruft: »Lasst uns ein bissi Mussick machen!«

Seine Gitarre ist voller Aufkleber. »Atomkraft, nein danke«, »Ökumenischer Kirchentag 2000 in Berlin«, dann ein winkendes blaues Männchen, »Jan Cux«, das Symbol Cuxhavens. Zwischen den Aufklebern steht mit schwarzem Edding »Maik and the Mechanics« geschrieben. Maik fängt an zu schrummeln, A-Dur, E-Dur, G-Dur, Maik summt druckvoll, seine Lippen beben wie bei einem Trompeter, und dann fängt er mit heiserer Stimme an zu schreien: »All die Jahre hab ich meine Depressionen mitgeschleppt, heute geht's mir besser, denn jetzt kenn ich ein Rezept. Immer wenn's mich umhaut und mir schwindet der Humor, stell ich mir Politiker beim Ficken vor. Stell ich mir Politiker beim Ficken vor!« Anna rollt mit den Augen.

Von Strophe zu Strophe singt Maik lauter, heiserer, und sein Schrummeln wird ekstatischer. Erst saß er nur da, schlug gegen die Saiten und wippte leicht mit dem Kopf. Jetzt ruckelt er bei jedem Schlag so stark, dass sein Kopf fast auf den Korpus donnert. Die ersten fangen an, auf eins und drei zu klatschen, wie alle guten Deutschen. Irgendwann ist er Gott sei Dank fertig, und ich applaudiere, ein paar andere fallen ein, nur Anna verdreht weiterhin die Augen.

»Noch eins?«, ruft Maik in die Runde, und ein paar Jungs johlen. Maik schlägt nun ein ähnlich einfaches Lied an, G-Dur, e-Moll, C-Dur, D-Dur, dann fängt er an zu singen: »Lass uns schmutzig Liebe treiben, Körper aneinanderreiben, lass uns wie die Tiere tun, hier und jetzt und nun, shalalalalaa, lalalalaaa …«

Anna wischt sich mit beiden Händen über die Stirn und murmelt etwas von »sehr abwechslungsreichem Repertoire«.

Die Kommilitonen klatschen wieder mit, und Maik schreit: »Ich schau dir in die Bluse, Kleines, du in mein Gesicht.« Allmählich nervt das Gegröle, das Geklatsche noch mehr.

»Hey Leute«, ruft Maik am Ende, »soll ich mal eine eigene Komposition von mir spielen?«

Ein paar Jungs johlen wieder, einige klatschen, nur Anna sagt leise: »Nein, danke.« Doch Maik hört das nicht und fängt an: »Also, die Melodie ist von ›Yesterday‹, der Text von mir.«

Er schlägt und fängt an: »Hauptgebäude … warum sind nun schon dreißig Leude? Was für'n Morgen haben wir denn heude? Wir sitzen nur vorm Hauptgebäude. Seminar, heute bin ich schon frühmorgens da. Sonst mach ich mich immer total rar – oh, Seminar, ich bin schon da. Privatdozent … hast du heute wieder mal verpennt? …«

Ich vermute, dass Maik früher gern das Sams gelesen hat, da waren die Reime fast genauso witzig. »Das Sams, das schüttelt's Bäumelein, da fällt herab ein Zentnerschwein« oder so.

Annas Lippen vibrieren wieder ein wenig, und sie flüstert mir zu: »Es steht zu hoffen, dass der sich in unserem Seminar völlig rar macht. Oder dass er verpennt, nicht der Privatdozent. Warum gibt es eigentlich in solch brotlosen Fächern wie den unsrigen so viele enervierende Menschen?«

»Anna, darf ich dir mal was sagen?«

Sie schaut mich an, und wieder schiebt sich ihre Falte zwischen die Augenbrauen.

»Weißt du, dass ich deine Art zu reden sehr mag. Es gibt keinen anderen Menschen, der so spricht wie du.«

Sie lächelt, und ihre Augen öffnen sich etwas, ich sehe das Weiß unter der Pupille, das man sonst fast nie sieht.

»Du analysierst eine Sprachwelt des neunzehnten Jahrhunderts?«

Diese Zuspitzung ist mir zwar nicht recht, aber falsch ist sie auch nicht, und so zucke ich nur mit den Achseln und lächle: ganz weiches Dementi.

»Manchmal«, sagt sie, »manchmal ist die Flucht in die Vergangenheit die wahre Zukunftszugewandtheit. Wer nur im Jetzt lebt, der wird von den Trümmern seines eigenen Lebens erschlagen werden. Nachwelt gibt es auch nur für die Lebendigen.«

»Wie meinst du das?«, frage ich.

»Das ist vielleicht ein allgemeiner Zusammenhang. Wenn man sich für Politik interessiert und nur politische Talkshows sieht, anstatt ein Buch über die großen Linien der internationalen Beziehungen zu lesen, wird man immer elendigem Katastrophismus anheimfallen. Man wird das Jetzt immer für den schlimmstmöglichen Zustand halten. Der ist es aber gar nicht.«

Ich nicke nur, und sie redet weiter.

»Die Frage ist nun, welches der Anlass ist für die Katastrophe. Ist sie nur gefühlt? Entweder wird sie einem eingeredet, da kann der Blick in die Vergangenheit das Bild zurechtrücken. Oder die Katastrophe existiert tatsächlich im Jetzt, und der Blick in die Vergangenheit kann das Jetzt milder machen.«

Ich weiß nicht genau, was sie meint, es klingt ein bisschen wie Jenseitsvertröstung, nur in der anderen Richtung. Ist sie genervt von der Alltäglichkeit des Heute, oder will sie vor etwas weglaufen? Geht es ihr momentan so schlecht, dass sie in der Vergangenheit lebt, um die Wirklichkeit zu vergessen? Ich will sie danach fragen, doch sie fährt schon fort.

»So gesehen trifft der Vorwurf gar nicht, unsere Generation sei lethargisch, engagiere sich nicht, gehe gegen nichts mehr auf die Straße. Warum, Markus, warum protestiert denn niemand gegen Studiengebühren? Der eine Teil unserer Generation ist schlichtweg faul, und der andere Teil hat durch den Blick in die Vergangenheit erkannt, dass das Jetzt nicht so schlimm ist.«

Ich will in ihre Doziererei einbrechen, will sie unterbrechen, widersprechen, eine Frage stellen, fragen, ob Protest manchmal egotaktisch klug ist und manchmal dumm und ob wir nicht vielleicht nur an uns denken, an unsere eigenen Interessen, doch sie spricht weiter, mit ganz leiser Stimme, hastig, schnell.

»Mein Freund«, sagt sie, »diskutierte kürzlich erst ...«

Ihre nächsten Worte bekomme ich nicht mit.

Hat sie »mein Freund« gesagt?

Oder hatte sie »ein Freund« gesagt?

Ich sehe, wie ihre Lippen sich bewegen, ich sehe, wie sie weiterspricht, doch ich höre nichts mehr.

Sie hat diesen Satz mit beiläufiger Selbstverständlichkeit gesagt und geht offenbar davon aus, dass ich es auch völlig selbstverständlich finde, wenn sie einen Freund hat. »Mein Freund« – das hört sich aus ihrem Mund so zart an, so selbstverständlich. Sie sagte »Freund« mit einem weichen D am Ende, mit einem echten Eu in der Mitte, nicht »Froint« wie so viele andere, sondern »Freund«, richtig sanft »Freund«.

»Mein Freund ... mein Freund ...«, hallt es in meinem Kopf nach. »Mein Freund ... mein Freund ... mein Freund.«

Sie hört auf zu sprechen, und ich merke, dass ich etwas antworten soll.

»Ich weiß nicht so recht«, murmle ich.

»Was meinst du?«, fragt sie.

Ich weiß nicht, was ich sagen soll.

»Vielleicht hast du recht«, erwidere ich, etwas Sinnvolleres fällt mir nicht ein. Wer zustimmt, muss nicht erklären, nur wer widerspricht, muss argumentieren, und »Vielleicht hast du recht« ist einer der klügsten Sätze, den man in einer solchen Situation sagen kann.

Anna schaut fragend, und ihre Unterlippe schiebt sich über die Oberlippe.

Ich schaue ihr ins Gesicht, und ich verstehe mich selbst nicht mehr. Dass Anna einen Freund hat, das ist schließlich völlig normal. Dass mich das trifft, ist dagegen unnormal.

Plötzlich reißt mich ein blondes, ein sehr blondes Mädchen aus den Gedanken, es steht jählings vor mir, trägt ein viel zu enges weißes T-Shirt, das die großen Brüste unvorteilhaft nach oben drückt. Der weiße Stoff verdeckt gerade die Brustwarzen. Es ist Jasmin, die Frau, deretwegen mein Mitbewohner Rudi mich noch vor zwei Stunden nach Kondomen mit Erdbeergeschmack gefragt hat.

»Guten Morgen, Markus«, sagt sie. »Ich hatte ja gesagt: Bis später! Ich studier doch auch Politik wie Rudi und wie du!«

Sie strahlt mich an, und plötzlich schlingt sie die Arme um mich und busselt mich links auf die Wange und dann rechts.

»Du, ich hab mal dein Deo genommen, und deine Zahnbürste lag ja auch da.«

Mich erstaunt die Chuzpe, mit der sie mir diese Inbesitznahme ankündigt. Sie hat jenes Quantum an Dreistigkeit, das man in bestimmten Situationen »Willen zur Nacht« nennt, in anderen »Killerinstinkt«, und sie hat offenbar beides.

Ich nicke nur. »Ja, kein Problem«, sage ich.

»Bin ich noch früh genug, um einen Platz zu bekommen?«

Anna reicht ihr die Liste und wirft mir einen Blick zu, der in schlechten Romanen immer mit dem Zusatz »Wenn Blicke töten könnten« versehen ist.

»Ah, Nummer sechsundzwanzig«, sagt Jasmin und schreibt ihren Namen auf den Zettel. »Sag mal, Markus, hast du vielleicht eine Decke oder so? Mir ist ja soooo kalt.«

Ich schüttle den Kopf. Sie stellt sich auf die Zehenspitzen, und plötzlich spüre ich ihre Lippen an meinem Ohr. »Rudi«, flüstert sie, »Rudi sieht ja soooo süß aus, wenn er schläft.«

Dann geht sie einige Schritte weiter, fragt einen Kommilitonen nach einer Decke, der schüttelt den Kopf. Maik gibt ihr schließlich seinen Schlafsack, dessen Reißverschluss sie öffnet und sich dann den Stoff deckenartig um die Schultern legt. Von Weitem sieht Jasmin unglaublich gut aus, finde ich. Erst wenn sie näher kommt, sieht man ihre Schönheitsfehler: das gequetschte Dekolleté, die Speckfalten am Bauch, die unreine Haut, die schiefen Schneidezähne unten. Sie ist eine der Frauen, die Tom Wolfe als »Monet« bezeichnet – von weitem großartig, aus der Nähe unspektakulär.

Anna schaut mich an, und nun sehe ich nicht nur eine tiefe Falte zwischen ihren Augenbrauen, sondern links daneben noch eine feine, dünne Falte, die sich, ganz knapp über der Mittelachse ihrer Stirn beginnend, bis zur Nasenwurzel zieht.

»Es ist schon von hoher Erstaunlichkeit«, sagt Anna dann. »Du bist gerade drei Tage an der Uni, und schon hast du die Bekanntschaft mit den wirklich wichtigen Persönlichkeiten der Rheinischen Friedrich-Wilhelms-Universität Bonn gemacht.«

Ich blicke Anna fragend an.

»Du brauchst nichts zu sagen, weder zu deiner Verteidigung noch zu deiner Rechtfertigung, noch zu deinem späteren Ruhme.« Sie spricht ganz leise, zischt die Worte fast, und dann hustet sie zweimal kurz.

»Ja, das ist eine Bekannte von Rudi, meinem Mitbewohner«, erkläre ich.

»Bald auch eine Bekannte von dir, amen, das sage ich dir«, sagt Anna laut, und neben uns drehen sich zwei Kommilitonen um.

Ich muss fast lachen, die biblische Formulierung kommt mir so absurd vor, es ist kurz nach sechs Uhr in der Früh, ich stehe vor dem Hauptgebäude, muss noch drei Stunden warten, bis das Institut öffnet, dann noch eine Stunde, bis die Anmeldung beginnt. Dann stehe ich mit der Frau herum, die ich irgendwie interessant finde, treffe auf die Frau, die vor zwei Stunden noch mit meinem Mitbewohner herumgemacht hat. Irgendwie ist das surreal.

Ich trete von einem Fuß auf den anderen, weil auch mir langsam kalt wird, nach einer Stunde in der Bonner Nachtkälte, trotz langer Unterhose, Kaffee und Auf-und-ab-Hüpfen.

Zehn nach sechs. Zwei Studentinnen kommen, tragen sich in die Liste ein, sie sind die Nummern 27 und 28, um zwölf nach sechs kommen drei Jungs auf einmal.

Die ersten beiden tragen sich ein, der dritte schimpft: »Das kann ja nicht sein, ihr beide bekommt den Platz, ich geh leer aus.«

Die drei streiten sich, und einer sagt, meist würden die Dozenten dreißig offiziell zulassen, inoffiziell dann doch fünfunddreißig, so ganz genau wisse man das nie.

Hinter den Wolken bricht die Sonne hervor und strahlt rötlich von der rechten Rheinseite durch die Bäume der Hofgartenflanke herüber auf die Universität. Zwei Jungs fangen an, Quartett zu spielen, offenbar das Professorenquartett.

»Zahl der abgelehnten Rufe: sechs«, sagt der eine und bekommt die Karte. »Kult-Faktor: neun«, sagt er und bekommt wieder eine Karte. »Drittmittel im vergangenen Jahr: hunderttausend Euro.«

»Scheiße!«, ruft der eine. »Jetzt kriegst du den Brechtig, der sticht bei witzigste Vorlesung und Unterhaltung, und bei Kult-Faktor ist er auch extrem gut.«

Maik zupft noch ein wenig auf den Saiten seiner Gitarre herum, fängt aber gottlob nicht wieder an zu singen. Anna guckt grimmig. Jasmin, die in der Schlafsackdecke aussieht wie ein Indio am Titicacasee, unterhält sich mit einem großen Typen im schwarzen Shirt und berührt diesen gelegentlich mit der flachen Hand am Oberarm, an der Schulter, am Becken.

Plötzlich kommen fünf Leute auf einmal, wollen sich in die Liste eintragen, doch als sie sehen, dass sie nur noch einen Platz in den Dreißigern bekommen, schimpft einer: »So eine Scheiße, und dafür sind wir um drei aufgestanden und von Grevenbroich hierher gefahren. Scheiß-Schwertransport vor uns!«

Anna zieht ein Reclam-Heftchen raus und fängt im Zwischenlicht von aufgehender Sonne und Laterne an zu lesen. Sie liest den »Hofmeister« von J. M. R. Lenz, in dem ein Lehrer sich in seine Schülerin verliebt, und irgendwie ist das doch auch der Topos, von dem sie vorhin sprach, als sie von dem Dozenten erzählte, der gern mit Studentinnen ausgehe, und ich mich nicht nachzufragen traute, was an dem Abend mit dem Dozenten denn so besonders gewesen sein soll.

Ich friere, und vielleicht liegt es auch an Anna, die so lieblich aussieht im Dämmerlicht, die innerlich so launisch ist und die sich im Buch vielleicht das Material für die nächste Kaskade altertümlicher Ausdrücke holt. Meine Nase fängt an zu laufen, und ich habe kein Taschentuch und ziehe die Nase hoch, und beim vierten Nasehochziehen reicht mir Anna wortlos eine Packung Taschentücher, Marke »Sandra«, die schon ziemlich zerdrückt ist.

Warum nur liest Anna nun dieses Buch? Ich verstehe ihren Trotz genauso wenig wie ihre launische Haltung. Sie hat einen Freund, ich habe keine Freundin, und mein Mitbewohner hatte Frauenbesuch.

Anna fährt sich mit dem rechten Zeigefinger am rechten Nasenflügel herum und wischt sich dann an der Wange entlang. Nun greift sie einen Bleistift, unterstreicht wild in dem Reclam-Heftchen und kritzelt dann etwas daneben.

Vielleicht fasziniert mich gerade diese Kompromisslosigkeit an ihr: dass sie ihre Marotte konsequent verfolgt; dass sie störrisch auf einem Standpunkt beharrt; dass sie irgendetwas antreibt, das ich noch nicht erkennen kann.

Ich schlage meine Oberschenkel aneinander, um nicht einzufrieren, das muss seltsam aussehen, ein bisschen so wie bei einer Kreuzung von Michael Jackson und Mick Jagger. Es ist halb sieben, in anderthalb Stunden macht die Uni auf, und dann muss ich noch zwei Stunden vor irgendeinem Dozentenzimmer im zweiten Stock des Hauptgebäudes ausharren. Ich gähne, nippe noch an meinem Kaffee, um wacher zu werden.

Doch das Koffein nützt nichts. Die nächste halbe Stunde verdämmere ich in einem Zwischenzustand, halb wach, halb schlafend, ein bisschen wie beim Schlafwandeln. Ich starre in das schwarz verkleidete Innere meines Thermoskannenbechers, ich glotze dullig in die Gegend, und ich schaue immer wieder verlegen zu Anna hinüber, die in ihrem Buch liest und eifrig anstreicht.

Sieben Uhr vier: Siebenunddreißig Leute stehen vor der Uni. Viele reiben die Handflächen aneinander, andere hüpfen. Mich fröstelt am ganzen Körper, es ist erbärmlich kalt.

Sieben Uhr siebzehn: Maik und Jasmin und drei andere fangen an, »Wer bin ich?« zu spielen. Sie kleben sich klein gerissene karierte Zettel mit klein gerissenen weiß gepunkteten hellbraunen Pflastern auf die Stirn. Um sieben Uhr dreißig kommt raus, dass Maik Darth Vader ist, Jasmin Dolly Buster, ein Typ mit Nussknackergesicht Michael Glos, ein Krauskopf ist »Genmix Franz Beckenbauer und Bob Dylan«, und der Letzte hat es nicht geschafft herauszufinden, dass er Claus Kleber vom »heute-journal« ist.

Sieben Uhr dreiunddreißig: Wir sind dreiundvierzig Leute vor der Uni. Die Luft riecht leicht süßlich, und ich muss husten.

Immer mehr Leute hüpfen auf und ab. Ihnen ist kalt. Eine Aprilnacht ist frisch. Zahlt die Versicherung der Uni auch für Erfrierungen dritten Grades?

Sieben Uhr siebenundvierzig. Ein Typ mit der Nummer 44 kommt. »Scheiße, verpennt!«, brummt er mit dem Ausdruck tiefer Resignation. »Da muss ich wohl noch eine Semesterrunde mehr drehen.«

Acht Uhr eins. Die vierundvierzig Leute verteilen sich in Kleingruppen, es sieht aus wie früher in der Raucherecke auf dem Schulhof. Anna schaut kurz hoch, und als sich unsere Blicke kreuzen, starre ich schnell wieder in den Becher meiner Thermoskanne.

Acht Uhr zwei. Ein netter älterer Herr kommt vor die Uni, sagt, dass er der Hausmeister ist und dass er uns gleich hineinlässt – und wir dann in den zweiten Stock zum Institut für Politik müssen. Ich trinke den letzten Schluck Kaffee aus meiner Thermoskanne. Meine Hände zittern, mein Leib vibriert, mein Kopf dröhnt. Ich leide unter einem Koffeinflash. Dann gibt der Hausmeister die Tür frei. Die Massen strömen in Richtung Eingang und verschwinden hinter der wuchtigen Tür aus weißem Holz. Anna liest noch eine Seite zu Ende, ich warte auf sie, sie lächelt mich an, und wir betreten gemeinsam das Gebäude. Dann setzen wir uns auf einen kleinen Vorsprung der Treppe, die gerade im zweiten Stock angekommen ist; rechts von uns geht der Gang ab, auf dem wir auch schon am Montag standen. Anna blättert in ihrem Buch herum, schreibt in rundlichen kleinen Buchstaben etwas unter eine Szene im »Hofmeister«, klemmt den Bleistift zwischen die Seiten, streicht sich eine Strähne hinters Ohr. Ich schaue sie an.

Was weiß ich eigentlich über sie? Fast nichts. Dass sie zwanzig ist, aber zwei, drei Jahre älter aussieht. Dass sie im dritten Semester ist. Dass sie als Studienfächer Politik und Komparatistik gewählt hat. Dass sie aus Göttingen stammt, was ziemlich trostlos klingt, während sie energisch behauptet, dieses Universitätsdorf sei eine grandiose Stadt. Dass sie nach Bonn ging, weil sie gern weit weg von zu Hause sein wollte, wozu sie sich nicht deutlicher geäußert hat. Dass sie sehr hübsch ist in ihren Indie-Klamotten, den Sambas, die sie meistens trägt, oder den Racers mit den orangefarbenen Streifen.

Ganz unvermittelt fängt sie an zu sprechen.

»Die Protestlosigkeit unserer Generation ist irritierend. Wir harren drei Stunden in der Kälte aus, spielen dabei Quartett und Spiele und singen Lieder, und noch nicht einmal unsere Befindlichkeit zwingt uns, den Gedanken zu denken, wir könnten doch Barrikaden vor der Uni errichten, den Wissenschaftsminister verprügeln oder unserer Unzufriedenheit auf andere – gewalttätige oder gewaltlose – Weise Ausdruck verleihen.«

Sie macht eine Pause und fährt dann fort: »Selbst meine Person nicht. Ist das rational? Aber was ist schon rational, wenn es doch kuschelig ist an der Universität?«

»Was meinst du mit kuschelig?«

»Du wirst es schon noch merken: Es gibt ein paar Dozenten, bei denen man etwas lernt, die Betonung liegt auf ein paar.«

Bei Dr. Rust zum Beispiel, mit kurzem U, also nicht Ruuhst, bei dem man eine Hausarbeit schreiben muss, um einen Schein zu bekommen, sonst reicht ein Kurzreferat mit Thesenpapier. Jeder, der ein Referat hält, bekommt eine Stilkritik, die durchaus scharf ausfällt. Und Rust mit kurzem U hat Distanz zur eigenen Arbeit, erzählt Anna, lacht über die Kollegen, die sich selbst und ihre Arbeit so wichtig nehmen. Über Frau PD Dr. Meiser, zu deren Statistikkurs ich mich angemeldet habe. Mit hoher Piepsstimme doziere sie vor sich hin, schmeiße schon mal Studenten aus dem Seminar, weil die mit jemandem aus der Bank gegenüber grimassieren. Baseballkappen seien grundsätzlich abzunehmen. »Gibt es religiöse oder medizinische Gründe für die Tatsache, dass Sie Ihren Kopf bedecken?«, frage sie regelmäßig. Gelten lasse sie nur Religion, Chemotherapie, Lausbefall oder fehlende Haarwäsche. »›Wenn es keine religiösen Gründe gibt für Ihre Mütze, dann zählen für mich nur Ekel oder Mitleid.‹ Die lässt ihren Frust raus, keine Professorin zu sein: Du kannst dich abrackern wie du willst, eine Eins bekommst du nur, wenn du besser bist als sie, aber das schafft natürlich nie jemand. Übrigens auch kein Professor.«

Ich nicke eifrig und sage: »Da werde ich ja ein vergnügungsreiches Seminar haben.«

Anna lacht laut, weil sie ihre Formulierung kennt, und wenn sie lacht, wölbt sich ihre Oberlippe nach außen, die, die sonst so viel kleiner wirkt als die volle Unterlippe, und dadurch sehen ihre Lippen fast symmetrisch aus.

Plötzlich räuspert sich jemand hinter uns.

Anna zuckt zusammen, ihre Schultern ziehen sich gen Brustkorb, ihr Rücken wird krumm, ihre Nasenflügel zucken.

»Frau Schnitzler«, sagt die Stimme, »im nächsten Seminar werden Sie bei mir wegen analytischer Schärfe, hemmungslosen Übermuts und jugendlichen Leichtsinns von vornherein eine Eins bekommen.«

Plötzlich ziehen Bilder an meinem inneren Auge vorbei, eine Art Fototapete meiner Vergangenheit: der Blick meiner Mathelehrerin, als ich meinem besten Freund erzählte, dass ich mich in genau diese Mathelehrerin verliebt hatte – und sie plötzlich hinter mir stand; die SMS mit dem Text »Die Antwort ist NEIN«, die ich bekam, nachdem ich meinem besten Freund schrieb, dass ich Claudia so süß fände – aber die SMS dummerweise an meine damalige Freundin schickte; der Blick einer Klassenkameradin, die mich angetrunken in einer Kneipe traf, obgleich ich ihr erzählt hatte, ich hätte an dem Abend überhaupt keine Zeit und müsse fürs Abitur lernen.

Anna dreht sich langsam um und lächelt.

»Ach, guten Tag, Herr Doktor Rust.« Pause. »Verraten Sie mich bitte nicht.«

Rust grinst und schiebt sich seine Drahtbrille weiter auf die Stirn.

»Wieso? Sie haben doch nur teilweise meine Gedanken gelesen und teilweise wortgetreu das wiederholt, was ich Ihnen sagte.«

Annas Mundwinkel schieben sich nach oben, und diesmal hat sie keine Falte zwischen den Augen. Irgendwie habe ich den

Impuls, sie beschützen zu müssen, aber irgendwie ist sie auch einer der Menschen, die am allerwenigsten Schutz brauchen.

Rust nickt ihr zu und sagt dann: »Und jetzt lassen Sie mich bitte durch.«

Anna blickt mich an, und sie lächelt.

Ich versuche mir vorzustellen, wie ich wohl aussehe mit meinen roten Augen und den blauroten Halbmonden darunter. Wie ich sie ansehe. Ich versuche zu lächeln.

Plötzlich kramt Anna wieder ihr Buch heraus. Sie liest weiter, streicht wild herum, macht sich Notizen am Rand.

Ich blicke Anna an, und ich sehe ihr zu, wie sie unbeirrt liest. Ich könnte das nicht. Wenn ich etwas tue, in mich versunken, mit mir im Reinen, und ich sehe jemanden, der an mir vorbeigeht, dann muss ich stets zurückgucken. Ich halte es nicht aus, beobachtet zu werden, ohne zu wissen, was der andere will, ob er gute Absichten hegt oder schlechte, ob er freundliche Gedanken zum Ausdruck bringt oder Hass. Ich muss immer zurückgucken, und wenn mir jemand in die Augen starrt, wenn jemand den Blick nicht von mir wenden kann, dann schaue ich weg.

Anna liest, Anna liest weiter, sie tut nichts. Ich lehne den Kopf an die Wand und schließe die Augen. Hin und wieder merke ich, wie jemand die Treppe in den zweiten Stock hinaufsteigt. Ich schlage kurz die Augen auf, blicke auf die Uhr, und der Zeiger scheint sich nicht vorwärtszubewegen. Kurz vor neun, zwölf nach, Viertel nach neun. Zwanzig nach neun, und es sind sicher vierzig Leute auf dem großen breiten Gang vor dem Institut. Das Fahrrad steht da, der Putzlumpen liegt vor dem Vorderreifen, jemand hat sich auf die umgedrehte gelbe Postkiste gesetzt. In der Heizung gluckert das Wasser. Es riecht anders als vorgestern, eher nach Kaffee als nach Bohnerwachs, und ein Leberwurstbrot hat auch noch keiner ausgepackt.

Alle schweigen. Alle starren. Alle sturen vor sich hin.

Ich zähle in Gedanken durch. Einundvierzig Leute befinden sich auf dem Gang, zwanzig in dem Kabuff neben dem Eingang des Raumes vor dem Geschäftszimmer, hin und wieder kommt jemand die Treppe hoch, zuckt resigniert mit den Schultern und steigt die Treppe wieder nach unten.

Um Punkt zehn Uhr hallen Ledersohlen auf dem Gang. Plötzlich erdröhnt wieder der Bariton von Privatdozent Krepp: »Guten Morgen, meine Damen und Herren, ich freue mich, dass Sie so zahlreich gekommen sind, und ich freue mich, Ihnen die freudige Mitteilung machen zu können, dass fünfunddreißig von Ihnen allen in dem Seminar zuzulassen sind. Alle anderen bitte ich zu gehen. Wer denkt, dass er trotzdem ins Seminar kommt – nein danke, das ist eine Fehlperzeption.«

Krepp trägt genau dieselbe Montur wie vorgestern, dasselbe Tweedjackett, dieselbe Bücherkrawatte mit Bänden von Ranke und anderen, sogar dasselbe Hemd, zumindest hat es dieselbe Fliederfarbe wie vorgestern.

Krepp stellt sich vor, betont das »Emm-aah« in seinem Namen, lässt die ersten fünfunddreißig auf der inoffiziellen Liste zur Zulassung zu, schickt die restlichen unter Protest nach Hause, vertröstet sie aufs kommende Semester.

»Da müssen Sie eben etwas früher aufstehen.«

Krepp grinst, sein Adamsapfelkloß zieht sich nach oben, sein Krawattenknoten wippt.

Plötzlich dringt ein ohrenbetäubendes Fiepen durch den Raum und übertönt für einen Moment sogar das stetige Bollern der Heizung.

Krepp schlägt sich mit der linken Hand auf das linke Ohr, fummelt dann hinter der Ohrmuschel herum.

»Hörgerät falsch eingestellt«, murmelt er.

Dann lässt er sich die inoffizielle Liste reichen, wir sollen in Dreiergruppen zu ihm ins Zimmer kommen.

»Herr Manns, Sie sind ja sehr früh hier gewesen« – Krepp zieht die Brauen nach oben –, »Frau Schnitzler und Herr Rüttgers, kommen Sie bitte.«

Wir gehen durch den kleinen Gang zur Tür, auf der »Geschäftszimmer« steht. Krepp schließt die Tür auf, zwängt sich durch die schmale Tür, nimmt hinter einem alten braunen Holzschreibtisch Platz. Maik schmeißt sich auf einen Drehstuhl mit aufgeplatzten Polstern, Anna setzt sich auf einen mit grünem Kunstleder überzogenen Sessel, ich nehme auf einem Holzschemel Platz, der vielleicht früher einmal im Klassenzimmer einer Grundschule gestanden hat.

»Meine Dame, meine Herren«, sagt Krepp, »ich sehe, Sie haben sich besonders bemüht, pünktlich zu sein um frühzeitig einen Seminarplatz zu bekommen.«

Er grinst, der Adamsapfel ruckelt auf und ab, der Krawattenknoten tanzt, und seine Blicke wandern an Annas Oberkörper auf und ab.

»Bitte entschuldigen Sie meine Haltung«, setzt er dann fort, »sie zeugt nicht von Zynismus, sondern von intensivem Sinn für Realität.«

Krepp wedelt mit den Armen und holt dann zu einem historischen Fachvortrag über die Geschichte der Institution Universität aus. Dass es in jenen längst entschwundenen Zeiten, als er zur Universität gegangen sei, einen steilen Anstieg der Studentenzahlen gegeben habe und dass die Politik diesen Studentenberg habe untertunneln wollen. Dies habe nicht geklappt, leiderleider, man hätte sonst viele Stellen im universitären Mittelbau schaffen müssen, und er, Krepp, wäre in Hessen dann mit dem Magisterexamen gleich zum Professor berufen worden und hätte bis zum Lebensende lehren und forschen können. Doch, ganz im Gegenteil, es gebe viel zu viele Studenten für viel zu wenig Geld, der Putz bröckle von den Wänden, aber dafür werde Geld für Frauen- und Gleichstellungsbeauftragte rausgeschmissen, im Gegenzug sei die Vergütung für die Lehraufträge von Privatdozenten zusammengestrichen worden, kürzlich erst, genauer: vor sieben oder acht Semestern. Und heute müsse er ja sagen, dass Hartz IV und C4 viel näher beieinanderlägen, als er bislang geglaubt habe.

»Meine Lebenslage«, grollt er, »ist eine Lebenslüge.«

Ich denke an das Hemd vom Montag und das Hemd von heute, das dasselbe sein muss, ich sehe den Bücherschlips, und ich ahne, dass Krepp nicht nur frustriert ist, sondern verzweifelt, nicht nur allein, sondern einsam.

»Die Alma Mater«, ruft Krepp plötzlich mit einem Heulen in der Stimme, »sie ist mitnichten eine nährende Mutter! Sondern eine böse Stiefmutter.«

Anna blickt zu mir herüber, sie zieht leicht die linke Augenbraue nach oben, und in diesem Moment tut mir Privatdozent Dr. Wolfgang Krepp, M.A., unsagbar leid. Krepp macht eine Pause, doch er bricht seine Suada nicht ab, sondern setzt sie danach fort. Wir müssten uns an die eigene Nase fassen, wir, die mit dem Pech der späten Geburt, die wir kein klassisches Magisterstudium mehr machen könnten, sondern den Bachelor machen müssten, den Krepp nicht Bätscheler nennt, sondern Batschalor, und das hört sich sehr exklusiv britisch an oder auch sehr dumm deutsch. Wir würden dann in den Fängen der Ausbildungs- und Wirtschaftsorientierung gefangen gehalten, verlören jede Freiheit in der Wissenschaft und müssten stattdessen sturstens pauken.

Vielleicht ist ein kleines bisschen Schielen auf den Arbeitsmarkt nicht so doof, denke ich, schließlich werden die wenigsten Studenten irgendwo in der Wissenschaft landen. Bedeutend mehr wollen »irgendetwas mit Medien« machen, vor allem mit PR und Öffentlichkeitsarbeit, oder aber sie wollen mit Robbie-Williams-Exklusivinterviews ihr Geld verdienen.

»Doch wenn Sie Wissenschaftler werden« – Krepps leise Stimme wird zu einem Flüstern –, »dann geben Sie Obacht! Lebensleistung zählt nicht mehr, stattdessen dürfen junge Schnösel namens Juniorprofessoren überall lehren und forschen, ohne Habilitation, stellen Sie sich das mal vor! Oh-ne Ha-bi-li-ta-tion!«

Krepp schlägt mit der flachen Hand auf die Tischplatte und lehnt sich auf seinem Bürostuhl zurück.

»Haben Sie noch Fragen?«

Ich zögere, was ich sagen soll, ob ich nach der Prüfungsrelevanz seiner Aussagen fragen soll oder ob ich ihm beipflichten und sagen soll, dass ich den Bachelor sowieso doof finde, Juniorprofessoren ganz grässlich und Frauenbeauftragte erst recht.

Doch dann frage ich nur: »Können Sie noch was zur Einführungsliteratur sagen?«

Krepp springt auf, beugt sich über den alten Schreibtisch, stützt sich mit den Händen ab. Oberhalb des Krawattenknotens fleckt sich sein Hals, Pusteln wandern an seinem Adamsapfel vorbei. Binnen Sekunden wird das Kinn rot, die Mundpartie, die rechte Wange, die Stirn. Er haut mit der flachen Hand auf den Tisch, sodass einige Blankoblätter vom Tisch fallen. Schweißperlen treten ihm auf die Stirn. Dann wischt er sich mit der Hand über die Stirn und lässt sich auf den Schreibtischstuhl zurückfallen. Der Stuhl rollt leicht zurück.

Krepp flüstert jetzt. »Wir reden über den Niedergang der deutschen Universität. Und Sie fragen nach der Einführungsliteratur!«

Krepp ächzt und hustet.

»So, dann kommen wir zum Geschäft«, sagt er dann und rattert einen Katalog herunter: Wie oft man fehlen darf, was man lesen muss, wie lang das Referat sein soll. Dass eine Exkursion in die Unibibliothek geplant ist, bei der nicht gefehlt werden darf. Welche Zeitschriften wir lesen sollen und warum er es wichtig findet, dass wir schon in den ersten drei Semestern den Statistikschein machen.

»Aber Herr Krepp«, sagt Maik plötzlich, »ich check das noch nicht richtig, ich bin doch schon im einundzwanzigsten Semester, bin aber leider schon ein paarmal durchgefallen durch die Statistikklausur. Ist das für Sie auch okay?«

»Herr Manns, wenn die Prüfungsordnung das für Sie erlaubt, habe ich dem nichts entgegenzusetzen.«

»Ey, ja, aber ich check das noch nicht so richtig, ich hab in der Prüfungsordnung mal ein bisschen herumgelesen, aber da steht nix von Scheinen.«

Krepp guckt etwas irritiert, und Maik fährt fort: »Ey, da steht irgendwas von Leistungsnachweis und Teilnahmenachweis, ist das so ein Pseudonym für Schein, ey? Ich check das einfach nicht.«

»Synonym«, murmelt Anna, doch Krepp nickt nur, und mich

beschleicht das Gefühl, dass Maik und Scheitel an derselben Krankheit leiden, Neologismorrhö, und Maik noch dazu ein Schnellmerker und Weitdenker ist, der alles sofort und überall checkt. Ich beschließe, ihn »Chekka« zu nennen.

»Haben Sie noch Fragen?«, fragt Krepp.

Maik – der Chekka –, Anna und ich schütteln den Kopf. Krepp reicht uns daraufhin die Liste, in die wir uns eintragen sollen, ganz sauber mit Studienfächern, Studiensemestern und E-Mail-Adresse. Maik krakelt, ich sehe dann Annas mädchenhafte Schrift; das A beginnt sie mit einem Kringel in Höhe des Querstriches, das kleine Z zieht sie tief nach unten. »Anna Schnitzler«, schreibt sie, »3. Sem. Politik, Komparatistik.« Darüber steht »Maik Manns, 21. Semester, Studienfächer: Politik, Germanistik, Geografie, Linguistik, Sprachwissenschaft und Medienforschung«. Nun trage ich mich ein.

Krepp ächzt wieder und presst den Rücken gegen die Stuhllehne. Als wir ihm die Liste zurückgeben, sagt er nur: »Wir sehen uns kommende Woche, und bitten Sie nun die nächsten drei ins Zimmer.«

Anna, Maik und ich verlassen das Zimmer, vorbei an nur noch etwas über dreißig Kommilitonen, die uns verwundert anstarren. Was da wohl so lange gedauert hat? Diese Frage steht ihnen in die Gesichter geschrieben.

Wir gehen langsam die Treppe nach unten, vorbei an der Großen Garderobe, wo eine einsame Garderobenfrau darauf wartet, dass ein oder zwei Leute am Tag ihre Jacken abgeben, hinaus in den Innenhof des Hauptgebäudes. Auf der gegenüberliegenden Seite gibt es einen blau gestrichenen, funktionslosen Raum, der sich »Blaue Grotte« nennt, rechts geht es zum Hofgarten, links in Richtung Universitätsbuchhandlung Bouvier.

»Gehen wir noch einen Kaffee trinken?«, frage ich Anna. Doch sie schüttelt den Kopf und stößt ein einziges Wort aus: »Schlafen!«

Kapitel 6

Die nächsten vier Wochen vergehen wie im Flug, und sie vergehen so schnell, weil sie gleichförmig sind, langweilig, aber wahrscheinlich genau deshalb ziemlich angenehm. Ich muss Dienstag, Mittwoch und Donnerstag nur eine einzige Entscheidung von eher geringer Tragweite treffen: Stehe ich auf, oder bleibe ich liegen? Alle anderen Entscheidungen werden mir abgenommen: Ich habe einen Stundenplan, und den arbeite ich ab. Dienstag VWL für Politikwissenschaftler bei Brechtig, dann Soziologie für Politikwissenschaftler bei Bart-Bernd Brall, dann abends noch das Seminar bei Krepp. Mittwochs dann die Vorlesung zum Neokonservativismus bei Krepp, dann noch ein Proseminar, abends dann Statistikkurs bei Frau Dr. Meiser. Donnerstag ist wieder VWL dran, erst bei Brechtig, dann bei einem Typen, der sich ständig vertreten lässt. Vormittags habe ich mir zuerst zwei Wochen lang eine Vorlesung von Joseph Wengler angehört, dem großen alten Mann der Bonner Politikwissenschaft. Die Vorlesung findet in dem Hörsaal statt, in dem schon ein anderer Joseph gelehrt hat, Jahre bevor er Papst geworden ist, Joseph Ratzinger. Aber Wenglers Vorlesung ist so furchtbar langweilig, dass ich nach der vierten Stunde kapituliert habe.

Ich habe in diesen vier Wochen durchaus einiges gelernt: Erstens – es gibt verschiedene Studententypen. Zweitens – es gibt verschiedene Professorentypen. Drittens – Studenten und Professoren passen einfach nicht zusammen.

Nirgendwo zeigt sich das so stark wie in dem Statistikkurs, den ich belegt habe. Frau Privatdozentin Dr. rer. pol. Meiser leitet den Kurs, mittwochabends, zu einer Zeit, in der ich lieber Schnitzel mit Pommes in der Mensa essen und danach zwei, drei Bier mit Daniel oder mit meinem Mitbewohner Rudi oder mit beiden trinken will. Der Kurs ist eine Veranstaltung gewordener Teufelskreis: Allein der Gedanke der Lehrverpflichtung quält Frau Meiser; Frau Meiser quält jeden einzelnen Studenten; jeder einzelne Student quält sich und das Kollektiv; das Studentenkollektiv quält Frau Meiser.

Frau Meiser hat zwei Grundkörperhaltungen. Entweder schaut sie auf die Tafel und schreibt irgendwelche unverständlichen Zahlenkolonnen an. Oder sie schaut auf den Boden und nimmt Studenten dran, die sie mit »Sie da«, »Sie dort«, »Sie da drüben«, »Sie da rechts« oder »Sie in der Mitte« anspricht. Namen kann sie sich nicht merken, das betonte sie schon in der allerersten Stunde: »Ich habe jedes Semester einen Statistikkurs, da erwarten Sie wohl nicht, dass ich mir die hundertzwanzig Namen merke.«

»Zweihundertvierzig Namen?«, wandte jemand ein. »Wir sind doch nur vierzig im Kurs.«

Meisers Stimme wurde daraufhin schrill, das heißt, sie wechselte vom eingestrichenen D auf ein eingestrichenes Dis. »So werden Sie nie den Statistikschein bekommen! Zwei Seminare, mal, Klammer auf, Vorname plus Nachname plus ›Herr bzw. Frau‹, Klammer zu, vergessen Sie nie ›Punkt vor Strich‹, das sind zweihundertvierzig Namen! Oder können Sie nicht rechnen?«

Meiser passt für mich zum Typus »unterengagierter Lethargiker«. Irgendwann gab sie es auf, auf eine Professur zu hoffen. Irgendwann beschloss sie, ihre Stelle als habilitierte Akademische Rätin zu nutzen, um Dienst nach Vorschrift zu machen, misanthropisch und miesgelaunt. Es gibt viele Meisers an der Uni, das hatte Anna gesagt.

Es gibt aber auch noch andere Typen. Meisers Gegenstück ist der überengagierte Masochist, der sich für seine Studenten aufreibt, in der Fachwelt aber als studentennaher Spinner verschrien ist – sich um Studenten zu kümmern, bringt ja nichts, denn nur die Forschung bringt Ruhm und Ehre und Lehrstühle. Ich habe einen solchen Typus selbst noch nie gesehen, aber Anna hat mir von ihm erzählt, und sie studiert ja schon im dritten Semester. Irgendwie nehme ich das als Garantie, dass die Existenz dieses Typus keine *urban legend* ist wie die Spinne aus der Yuccapalme. Krepp ist ein anderer Typus, ein Privatgelehrter alten Stils, der der Universität von vorgestern nachtrauert. In fast jeder Stunde schimpft er auf die Gruppenuniversität, die Achtundsechziger, die vielen Studenten, die keine Wissenschaftler werden wollen. »Denen geht es nur um Ausbildung, nicht um Bildung«, grollt er. »Eine solche Haltung markiert den Untergang der *universitas magistrorum et scholarium*. Ich empfinde das Wort ›Elfenbeinturm‹ nicht als Schimpfwort, sondern als Kompliment.« Diese Haltung scheint Krepps Komplex zu sein, und jede Stunde opfert er sieben bis zehn Minuten für seine Klagepredigten. Sonst machen seine Stunden aber ziemlich viel Spaß: Er hat Ahnung, kann gut erklären und bereitet jede Stunde akribisch vor. Nur seine Kleidung ist nicht so abwechslungsreich – er trägt jede Stunde dieselbe Krawatte, dasselbe Jackett, dasselbe Hemd. Weitere Typen sind der unnahbare Großmeister, der Studentinnenversteher, der Profilneurotiker und der Superprof. Letzteren habe ich auch noch nicht kennengelernt, aber auch das schiebe ich auf meine Unerfahrenheit. Dafür sind die VWL-Dozenten alle Profilneurotiker, und das finde ich gut. Profilneurotiker legen immer eine gute Performance hin. Dass sie das nicht für die Studenten tun, sondern fürs eigene Ego, ist eigentlich egal. Sie liefern eine Riesenshow, das zählt, die intrinsische Motivation ist mir ziemlich schnuppe. Dass Brechtig nur Selbstdarstellung liefert und sonst nichts, bestätigt die Regel.

»Superprofs sind studentennahe Profilneurotiker«, behauptet Anna weise, und wahrscheinlich ist das so.

Heute Abend will ich aber erst mal verschiedene Studententypen kennenlernen. Ich stehe kurz vor zehn Uhr abends vor dem Hauptgebäude der Bonner Universität. Große Scheinwerfer strahlen das frühere Schloss der kurkölnischen Erzbischöfe an. Mit dem dottergelben Putz wirkt es irgendwie entrückt. Das Gelb schimmert warm und verströmt das Versprechen von Geborgenheit, die Illusion von Nähe und menschlicher Wärme. Über dem Eingang wacht eine goldene Statue, die ich Morgen für Morgen sehe. Sie zeigt Maria, die Mutter des Gottessohnes oder die Mutter des Menschensohnes (so genau habe ich das nicht verstanden), die so gut harmoniert mit dem Dottergelb und dem Heilsversprechen, dass in diesem Gebäude alles gut wird und vor allem alles nett.

Doch mir fällt es schwer, an menschliche Wärme zu denken. Es ist Mitte Mai, und es ist kalt. Ziemlich kalt sogar, vielleicht sieben Grad, vielleicht acht, und ich stehe im T-Shirt vor dem Gebäude. Ich trage ein orangefarbenes T-Shirt mit der Aufschrift »Müssen nur wollen«, geschrieben in großen schwarzen Serifen, und meinen Oberkörper durchzieht ein Frösteln. Meine Haut bildet kleine Noppen, in deren Mitte sich Härchen befinden, und die stellen sich auf, schlagartig. Ich zucke unkontrolliert mit den Schultern und reibe mir mit den Händen über die Oberarme. Ich will auf meine erste Studentenparty gehen.

Daniel hat mir geraten, bloß keine Jacke mitzunehmen, »auch wenn der Weg zur Party kalt ist«. Drinnen sei es zu heiß, es gebe keine Garderobe, und alle würden ihre Jacken auf den anfangs noch jungfräulichen Boden schmeißen, der später von Kölsch geschwängert und von Desperados vergewaltigt werde.

»Wenn du deine Jacke ein zweites Mal anziehen willst, dann lass sie zu Hause«, hat Daniel gesagt.

Ich habe seinen Rat befolgt, und ich bereue es zutiefst. Ich bin der unerträglichen Leichtsinnigkeit des Seins zum Opfer gefallen, und in keinem anderen Moment ist mir das bislang schmerzlicher bewusst geworden als in diesem, in dem ich die Zähne aufeinanderpresse, damit sie, bittebitte, nicht klappern wie die Kiefer der Skelette in einem Gespensterfilm aus den Sechzigerjahren.

Plötzlich knirscht es neben mir, jemand zieht die Füße über das Kopfsteinpflaster, und dieser Jemand steht plötzlich neben mir und zieht die Kapuze seines Kapuzenshirts vom Kopf. Es ist Daniel.

Wir geben uns die Hand, drücken uns dann kurz gegenseitig; das hat sich bei uns so eingespielt, diese maskuline Variante des Bussi-links, Bussi-rechts.

In den vergangenen Wochen hat sich zwischen Daniel und

mir eine Freundschaft entwickelt. Eine gute Freundschaft sogar. Schon am Tag nach unserem Mensaessen blinkte plötzlich sein Bild auf meinem Handydisplay; er rief an und lud mich auf ein Bier ein. Es wurden ziemlich viele Biere, und wir stritten uns erst über Politik, dann über die besten CDs, und am Ende stellten wir fest, dass wir als Kinder dieselben Bücher hatten lesen müssen, Problembücher mit orangefarbenem Einband, und dass wir ähnlich ethisch und ökologisch korrekt aufgewachsen waren. Irgendwann, als ich zu müde war, um weiter zu diskutieren, drückten wir uns zum Abschied, und da ich annahm, dass ihm diese Geste genauso schwerfiel wie mir, glaubte ich an ihre Bedeutung. Seitdem treffen wir uns jede Woche sicher zwei- oder dreimal, abends auf ein Bier oder auf ein Mittagessen. Das Mittagessen nennt er »3k«. Einen solchen Merker speichert er sich im Handy ein, was mir verrätselt scheint, sich aber so erklärt, dass er beim ersten Mal »Mensa mit Markus« im Handy hatte, dann »MMM«, und in lateinischen Ziffern bedeutet MMM ja 3000, und auf Englisch heißt das »3k«. Daniel liebt solche Kürzelspielchen, und vielleicht ist diese Liebe zum absurden Um-die-Ecke-Denken der Grund, warum unsere Mittagessen oft zwei Stunden dauern und unsere Abende sich in die Länge ziehen.

Daniel nickt nur und zeigt mit dem Kopf auf einen kleinen Seiteneingang, den Eingang neben der Studentenbibliothek, in der man tagsüber die meisten deutschsprachigen Zeitungen lesen kann, von der »Hessischen«/»Niedersächsischen Allgemeinen« bis zur »Neuen Zürcher Zeitung«.

Vor dem Eingang stehen zwei breitschultrige Glatzköpfe in schwarzen T-Shirts; ihnen ist nicht kalt. In Brandenburg würden sie als DVU-Sympathisanten durchgehen, hier sollen sie die guten Sitten des Festes der Bonner Komparatistinnen (und Komparatisten) wahren.

Komparatistenparty, auf die müsse man gehen, hatte Daniel gesagt. Komparatistik studieren fast nur Frauen, meistens liebe Mädchen, die eigentlich auch nicht gern sonderlich viel lesen, die aber Romane noch für schaffbarer halten als lateinische

Quellen, politische Theorieschriften oder philosophische Traktate und denen man mächtig imponieren kann, wenn man behauptet, nur wer das neue Buch von Juli Zeh dekonstruiere und über den frühen Heidegger auf den späten Derrida spiegle, dabei den deutschen Sonderweg beachte und die symbolische Sinngebung sensu Ernst Cassirer berücksichtige, könne das Buch auch auf der ersten Ebene rezipieren. Sprich: einfach lesen und dabei seinen Spaß haben. Die Aussage ist zwar so sinnfrei wie die Dekonstruktion, aber das interessiert dort keinen.

»So ungefähr funktioniert das dort«, sagt Daniel, »auch wenn die Dekonstruktion so out ist, dass ein wahrer Dekonstruktivist sie selbst nur noch dekonstruieren kann.« Beim letzten Mal habe ihn eine höhere Tochter tatsächlich gefragt, ob er ihr nicht ein Kind machen wolle.

Wir stehen an der Kasse, einem Holztischchen, dahinter sitzt ein bebrilltes Mädchen neben einem bebrillten Jungen, sie tragen rote T-Shirts, auf denen sich ein strichgezeichneter weißer Wurm durch eine Latte von Büchern frisst. Ein Bücherwurm, haha. Unter dem Bücherwurm steht: »Fachschaft Komparatistik«. Er sieht sehr nach dem Fachschaftsvorsitzenden aus, sie nach der Schriftführerin im Fachschaftsrat.

Die Fachschaft ist eine Art Asta fürs eigene Fach, und Wohlgesinnte halten die Fachschaftler oder FSler oder auch Fachtis für die letzten Engagierten in einer egotaktischen Welt, Zyniker aber für überengagierte Besserwisser, die aus ihren Wahlergebnissen (zwanzig Stimmen bei sieben Prozent Wahlbeteiligung) die Legitimation zur Wichtigtuerei ziehen. Daniel und ich geben dem Mädchen drei Euro Eintritt, der Junge knallt uns einen Stempel auf die Handrücken, einen Stempel, den man nur unter UV-Licht sehen kann; früher hätte ich einen unsichtbaren Stempel doof gefunden. Nun ist er eben nicht mehr das tagelang sicht- und vorzeigbare Ehrenstigma auf dem Handrücken, einen Abend in den vergangenen sieben Tagen richtig gefeiert zu haben.

»Wollt ihr Bons kaufen?«, fragt der bebrillte Junge plötzlich.

»Bons?«, frage ich zurück.

»Ja, Getränkebons, fünfzig Cent das Stück, Kölsch kostet drei Bons, Desperados vier Bons, Cola, Fanta, Sprite zwei Bons, ein Bon ist Pfand, Rückgabe bis dreiundzwanzig Uhr.«

»Hä? Rückgabe?«

»Wenn du nach dreiundzwanzig Uhr gehst, kannst du die Bons nicht mehr zurückgeben, wenn du vorher gehst, schon.«

Ich verstehe das System nicht und schaue verdattert.

»Wie funktioniert das mit den Bons?«

Der Fachschaftsvorsitzende guckt genervt und sagt: »Also, du kaufst jetzt hier die Bons. Dann gehst du zum Stand und bezahlst mit diesen Bons deine Getränke.«

»Kann man da nicht so zahlen?«

»Nein, die nehmen nur Bons an.«

»Aber warum?«

Der Fachschaftsvorsitzende guckt die Fachschaftsschriftführerin an und fleht mit den Augen um argumentativen Beistand.

Sie bringt die Sache auf den Punkt. »Na, das haben wir schon immer so gemacht.«

Sie schaut starr nach vorn, er schaut nach unten, ich an die Decke.

Daniel und ich kaufen jeder für zehn Euro Bons, schließlich ist morgen Freitag, und freitags brauchen wir nicht in die Uni zu gehen, da können wir immerhin fünf Kölsch trinken und zudem noch einer bedürftigen Germanistin oder Komparatistin oder schlicht Deutschstudentin ein Kölsch ausgeben. Und weil bald ja schon dreiundzwanzig Uhr ist und man nur bis dreiundzwanzig Uhr die Bons zurückgeben kann, müssen wir wohl entweder sehr brav sein und um kurz vor elf gehen oder aber alle Bons versaufen.

Daniel und ich stecken die Bons ein und biegen um die Ecke. Dort ist die sogenannte Säulenhalle, ein kleiner Lichthof mit Säulen, die mit Mosaiken verziert sind, vielleicht aus den Sechzigerjahren stammen und mich ein bisschen an Schulsportschwimmhallen erinnern. Wir steuern den Bon-Annahme-Bier-Ausgabe-Stand an, Daniel reicht acht Bons über die Theke, kriegt dafür zwei Kölsch; ein Bon pro Flasche ist ja Pfand. Entweder ist das Bier nicht gekühlt, oder es ist in Daniels Hand binnen weniger Sekunden schrecklich warm geworden.

Eine Lichtorgel wirft rote und grüne Punkte auf den Boden der Halle, wir prosten uns zu und drängeln uns an einem großen Stapel abgelegter Jacken vorbei durch die Menge. Es läuft ein Lied mit dem Text »Rämälämadingdong / Rämälämadingdingdong / Rämälämärämälämärämädingdong« oder so ähnlich, und irgendwie können hier alle den Text auswendig, was ich für schwieriger halte, als ein Gedicht mit abgrenzbaren Silben und erkennbaren Worten aufzusagen. Auf der Tanzfläche bewegen sich zwei Mädchen, beide sehen aus wie sechzehn, und vielleicht müssen sie vor Mitternacht ins Bett und wollen deshalb die Zeit für extrem ekstatische Zuckungen nutzen. Die eine ist dick und trägt ein schwarzes Top, das sich am Bauch leicht nach oben spannt; um die Hüften hat sie einen dunkelblauen Pulli gebunden. Ihre Freundin trägt hellbraune Chinos und eine blau-weiß gestreifte Matrosenbluse, die sie in die Chinos gesteckt hat, was streng und gouvernantenhaft aussieht. Sonst tanzt niemand.

Plötzlich steht Maik neben uns, Maik aus dem Krepp-Seminar, Maik, der Chekka, der jeden Sachverhalt aus der Erfahrung seiner einundzwanzig Semester sofort abchecken kann. Maik hat glasige Augen, durch die sich viele rote Äderchen ziehen. Entweder hat er eins aufs Auge bekommen, oder er hat gekifft, und ausnahmsweise fällt mir bei diesem Thema die analytische Entscheidung nicht schwer. Wenn mir das doch in anderen Angelegenheiten auch so ginge!

»Hey, Markus«, sagt er, er ist etwas abwesend, und er schwenkt eine Flasche Desperados, die vier Bons plus einen Bon Pfand gekostet hat.

»Markus, guck ma, der da, der ist ein echtes Rektalimplantat«, sagt er. Ich weiß nicht, wen er meint.

Maik schwankt ein wenig, doch er setzt wieder an. »Markus, guck ma, der da, der ist ein rezentes Fossil.« Und er wedelt mit der Desperados in die Richtung einer Gruppe von Studenten. Ich weiß nicht, was er meint.

»Wir müssen weiter«, sage ich. Maik umarmt mich zum Abschied, er riecht nach Rauch, nach Süßholz und nach Axe Energy.

Daniel und ich gehen an den Toiletten vorbei, in denen hellblaues Neonlicht Studenten und Nichtstudenten vom Spritzensetzen abhalten soll.

»Wichsen statt Fixen«, hat jemand mit Edding auf die Tür geschrieben.

Daniel und ich setzen uns auf eine Fensterbank gegenüber den Toiletten. Das warme Bier schießt mir in den Kopf.

Ich erzähle ihm von meinem Statistikkurs, vom Dialogimpuls mit Bart-Bernd, und ich berichte ihm von den ersten makroökonomischen Theorien, die ich kennengelernt habe. Viel Kleinklein, viele Details, viele Parzellen. Ich erzähle ihm von meinem Drang, etwas zu wissen, etwas Neues kennenzulernen, alles Neue in mich einzusaugen.

Plötzlich zieht Daniel die rechte Hand durch die Luft, so wie jemand, der sein Gegenüber gleich waagerecht guillotinieren will. Ich unterbreche meinen Redefluss, wir hören einen Moment zu, wie Dusty Springfield »Son of a preacher man« singt; der Lautsprecher quäkt, Daniel springt auf, rennt weg und lässt mich allein sitzen. Ich beobachte die Menschen auf der Party, alle jene, die zum Klo müssen.

Plötzlich läuft Jasmin vorbei, winkt mir zu und kommt näher. Sie hat ein rotes Tanktop an, das den Blick auf ihren Brustansatz freigibt, dazu trägt sie eine hellblaue Jeans, die sich am linken Oberschenkel aufribbelt und Jasmins bleiche Haut durchscheinen lässt. Solche Hosen sind teurer als welche ohne Aufribbelungen, Löcher und Flecken, hat mir jemand erzählt. Jasmins Kopf ist der Kopf eines großen Kindes, etwas rundlich, aber nicht dicklich, die Augen sind zu groß, und das Weiß in ihren Augen nimmt zu großen Raum ein im Vergleich zu den Pupillen. Ihr Mund ist voll – *rich kids* in ihrem Alter lassen sich die Lippen aufspritzen, damit sie so aussehen. Jasmin kommt einige Schritte näher, beugt sich zu mir herunter, und ich sehe, dass sie an der rechten Schulter ein Tattoo hat, irgendein

Schriftzeichen, chinesisch oder japanisch, ich weiß nicht, definitiv was Fernöstliches. Irgendwie erinnert mich das an den Westenbehang von Bart-Bernd Brall, den er bei der ersten Soziologievorlesung trug. Jasmin streicht mir mit der Hand über die Wange.

»Bis später!«, sagt sie und rennt weiter in Richtung Klo.

Jetzt ist der DJ in der Zeit der Neuen Deutschen Welle angelangt, spielt Geier Sturzflug, »Eins kann uns keiner nehmen, und das ist die pure Lust am Leben«. Viele grölen mit, doch ich schaue ins Leere und blase auf dem Hals meiner Kölsch-Flasche herum.

Plötzlich ist Daniel wieder da, zwei neue Kölsch-Flaschen in der Hand. Er habe Nachschub holen wollen.

»Sag mal«, fragt er dann, »warum studieren wir eigentlich?«

Daniel schlägt die Kronkorken der Bierflaschen an der Kante der Fensterbank ab und reicht mir eine Flasche rüber. Ich presse sie auf die Lippen, stoße die Zunge an den Flaschenhals und lasse mir das Bier in den Mund laufen. Es ist noch immer warm, und es ist zu viel auf einmal, also huste und schlucke ich, huste ich und schlucke.

Als ich mich ausgehustet habe, zucke ich mit den Schultern.

»Ich weiß es nicht«, sage ich. »Vielleicht weil alle studieren? Weil wir meinen, keine Chance auf dem Arbeitsmarkt zu haben ohne Studienabschluss? Oder weil es keine interessanten Jobs gibt ohne irgendeinen Titel hinter oder vor dem Namen?«

»Klar«, meint Daniel, »das ist sicher ein Grund, doch das ist ein äußerer Zwang. Aber gibt es was darüber hinaus?«

Daniel spricht vom Lernen, davon, wie es ist, etwas ganz Neues kennenzulernen, Wissensgebiete, mit denen man sich nie zuvor beschäftigt hat. Er spricht von Römischem Recht, das er gern studiert, oder Staatskirchenrecht, das er liebt. Er spricht von den Philosophievorlesungen, die er gehört hat, nur so nebenbei, spricht vom Ontologischen Gottesbeweis und vom Kategorischen Imperativ.

»Ich weiß nicht, ob ich beides verstanden habe«, räumt er ein, »aber dass ich mich überhaupt bemüht habe es zu verstehen, das ist doch schon was, und die Gelegenheit dazu habe ich doch nirgends außerhalb des Studiums.«

»Also suchen wir Erkenntnis?«, frage ich.

Ich bin mir unsicher, ob das der Grund ist, warum alle studieren, und das sage ich Daniel auch. Viele Daniels gibt es nicht, die sich einfach in die Vorlesung eines fremden Faches setzen. Philosophen werden Experten für Heidegger oder Horkheimer, Hegel oder Habermas, aber den großen Überblick gewinnen sie nicht. Historiker werden Fachleute fürs frühe Mittelalter, die frühe Neuzeit oder die frühe Geschichte der Gleichberechtigung. Politikwissenschaftler erforschen Transatlantiker, deutsche Gaullisten oder Neocons, doch die große Schneise schlagen sie nicht.

Daniel nickt. »Ich war ein paar Wochen vor den Semesterferien in der Bib« – er meint die Unibibliothek – »und hab einen ziemlich großen Stapel Bücher ausgeliehen. Ich stehe an der Ausleihe, und da fragt mich die Frau am Schalter, was ich denn mit so vielen Büchern will. Ich sage: ›Lesen.‹ Sie fragt: ›Warum machen Sie kein Praktikum?‹«

Daniel erzählt von dem Druck, ganz schnell fertig zu werden mit dem Studium, in allen Semesterferien ein Praktikum zu machen und Kaffee zu kochen, um unbedingt »Berufserfahrung« im Lebenslauf stehen zu haben, wenn man sich für den ersten Job bewirbt.

»Weißt du, welchen Satz ich abgrundtief hasse?«, fragt er mich dann.

Ich schüttle den Kopf.

»Den Satz: ›Das ist gut für den Lebenslauf.‹ Auch wenn man völligen Blödsinn macht, wenn man keinen Spaß hat – man macht es für den Lebenslauf. Man überlegt nicht mehr, ob etwas gut ist fürs Leben. Hauptsache, es ist gut für den Lebenslauf.«

Ich erinnere mich an die Debatten in der Schule. Was man studieren soll. Was man werden will. Am besten Jurist, Erstes Staatsexamen, Zweites Staatsexamen, Höherer Dienst in der Verwaltung. Allein schon das Wort »Verwaltung« brachte meine innere Brechreizkontrolle durcheinander. Wenn es wenigstens Stadtgestaltung geheißen hätte, aber das war eine Domäne der Künstler. Am zweitbesten war dann Lehramt, krisensicher in einer durch Pisa-Schock und Elite-Unis für Bildung sensibilisierten Öffentlichkeit, ein Werk fürs Vaterland, ein bisschen Wissen vermitteln bei zwölf Wochen Ferien im Jahr.

Ich nehme einen tiefen Schluck aus der Bierflasche, umgreife sie dann so fest mit der rechten Hand, dass sich das feuchte Etikett ablöst. Die Flasche flutscht mir aus der Hand, donnert zu Boden, zerbirst in tausend Scherben, und eine goldgelbe Lache mit weißem Schaum bildet sich zu meinen Füßen. In der Hand halte ich nur zwei feuchte, labberige Etikettreste. Daniel grinst.

»Sicherheit statt Freiheit«, sagt Daniel, und er hat recht: Genau das zeichnet meine Schulkameraden aus. Diese Denke, lieber langweilig zu leben und keinen Spaß zu haben, dafür aber einen sicheren Job. Die sich dafür verbiegen, die dafür Neurosen und chronische Krankheiten in Kauf nehmen. Sonja bei mir aus dem Leistungskurs zum Beispiel, hochgerühmte Konzertpianistin schon während der Schulzeit – und was studiert sie? Jura. Michael, der schon in der Oberstufe wie ein Professor redete – und was will er werden? Lehrer. Und Klara, die ein Einser-Abi machte, dann mit ihrem Freund, einem BWL-Studenten, zusammenzog und nun Kunstgeschichte studiert – »schließlich ist eine solche Form der Allgemeinbildung ungemein präsentabel«. Mit achtzehn schon festlegen, was mit fünfzig sein wird, Beamtenjob, Einfamilienhaus, höchstens zwei Kinder, drei sind ja zu teuer, wenn plötzlich Zwillinge kommen, wird es heikel, diese Haltung verstehe ich nicht. Genauso wenig, dass meine Mitschüler es plötzlich cool finden, Spießer zu werden, bei Mama wohnen zu bleiben oder mit genau der Freundin zusammenzuziehen, die sie schon mit siebzehn hatten, und sich dann von Papa das Doppelbett mit Federkernmatratze bezahlen lassen, Blümchentagesdecke und blümerante Segenswünsche inklusive.

Daniel und ich gehen gemeinsam zum Bierstand, diesmal reiche ich die Bons über die Theke, und diesmal ist es mir schon egal, dass das Bier warm ist. Aus den Lautsprechern dröhnt nun das typische Lied jeder Schüler- und Studentenparty, »Westerland« von den »Ärzten«, und alle grölen mit, auch die, die noch nie in Westerland waren.

Daniel und ich setzen uns wieder auf die Fensterbank vor den Klos. Jasmin steht plötzlich da und redet mit zwei Mädchen und ist dann urplötzlich verschwunden.

»Hast du es mal andersrum gesehen?«, fragt mich Daniel.

»Was meinst du?«, gebe ich zurück.

»Dass *du* vielleicht die arme Sau bist. Du kannst dich nicht entscheiden, du willst dich nicht festlegen, du hältst dir alle Optionen offen. Letztlich sind die anderen viel stärker als du, weil sie den Mumm haben, Optionen auszuschließen.«

Ich schaue Daniel ins Gesicht, ich sehe seine grünlichen Augen. Irgendwie hat er recht und irgendwie auch nicht. Natürlich will ich mir alles offenhalten, natürlich will ich vielleicht erst in fünf Jahren entscheiden müssen, was ich später mal mache, und dann will ich mir auch noch die Chance lassen, fünf Jahre später was ganz anderes zu tun. »Multioptionsgesellschaft« nannte das mein Politiklehrer früher. Aber muss es nicht noch irgendetwas dazwischen geben, etwas, das den Weg mit achtzehn nicht schon bis zum Rentenkoeffizienten vorzeichnet, das andererseits aber auch nicht zum ewigen Aufschieben wird?

»Ja«, sage ich dann, »aber warum gehen wir dann überhaupt Tag für Tag in die Uni?«

Ich merke, dass mir das Bier in den Kopf gestiegen ist, dass ich B und P vertausche, »üperhaubt« sage und dass es mir ein bisschen schummert. Vielleicht sind das die berühmten Kneipengespräche, die man als Student immer führen soll, Gespräche, die einem wahnsinnig philosophisch vorkommen, wenn man sie gerade führt, an die man sich – zum Glück für das eigene Ego – am nächsten Morgen aber nicht mehr erinnert.

»Damit wir Frauen kennenlernen«, gibt Daniel die Antwort. Irgendwo, so sagt er, irgendwo müsse es doch ein Soziotop geben, an dem sich Männer und Frauen verbinden können.

Ich zucke nur mit den Schultern, und das versteht Daniel

als Aufforderung. Er erzählt mir davon, wie er seine Freundin kennengelernt hat (auf einer Uniparty), wie sie zusammengekommen sind (auf einer anderen Uniparty) und dass sie wahnsinnig glücklich sind. Daniels Freundin hat erst in Bonn Medizin studiert und studiert jetzt in Hamburg. Sie sind seit einem Jahr zusammen, und die beiden tun alles das, was Pärchen nun mal so tun, wenn sie Pärchen sein dürfen: Sie picknicken im Alstervorland, sie trägt die Decke, er den Korb, sie lernen zusammen im Café Mathilde in Hamburg oder im Café Blau in Bonn, sie fragt ihn die Abstrakte Normenkontrolle ab, er sie die Bestandteile des Ohrs oder der Nase oder die Symptome der malignen Hyperthermie. Sie gehen zusammen weg, sie lieber ins Theater, er ins Kino, sie haben Sex, sie lieber oben, er lieber unten, und einmal waren sie auch zusammen in der Bonner Frauenklinik, weil das Gummi gerissen war, und sie haben versucht, die Untersuchung für die Pille danach gleich cash zu zahlen, damit es nicht auf der Privatpatientenrechnung der konservativ-katholischen Eltern steht, und es hat auch geklappt. Dummerweise haben sie vor dem Behandlungszimmer im Keller dann eine Freundin getroffen, aber die hatte ja dasselbe kleine Problem, und die beiden Mädchen vereinbarten Stillschweigen.

Daniel nimmt einen Schluck aus der Flasche. Er schaut mich an und sagt: »Aber sonst ist es wunderschön.«

Jede Woche schickt sie ihm ein Buch, und er schickt ihr eine selbstgebrannte CD. Mixtapes mit ausgewählter Musik sind schließlich der allerbeste Liebesbeweis, findet er. Lambchop brennt er drauf, Gorkys's Zygotic Mynci, Bright Eyes, Belle & Sebastian, Jack Johnson, Conor Oberst, eben die ganze Parade hipper Altbauwohnungsmusik. Und mit dem Buch oder als Booklet in der CD-Hülle schicken sich die beiden Briefe. Ist der Brief sehr lang, ist das Buch eher schlecht. Ist das Buch genial, gibt es nur wenige Zeilen.

Das hört sich so wunderbar rosarot an, und ich ahne, dass sich hinter Daniels Erzählung über die Frauenklinik vielleicht doch ein Drama verbirgt. Ein Jahr halten rosa Wolken nur in den Beziehungen von Langeweilern, Anschweigern oder Problemverdrängern. Bei normalen Menschen nicht.

Nichtsdestoweniger tun mir Daniels Erzählungen weh. Erinnerungen wimmeln mir entgegen, doch ich lächle Daniel an, nicke, tue so, als ob ich mich für ihn freue. Ich betrachte Daniel als meinen Freund. Eigentlich müsste ich mich für ihn freuen, weil er mein Freund ist, das ist fast schon eine Form moralischer Verpflichtung. Doch ich schaffe es nicht. Ich freue mich nicht, sondern ich bin traurig, weil mir meine eigene Unzulänglichkeit vor Augen tritt. Dass ich nicht glücklich verliebt bin. Dass ich nicht einmal unglücklich verliebt bin. Vielleicht ist Letzteres sogar schlimmer als Ersteres, unglücklich verliebt man sich viel schneller als glücklich. Dass mir sogar das fehlt, lässt mich zweifeln: an mir selbst und an meinem Leben. Ich sehne mich nach der Sehnsucht. Wenn ich ehrlich bin, habe ich mich für Bonn entschieden, für die Stadt, die über sechs Zugstunden von zu Hause entfernt ist, weil diese Wahl mich von dem loslöst, was vorher war. Ich wollte wie ›Sascha simpel‹ mit großen Augen durch die Uni laufen, alles Neue in mich aufsaugen und mich dann hoffentlich auch noch glücklich verlieben.

»Ich hol noch ein Bier«, sagt Daniel und steht auf.

Ich bleibe sitzen, und jetzt fliegen die Erinnerungen an Maria vor meinem inneren Auge vorbei, an die »kleine Maria«, wie sie mein Freund Adrian nannte. Mit sechzehn waren wir zusammengekommen, in einer Freistunde mit Überlänge zwischen siebter Stunde Deutsch und zwölfter Stunde Volleyball. Sie hatte Haare bis zum Po und ein niedliches Gesicht. Sie war klein, einen Meter neunundfünfzig nur, und nicht schlank, aber sie bewegte sich so, wie es nur jemand tut, der sehr schön ist. Ihr Spitzname war »Ente«, was nicht ausschließlich ein Kompliment war, aber sie war die Klügste in meinem Jahrgang, Leistungskurse Mathe und Musik, und ich war froh, dass wir selten zusammen Unterricht hatten.

Ich liebte sie, weil sie schön reden konnte, weil sie lachte, weil sie nachdachte, weil sie Mädchenfilme sah und trotzdem einen Artikel aus dem Feuilleton der FAZ doppelt so schnell verstand wie ich, und ich liebte sie auch, weil sie ihren Stoffelefanten »Selters« nannte und ihren Teddybären »Seitenbacher Naturmüsli«. Ich bewunderte sie, denn sie konnte Geige spielen und Klavier, und sie konnte Gedichte rezitieren und schöne Lieder singen, und sie war Bestandteil einer Welt, die so gut und so alt und so bürgerlich war, wie es meine eigene nie sein würde. Wenn ich ihr sagte, dass ich große Lust hätte auf sie, ermahnte sie mich, ich solle doch nicht so reden. Wenn ich im Bett popelte, schimpfte sie mich aus. Und wenn sie sich die Zähne putzte und ich mich neben sie stellte und mir auch die Zähne putzen wollte, dann schmiss sie mich raus. Eine Frau im Bad, sagte sie, das sei intimer als eine Frau im Bett.

Wir küssten uns zwei Jahre lang, wir küssten uns nur, und als ich mit ihr schlafen wollte, lachte sie mich aus: Wie kommst du denn auf diese Idee, mein Bester? Sie lächelte dann, und in diesen Momenten hätte ich am liebsten einen Heiligenschein über ihrem Kopf aufleuchten lassen, ihr einen Keuschheitsgürtel um das Becken gelegt und mich mit einem Bußgürtel voller Dornen kasteit. Ich wartete auf sie, Tag für Tag, Woche für Woche, Monat für Monat, und ich hätte auch Jahre auf sie gewartet. Doch dann küsste sie einen anderen, einen Lehrer, der zehn Jahre älter war als sie, und auch ich küsste ein anderes Mädchen. Wir verziehen uns, und wir verziehen uns doch nie, denn sie lachte immer mehr, wenn ich mit ihr schlafen wollte. Meinen Geburtstag feierten wir noch gemeinsam, den Geburtstag vor unserem Abi, und als sie nachts nach einer zweiten Decke fragte, die ich auf dem Schrank meines Kinderzimmers liegen hatte, behauptete ich, die sei in der Wäsche, was eine Lüge war. Wir schliefen unter einer Decke, und in dieser Nacht schlang ich die Arme besonders fest um sie, weil ich ahnte, dass dies die letzte gemeinsame Nacht war.

Sie schlief ein, und sie schlief fest, und ich weinte.

Ich krümmte mich, und mir zuckten Beine und Arme, und es war, als müsse ich mich auflösen. Ich hatte zuletzt geweint, als ich mir in der ersten Klasse beim Fahrradfahren das Knie aufgeschürft hatte und lauter winzige Kieselsteine in der Wunde staken. Ich weinte wie ich noch nie geweint hatte, drei Stunden, vier Stunden lang, die Zeit verging einfach nicht. Ich weinte bis zum Morgen, weil ich wusste, dass ich in ihrem späteren Leben keine Rolle mehr spielen würde. Ich wusste, dass sie die zwei Jahre als Episode abtäte, als Schulbekanntschaft mit ein paar Küssen. Die erste große Liebe – als die gälte ich nie bei ihr, das wäre immer ihr Ehemann, egal, wie verzweckt die Ehe wäre, bis dass der Tod oder eine Jüngere sie schiede. Irgendwann wäre ich tot für sie, tot in ihrer Erinnerung, und ich sah in dieser Nacht genau vor mir, wie ich sie wiederträfe, fünfzehn Jahre später, und wie sie zwei niedliche Kinder an der Hand hielte, die sie gerade von der Musikalischen Früherziehung abgeholt hätte, und ich würde »Hallo« sagen, unrasiert und mit rot geränderten Augen, und würde noch hören, wie ihre Kinder fragten, wer der Mann gewesen sei. Sie würde ihnen erklären, dass ich ein alter Schulkamerad sei. Das Schlimme dabei wäre nicht die Tatsache, dass sie vor ihren Kindern behauptete, ich sei bloß ein Schulkamerad, sondern dass sie es selbst glaubte. Ein Schulkamerad, ja genau, und eigentlich hatte sie nicht viel mit ihm zu tun. Genau das war die brutalstmögliche Form der Vernichtung. Es ist besser, gehasst zu werden, wenigstens noch irgendein Gefühl zu erwecken, als als Erinnerungsort auf der Lebenslandkarte eines Menschen verschwunden zu sein.

Am nächsten Morgen sagte sie zu mir, dass sie den Geburtstag schön gefunden habe und dass sie Schluss machen wolle. Sie wolle ehrlich sein mit mir: Sie habe seit vorgestern einen anderen.

Dann ging sie, aber sie ließ ihr Geburtstagsgeschenk da, ein Buch – das »Treibhaus« von Wolfgang Koeppen –, und sie schrieb mir noch eine Widmung hinein: »Lieber Markus, ich wünsche Dir alles Gute in Deinem neuen Treibhaus: der Universität in Bonn. Herzlich, Maria.«

In dem Moment merkte ich, dass sie hinter ihrer Bravheit und Bürgerlichkeit etwas verborgen hielt, das ich bis heute nicht ganz durchschaut habe: irgendetwas Dunkles, das ihr Verhalten vor ihr selbst rechtfertigt, damit die Maskerade des

Guten, Schönen und Wahren erhalten bleibt. Als ich irgendwann später das Wort »Darwipportunismus« hörte, eine Mischung aus Darwinismus und Opportunismus, war ich mir sicher, dass das ziemlich exakt ihr Verhalten beschrieb. Die entscheidende Frage war für sie nicht, wie ich war, sondern was ich war.

Am nächsten Abend küsste ich die Ex meines besten Freundes, die sich an ihm rächen wollte, und wir schliefen miteinander, doch ich empfand viel weniger als bei Marias Küssen. Am Abend darauf betrank ich mich mit einer Zehntklässlerin, sie war sechzehn, und als ich sie küsste, hauchte sie mir ins Ohr: »Ich habe noch nie vorher mit einem Jungen geknutscht.«

Die nächsten Abende lag ich im Bett und starrte dumpf vor mich hin, ungern an die weiße Zimmerdecke (denn die Raufasernoppen der Tapete waren schwer zu zählen), viel lieber auf irgendwelche Buchcover, Bilder oder sonst etwas, so lange, so stoisch, bis mir alles vor Anstrengung vor den Augen verschwamm.

Am ersten Schultag nach den Ferien traf ich Maria mit ihrem neuen Freund, er hieß Heiner, und er ging in meinen Geschichts-Leistungskurs. Er spielte Bratsche und ich nur Blockflöte, er trug kurzärmlige Karohemden von Tommy Hilfiger und ich nur T-Shirts von H&M, sein Vater war Notar und meiner nur Gesamtschullehrer für Werken und Sport, aber er war reiches Mittelmaß, und er war viel schlechter, medioker als Maria, und vielleicht war das der Grund, warum sie sich für ihn entschieden hatte. Ich sah die beiden jeden Tag, jeden Tag zusammen, es tat unsagbar weh, und ich mobbte Heiner so gut es eben ging, ich wusste immerhin, dass Kiesinger Kanzler von Deutschland war und Kissinger Außenminister von Amerika, und ich wies ihn gern darauf hin. Er nahm die Anfeindungen gelassen hin, und irgendwann hieß es, dass er auf dem Klo des Cafés neben der Schule, das »Höllisches Haus« hieß, eine Packung Kondome gekauft habe. Ich wollte es nicht, musste es dann aber glauben, und der Schmerz wurde unerträglich, weil ich wusste, dass sie ihm etwas gewährte, das sie mir zwei Jahre lang verwehrt hatte. Ich wusste, dass Heiner nun ganz definitiv ihr Mann fürs Leben war und dass ihre Verweigerungshaltung mir gegenüber nichts mit einem moralischen oder religiösverbrämten Konstrukt zu tun hatte, sondern ganz allein mit mir. Sie hatte nicht mit mir schlafen wollen, weil ich ich war, Markus Rüttgers, und dieser Gedanke tat weh. Nie mehr, so war ich mir sicher, würde ich einem Menschen mit solcher Geheimnislosigkeit und Unvoreingenommenheit entgegentreten wie Maria. Fortan würde ich meine Gefühle immer so abschotten, dass ich im Zweifelsfall *sie* stärker verletzen würde als sie *mich*.

Maria spürte meine tiefe Trauer, und sie gab mir den Ratschlag »Lenk dich ab!« mit auf den Weg, und ich organisierte ein Schulfest mit Riesendisko, ich gründete eine Schülerzeitung, und ich koordinierte auch den Sektverkauf für das obligatorische Besäufnis nach der letzten Abiklausur – einfach nur deshalb, weil ich alles getan hätte, was sie von mir verlangt hätte, egal, was. Ich organisierte und organisierte und lenkte mich mit Aktivitäten ab, und zur Belohnung durfte ich bei der Vergabe der Abizeugnisse die Rede halten, was Maria auch gern getan hätte, weil sie die beste Note im Abi hatte.

Ich war an diesem Tag völlig betrunken, drei Sekt »semi secco« vormittags – ja, den gab's bei uns in der Familie, während Maria nur »secco« trank, da »semi secco« was für Kleinbürger, Schrebergärtner und Beamte sei –, einen Mariacron und einen Jägermeister nach dem Essen, das erste Bier um zwei, das siebte kurz vor der Rede. Mein Vater erzählte mir am nächsten Mittag, ich hätte irgendwann die Rede nicht mehr vorgelesen, sondern »Deine Mittelmäßigkeit kotzt mich an, Heiner!« ins Mikro geschrien und dann drei oder vier Minuten lang »Ho-ho-ho-chi-minh« skandiert, mit erhobener Faust. Dann hätte ich versucht, den Satz »Ich will die Expropriation der Expropriateure« ins Mikro zu brüllen, hätte für »Expropriation« aber zwei Anläufe gebraucht und sei bei dem zweiten schweren Wort bei der zweiten Kombination aus P und R gescheitert.

Ich kann mich nicht mehr daran erinnern.

Ich weiß nur, dass am Montag nach der Rede per Kurier ein Brief an meinen Vater kam. Anschrift: »Herrn Gesamtschullehrer Peter Rüttgers.« Absender: »Dr. jur. Heiner Holz sen., Notar.« In dem stand, dass eine 2,3 im Abi, gepaart mit fragwürdigem Benehmen, viel mittelmäßiger sei als eine 3,2, gepaart mit exzellentem Benehmen, und dass sein Heinrich Holz jr. »eine hoffnungsfrohe Zukunft, auch im privaten Bereich« vor sich habe – Heinrich Holz sen. meinte wohl: ganz im Gegensatz zu mir. Und untendrunter stand: »Mit vorzüglicher Hochachtung Ihr Heinrich Holz sen., nach Diktat verreist.«

Anfangs habe ich mich darüber geärgert, später aber darüber gelacht, und jetzt habe ich das »Nach-Diktat-verreist«-Schreiben in der WG-Küche aufgehängt. Ich schüttle kurz den Kopf, als ob mich fröstelte und als ob ich so die Vergangenheit wegwischen kann.

Eigentlich leide ich unter dem Dilemma meiner Generation: Ich kann mich nicht entscheiden. Ich kann mich nicht entscheiden, was ich später werden will, ich kann mich nicht entscheiden, was genau ich studieren will, und ich kann mich nicht entscheiden, was ich politisch denken soll. Ich will jede Entscheidung vor mir herschieben, mir alle Optionen offenhalten.

Die einzige große Entscheidung, die ich jemals traf, das war die Entscheidung für Maria: mit ihr schlafen zu wollen, mit ihr eine Familie zu gründen, mit ihr alt und dick zu werden. Doch diese Entscheidung kann ich nicht verwirklichen. Maria – mit ihrem Namen ist auch der Urknall meines Entscheidungsdilemmas verbunden: Wie sollte ich mich für etwas entscheiden, das ich nur ein bisschen will – während es drei andere Möglichkeiten gibt, die ich ebenso gut finde –, wenn das Entscheidenmüssen offensichtlich Schmerz nach sich zieht, Schmerz, den ich nicht noch einmal erleben will? Wenn ich mich *nicht* entscheide, dann kann ich auch keinen Fehler machen. Es kann nie wehtun. Niemals. Manchmal denke ich, dass mein ganzes Entscheidungsdilemma daher kommt, dass Maria und ich nicht mehr zusammen sind. Hätte sie sich gegen Heiner und für mich entschieden, wäre alles andere von geradezu lachhafter Einfachheit gewesen: Wir wären zusammen an eine Uni gegangen, wir hätten dann gemeinsam die Unis gewechselt, und wir hätten sicher auch ein Urlaubsjahr in Barcelona eingelegt, das sich offiziell »Erasmus-Programm« nennt.

»Hey, schau mal, ein Jahr Studium in Barcelona, Austauschprogramm der Bonner Politikwissenschaftler, das hing hier am Schwarzen Brett«, tönt plötzlich eine Stimme, und ich zucke zusammen.

Daniel steht vor mir, mir ist flau im Magen, doch die Gespenster meiner eigenen Vergangenheit fliegen in das Kellerkabuff meiner Seele zurück. Daniel hält in der Hand einen gelben Zettel und zwei Kölsch-Flaschen, reicht mir eine rüber und sagt dann: »Die haben auch Gaffel, nicht nur Früh.«

Ich nicke, murmle rasch »Danke« und setze die Flasche an den Hals, nehme drei, vier Züge, setze ab und rülpse hörbar.

»Prolet!«, sagt Daniel, rülpst ebenfalls, und ich haue ihm kurz auf den linken Oberarm. »Alles klar?«, fragt er.

»Geht so. Musste an Maria denken.«

»Okay«, meint Daniel, »dann lass dich ein bisschen ablenken. Ich war eben auf dem Klo, die Sprüche dort sind irre.«

»Na ja, mindestens hundert Jahre alt.«

»Ja klar, zieh den Reim ›Auf diesem Klo, da wohnt ein Geist, der jedem, der zu lange scheißt, von unten in die Eier beißt‹ mal ab. Dann bleiben immer noch ein paar ganz coole Sprüche übrig.«

Daniel lacht sich halb tot.

»Was ist los?«, frage ich.

»In einer Toilette gab's einen echten Karikaturenstreit.«

»Wie?«

»Komm mit, das musst du sehen!«

Daniel springt auf, packt mich an der Schulter, und wir gehen aufs Uni-Klo, das von bläulichem Antifixerlicht erleuchtet ist. Auf der rechten Seite stehen fünf Typen vor den Pissoirs. In der linken Hand hält jeder von ihnen eine Flasche Bier. Daniel guckt sich kurz um und schiebt mich in die zweite Toilettenkabine von links, schließt die Tür zu. Es stinkt nach Urinstein und Erbrochenem, und ich versuche, nur noch durch den Mund zu atmen.

»Hier ist es«, flüstert Daniel.

Ich blicke mich um. »Wer andern eine Bratwurst brät, der hat ein Bratwurstbratgerät«, steht direkt vor mir. Doch dann sehe ich, was Daniel meint. Die rechte Toilettenwand ist vollgekritzelt. Jemand hat mit rotem Edding ein Strichmännchen gemalt, das aussieht wie Gerhard Schröder. Darunter steht »DER KANZ(LER)«. Mit blauem Stift hat das jemand durchgestrichen und darunter geschrieben: »Lieber tot als rot. Lieber entmannt als Protestant.« Das ist wieder durchgestrichen, und daneben steht »RAF«, darunter »Bad Kleinen war Mord«. Daneben hat jemand viermal untereinander »Angie for Kanzler« geschrieben, die obersten beiden Male noch in ordentlichen Blockbuchstaben, dann in nachlässigerer Schreibschrift. Das hat jemand durchgestrichen und die Kategorie politischer Propaganda verlassen. »Nach der Mensa sollst du rauchen …«, ist da zu lesen.

Ich muss grinsen über so viel studentische Poesiekraft.

»Man müsste«, raunt mir Daniel zu, »mal eine Initiative für niveauvolle Klosprüche gründen.«

»Ja, genau«, flüstere ich zurück.

Daniel grinst verschwörerisch.

»Hast du ein Lieblingsgedicht?«, fragt er mich.

»Mmh«, antworte ich, »eigentlich kann ich nur ein einziges Gedicht auswendig. Das ist dann eben mein Lieblingsgedicht.«

»Deal! Und ich habe einen Edding. Nur so einen mitteldünnen, mit dem hab ich gerade noch ein paar CD-Rohlinge beschriftet.«

Er zieht einen schwarzen Stift aus dem Kapuzenpulli. Wir blicken uns an. Er nickt. Ich nicke, und wir kichern.

Daniel zieht die Kappe von dem Stift und dreht sich zur linken Wand. Das Klo ist winzig, und ich bekomme allmählich klaustrophobische Anwandlungen.

»Initiative für niveauvolle Toiletten-Poesie n. e. V.«, schreibt er in Druckschrift auf die linke Seite.

»N. e. V.?«, frage ich.

»Nicht eingetragener Verein«, flüstert er zurück.

Dann drückt er mir den Stift in die Hand: »Los geht's!«

»Das Gedicht ist zu lang«, flüstere ich.

»Dann schreib nur die erste Strophe.«

»Okay«, sage ich und fange an. Druckbuchstabe um Druckbuchstabe.

Komm in den totgesagten Park und schau.

Dann stocke ich kurz. Mein Herz klopft, und trotzdem freue ich mich insgeheim. Ich muss kichern. Mir fällt die zweite Zeile nicht ein.

Doch dann macht es klick, und ich schreibe:

Der Schimmer ferner lächelnder Gestade
Der reinen Wolken unverhofftes Blau
Erhellt die Weiher und die bunten Pfade.

Daniel lacht sich halb tot und giggelt: »Das ist wirklich das beste Gedicht, das man in eine Klokabine krickeln kann. Totgesagter Park! Schimmer! Reine Wolken! Unverhofftes Blau! Na ja, eher unverhofftes Gelb! Von wem ist das?«

»Stefan George«, sage ich, »das hat mir Maria mal zum Geburtstag geschenkt. Ein großes Plakat, das sie mit Ölfarben bemalt hat.«

Ich schreibe noch »– Stefan George –« unter die Zeilen. Daniel hebt die Faust, und ich schlage mit den Fingerknöcheln leicht dagegen.

Wir betrachten unser Werk. Sechs Zeilen in feierlicher schwarzer Druckschrift.

»Genial«, sagt Daniel, »das setzen wir fort.«

»Auf die Initiative für niveauvolle Toiletten-Poesie!«, sage ich.

Ich gebe ihm den Edding wieder; er steckt ihn in seinen Kapuzenpulli.

Dann wende ich mich um, drehe den Knauf der Toilettentür und stehe in dem Raum mit den Pissoirs. Dann winke ich Daniel aus der Kabine heraus. Wir grinsen beide, bemühen uns aber um einen ernsthaften Gesichtsausdruck.

»Komm, lass uns tanzen gehen!«, schlage ich vor.

Wir trotten nach rechts einen kleinen Gang entlang, in die Cafeteria hinein, in der getanzt wird, wir trampeln durch Bierlachen, die aussehen wie tote Schlangen, und betreten den bei Tageslicht eher tristen Ort mit Cola- und Kaffeeautomaten, mit einem großen Schwarzen Brett, an dem viele kleine Zettel kleben, und Schriftenständern, in denen das Bonner Uni-Magazin liegt. Daniel und ich suchen uns eine strategisch günstige Mitte-Rand-Position, nicht allzu weit von der Mitte entfernt, damit wir noch wie Partyjünger wirken und zumindest Arme und Beine zucken lassen können, gleichzeitig aber auch nahe genug am Rand, damit wir rasch fliehen können. Vor uns tanzen zwei Mädchen in engen weißen Hosen, die eine trägt Flipflops, die andere Plateauschuhe. Beide haben peroxidierte Haare, und beide tragen sie bauchfreie Tops, Madame Flipflop in Rosé und mit einem kleinen Pseudo-Brilli im Bauchnabel, Miss Plateauschuh in Schwarz und mit einer dicken Speckfalte, die zwischen dem mit blitzenden Strasssteinen besetzten Gürtel und dem unteren Saum des Tops hervorblitzt. Miss Plateauschuh hat eine dicke Unterhose drunter, die nach Schiesser-Feinripp aussieht und die sich bei jeder Gesäßrotation durchdrückt. Daneben tanzt der Chekka mit einer schwarzhaarigen Frau und touchiert mit dem rechten Oberschenkel fortwährend ihren Schoß. Dahinter springen zwei langhaarige Head-Gangbanger mit langen schwarzen Kutten und schwarzen Sweatshirts aneinander, Schulter 1 prallt gegen Schulter 2, und die beiden finden das gut.

Ich stehe etwas ratlos da und weiß nicht, wie ich mich fühlen soll. Ich befinde mich in einem Schwebezustand zwischen adrenalingeschwängerter Euphorie nach unserer Toilettenaktion und tiefer Traurigkeit über die Vergangenheit. Ich bin glücklich, ich bin traurig, und ich bin betrunken. Keine gute Gemengelage.

Plötzlich steht Jasmin vor Daniel und mir. Jasmin im roten Tanktop und den hellblauen Jeans, sie lacht mich an, und sie sagt etwas davon, dass sie sich freue, mich zu sehen.

Plötzlich tippt mir Daniel auf die Schulter.

»Ich geh mal pimpern!«, schreit er gegen den Lärm der Musik an.

»Was!??«, schreie ich zurück.

»Ich geh mal pin-keln!«, schreit er zurück. »In den totgesagten Park!« Ich nicke kurz und frage mich, ob es sich hier um einen freudschen Versprecher oder einen freudschen Verhörer gehandelt hat.

Jetzt geht ein Aufschrei des Entzückens durch die Menge, denn der DJ hat den Hit jeder Bonner Studentenparty aufgelegt: »Viva Colonia«, ein Karnevalslied.

Jasmin greift mit beiden Händen meine linke Hand und zerrt an mir, in der rechten Hand halte ich noch mein Kölsch, ich setze die Flasche an den Mund, trinke sturz; ex oder Arschloch. Flasche leer, Flasche auf den Boden, Flasche kaputt. Jasmin nimmt meine rechte Hand in ihre linke, wir stehen uns gegenüber. Sie zieht meine Hände wechselseitig nach oben und lässt sie dann wieder fallen, wir wippen auf der einen Seite nach oben, während wir auf der anderen Seite nach unten wippen, ein bisschen wippen wir sogar im Takt, doch Jasmin lässt sich vom Rhythmus der Musik nicht irritieren und wird immer schneller. Ihr Dekolleté wippt im Auf und Ab unserer Arme mit, die bleiche Masse, von der ich den Blick nicht wenden kann.

»Da simmer dabei, dat is pri-i-ma, vivaaaa Coloniaaaa«, grölen die Flipflops und die Plateaus neben uns, und die zwei Jungs mit den schwarzen Haaren springen sich jetzt zu den Klängen des Karnevalsliedes an (nur nachdem sie die Zeile »Wir glauben an den lieben Gott und ha'm noch immer Durst« gegrölt haben, schauen sie ziemlich verdattert).

Durch meinen Kopf pocht es laut, es hämmert, und das ist eine fiese Mischung aus Bier und Aufregung. Jasmin dreht sich plötzlich und wickelt meine Hände um ihre Hüften. Sie ist sehr warm, der Stoff ihres Tops ist feucht vom Schweiß, mir kleben die Hände. Ich wippe weiter mit den Händen, auf und ab, auf und ab, doch das Wippen ist kein Wippen mehr, ich streichle ihre Hüften, werde immer schneller, und sie lächelt und schwitzt. Das bunte Diskolicht wird ausgestellt, jetzt leuchtet ein Stroboskop, in rascher Folge schießen Strahlen aus kaltem Weiß durch den Raum, und das Weiß in Jasmins Augen scheint sich aus ihren Augenhöhlen herauszuschieben.

Aus! Der Schlussakkord von »Viva Colonia« ist gesetzt, ich lasse die Hände fallen, und Jasmin schlingt mir die Arme um den Hals.

Das nächste Lied beginnt: »Bitte gib mir nur ein Wort« von »Wir sind Helden«. Irgendwie sind Studenten in Deutschland, was das Liedgut angeht, sehr national; einfacher zu merken als englische Texte sind die deutschen allemal, zumal wenn man »Rämälämädingdong« als englische Zeile zählt.

Jasmin und ich stehen nun vierzig Zentimeter voneinander entfernt, und sie lächelt so furchtbar lieb, so furchtbar aufreizend, und eigentlich will ich nicht zurückschauen, eigentlich will ich an die frische Luft, in der Hoffnung, nicht völlig krank zu werden, weil ich nur das T-Shirt trage, ich will durch den Hofgarten gehen, ich will nach Hause, ich will mich ins Bett legen, ich will vor allem, dass die ganze Maria-Beziehungswunde endlich verheilt.

Doch andererseits zittern Jasmins Lider, wenn sie mich ansieht, ihre Lippen vibrieren, ihre Brüste wippen, und ich habe genügend Kölsch intus. Betrunken zu sein, das ist ja auch eine Entschuldigung, das kenne ich ja seit der Abiturrede viel zu gut.

»Bitte gib mir nur ein, oh« – und das »Oh« kommt wie ein kurzes Stöhnen aus den Boxen –, »bitte gib nur ein, oh, bitte gib mir nur ein Wort.«

Bei jedem »Oh« formt Jasmin die Lippen zu einem Kussmund. Erst formt sie nur, dann schmatzt sie dabei, dann küsst sich mich auf den Hals und am Ende auf den Mund. Die Vorstellung, hier, mitten auf der Tanzfläche geküsst zu werden von einer monethübschen Frau, erregt mich irgendwie, und außerdem bin ich betrunken; das ist die Generalentschuldigung für alles.

Ich spüre Jasmins Lippen auf meinen Lippen, ihre sind nach außen gewölbt und nass, meine zusammengepresst und trocken, sie zieht sich für einen Moment zurück, doch dann ist mir alles egal: Ich forme ebenfalls einen Kussmund, und irgendwann prallen unsere Kussmünder aufeinander. »Oh, bitte gib mir nur ein, oh, bitte gib mir nur ein …« Und plötzlich dauert jedes »Oh« viel länger, als die »Helden« es singen, und als sie den Refrain das letzte Mal anstimmen, ist das ganze Lied für mich und Jasmin ein einziges »Oh« geworden.

Ich spüre Jasmins große Brüste an meinem Oberkörper, sie sind nicht so weich, wie ich gedacht hätte, sie drücken mir gegen die Brust, Jasmins Hände fahren mir über den verschwitzten T-Shirt-Rücken, und ihr Mund schmeckt nach Zigaretten und Bier und ein bisschen nach Pfefferminz, und irgendwie ist es penetrant, ihre sich beständig bewegende Zunge im Mund zu spüren. Eben hat es mich noch gekickt, ganz öffentlich zu knutschen, jetzt ist der Kick weg. Ich ziehe mich zurück, ich merke noch, wie ihre Arme an meinem Rücken hinuntergleiten, meinen Po streifen und dann plötzlich links und rechts neben ihrem Körper baumeln.

Sie lächelt und sagt, ihr sei so heiß und sie wolle kurz an die frische Luft gehen und ob ich nicht mitkommen wolle. Ich schüttle den Kopf, ohne darüber nachzudenken. Sie zuckt mit den Schultern und sagt: »Dann gehe ich allein, ich stehe draußen neben der Ausfahrt der Tiefgarage.«

Dann dreht sie sich um und schlängelt sich durch die Menge. Auch ich drehe mich um, ich will Daniel suchen, der vielleicht vom Pinkeln zurückgekommen ist. Ich bin dran, ich muss ihm ein Bier ausgeben. Ich dränge mich durch die Menge, gehe an den Toiletten vorbei, durch den Innenhof des Hauptgebäudes. Ich atme kurz durch und schaue mich nach Daniel um. Links stehen einige knutschende Pärchen, rechts ist die weiße Tür, durch die ich gehen muss, um unter der Regina Pacis zum Hofgarten zu kommen.

Plötzlich tippt mich eine Hand von der Seite an, und hinter mir steht ein Mädchen mit langen schwarzen Haaren. Sie muss mir gefolgt sein, ich erkenne sie kaum, denn die Haare verdecken das Gesicht noch mehr als sonst, und es ist dunkel hier im Innenhof. Es ist Anna Schnitzler, ich sage »Hallo«, sie sagt »Guten Abend«.

Ich verdutzt: »Wusste gar nicht, dass du auch hier bist.«

Sie pampig: »Eine Studentin der Komparatistik wird wohl auch auf die Komparatistenparty gehen dürfen, ohne dich vorher zu fragen.«

Ich irritiert: »Ja.« Pause. »Klar.«

Sie scharf: »Es gibt einen Menschen, der dir vorhergesagt hat, dass du sie besser kennenlernen wirst.«

Ich öffne den Mund, doch ich komme nicht dazu, etwas zu erwidern. Anna läuft an mir vorbei, durch die weiße Tür in Richtung Regina Pacis, in Richtung Hofgarten. Ich gehe erst einige Schritte hinterher, doch dann fällt die weiße Tür zu, und es scheppert so, wie nur schwere Holztüren scheppern können. In diesem Scheppern liegt irgendeine Form von Endgültigkeit, und ich schaue zu, wie die Tür langsam aufhört zu vibrieren und Anna Schnitzler unwiederbringlich auf der anderen Seite verborgen bleiben muss.

Kapitel 7

Als Privatdozent Dr. Wolfgang Krepp, M.A., an diesem Abend den Seminarraum betritt, weiß ich, dass heute ein besonderer Tag sein muss. Es ist Dienstag, eine halbe Woche nach der Party, und Krepp trägt einen neuen Schlips. Bislang habe ich ihn stets mit derselben Bücherkrawatte gesehen, bei der die Bände von Ranke abgebildet sind, nun trägt er dunkelblaues Tuch aus Polyester. Darauf zu sehen: zehn, nein, elf Dagobert Ducks mit großen Dollarzeichen auf dem Gewand.

Krepp trägt dasselbe Tweedsakko wie immer, er trägt eine olivfarbene Cordhose und ein blau-weiß gestreiftes Button-down-Hemd, bei dem er die kleinen Knöpfe nicht zugeknöpft hat, sodass der weiche Kragen unschön hochsteht. Krepp gehört zu den Menschen, die zwar formal korrekter gekleidet sind als die Lehrer, die im Sommer mit kurzen Hosen und Birkenstocks in die Schule kamen, aber nicht geschmackvoller. Von Zeit zu Zeit werden in der deutschen Öffentlichkeit immer wieder Forderungen laut, dass Schüler Uniformen tragen sollten. Nun sind zwölfjährige Mädchen mit Ultraminiröcken und Tanktops oder ebenso wild pubertierende Jungs mit T-Shirts, auf denen im grellblauen Logo einer großen Mineralölkette vorn »oral« und hinten »anal« steht – bei fehlender Fremdwortkenntnis auch umgekehrt –, weder nett anzuschauen noch niveauvoll. Aber wer Uniformen fordert, sollte einen Kleidungsknigge als Pflichtfortbildung für Pädagogen mitfordern – Leggins, Birkenstocks, Schlabberpullis, kurze Hosen: raus! Ebenso Donald-Duck-Motive auf Socken und Schlipsen!

»Guten Abend, meine Damen, meine Herren«, sagt Krepp, zuppelt an seiner Krawatte herum und lächelt dabei richtig breit. »Ich darf Sie begrüßen zur sechsten Sitzung unseres Proseminars zu Internationalen Beziehungen, und ich darf Ihnen zu Beginn des Seminars eine freudige Mitteilung machen: Ich bin für das kommende Semester an die Universität zu Köln zum Lehrstuhlvertreter berufen worden und möchte Sie daher nach gutem akademischem Brauch einladen, dies mit mir zu feiern. Denjenigen von Ihnen, die noch Zeit haben, möchte ich nach der Sitzung im Brauhaus Bönnsch eine Kaltschale ausgeben. Wir nennen das dann einfach Postseminar.«

Krepp grinst breit, ich lasse die Knöchel auf die Tischplatte sausen, und die anderen fallen in diese Form des Applauses ein. Auch Anna, die schräg gegenüber sitzt. Es ist ihre erste Meinungsäußerung an diesem Tag; vorher hat sie mich weder gegrüßt noch sonstwie zu erkennen gegeben, dass wir uns kennen könnten. Ich habe ihr zugenickt, doch sie hat durch mich hindurchgeschaut. Jetzt stiert sie Krepp an.

Hinten links bettet Jasmin den Kopf auf die Tischplatte, hinten rechts klaubt sich der Chekka ein Stück Brötchen aus der Zahnlücke, und Anna tröpfelt sich Tee auf die Jeans.

Dann plötzlich Stille, Schweigen, nicht eisig, sondern gelangweilt. Krepp spricht den brutalstmöglichen Satz, den ich in meiner kurzen Unikarriere identifizieren konnte, er donnert das verbale Fallbeil durch den Seminarraum, guillotiniert gnadenlos die Spannung. »Herr Manns«, sagt er und zeigt mit der ausgestreckten Hand auf den Chekka, »kommen Sie bitte nach vorn, Sie haben das Wort!«

Der Chekka soll ein Referat halten, und er hat sich in einundzwanzig Semestern noch keine Referatscoolness angeeignet – und schlägt eine blaue Mappe mit zehn oder fünfzehn, vielleicht auch zwanzig ganz eng beschriebenen Seiten auf. Er hat eine Hausarbeit über die transatlantischen Beziehungen unter Angela Merkel geschrieben, und er soll nun seine Ergebnisse in einem Referat vorstellen. Ergebnisse, das klingt wie Forschungsergebnisse, das klingt nach dem Staub von Archiven, nach Geistesblitzen und genialen Thesen. Referat, das soll großen rhetorischen Furor signalisieren, Spannung, Leidenschaft, vielleicht sogar Erkenntnisgewinn. Doch das sind schon vier Wünsche auf einmal, und das geht nun wirklich nicht. Im Anfang war das Wort, doch das Wort war nicht Gott, sondern grottig.

Der Chekka trägt ein Tarnfleckenshirt und darüber einen Cordblazer, schließlich hat er sich schick gemacht für diesen Anlass. Der Chekka ist dreizehn, vielleicht auch vierzehn Jahre lang zur Schule gegangen, studiert nun schon seit einundzwanzig Semestern und ist in dieser Zeit offenbar zum Experten im wider- und verstandslosen Vorsprechen geworden.

»Ja, also«, setzt der Chekka an, »ich hatte das Thema Angela Merkel und die transatlantischen Beziehungen, ja, und – äh – ich habe meine Hausarbeit, nee, mein Referat in folgende Teile gegliedert: Einführung, Mittelteil, Schlussbetrachtung.« Der Chekka zieht den Cordblazer gerade und macht den – ihn offensichtlich mental wie dental erleichternden – Vorschlag: »Ja, ich les dann einfach mal vor. Ihr checkt das vielleicht besser, wenn ich meine Formulierungen aus der schriftlichen Arbeit nehme.«

Er rattert die Einführung der Hausarbeit herunter. Hinten rechts gähnt ein Kommilitone namens Hannes, hinten links ruht Jasmins Kopf noch immer auf der Tischplatte, ich versuche, Anna zuzugrinsen, doch die grimassiert genauso wie Krepp in den Raum und die Zeitläufe hinein.

Ich schaue Jasmin an, sie wirkt, wie sie da so auf der Tischplatte liegt, fast harmlos. Ich wüsste gern, nur allzu gern, wer hier im Institut schon von der Knutschaktion weiß, ob alle darüber tratschen oder ob es keinen interessiert. Auf der einen Seite scheint mir der Kosmos Universität so groß, so universal zu sein, dass sich eigentlich niemand mit dem Abend beschäftigen müsste. Auf der anderen Seite kennt jeder jeden, auch bei einer Uni mit dreißigtausend Studenten.

Ich schaue wieder den Chekka an, versuche, seinem Referat zuzuhören, nicht mehr an den Donnerstagabend und an Jasmin und Anna zu denken. Doch das Zuhören fällt mir schwer, und das liegt nicht nur an Jasmin: Das Referat ist thesenarm, unstrukturiert, langweilig. Der Chekka übt sich in der Vernebelung, Verhüllung und Verschweigung von Informationen und versucht, dies wettzumachen, indem er besonders elaboriert spricht: Seine Sätze sind lang, sehr lang sogar und dazu noch grammatikalisch ausgefeilt – auf Deutsch: verquast bis unverständlich. Appositionen, Kausalketten, Nebensatz, Hauptsatz, Nebensatz, Einschub, Nebensatz, Punkt. Doch die Stimme des Chekkas kennt weder Kommata noch Semikola, weder Punkte noch sonstige Satzzeichen, sie ist vielmehr geliehen von einem niederbayerischen Nachwuchsvorbeter, der das Vaterunser, das Gegrüßetseistdumaria und den Engel des Herrn in der Zeitspanne eines kurzen Klogangs bewältigen will. »Bundeskanzlerin Frau Dr. Angela Merkel hat«, fabuliert der Chekka, »mit Unterstützung ihrer Partei, der Christlich-Demokratischen Union, CDU, und insbesondere unter Hinzubeziehung des außenpolitischen Sprechers, der bei einigen Ministerpräsidenten hohes Ansehen und reputative Exzellenz genießt und zudem über langjährige außenpolitische Erfahrung verfügt, die Infermentation einer als Wiedergutmachung apostrulierten transatlantischen Friendship-Politik energisch vorangetrieben, obwohl die Unpopularität dieser Maßnahme durchaus Diskursgegenstand des öffentlichen Dissenses war, vor allem in den Medien und hier vor allen Dingen in den Massenmedien, und sich die Bundeskanzlerin hinreichendem inhaltistischem Widerstand ausgesetzt sah.« Der Chekka atmet aus, atmet wieder ein und setzt zum nächsten Satzungetüm an, getreu dem Motto »Solange es keiner versteht, ist auch alles richtig«.

Plötzlich dreht Anna den Kopf zu mir und zieht eine Augenbraue hoch, was ausgesprochen resigniert aussieht. Wahrscheinlich hält sie den Chekka für genauso inkontinent, Entschuldigung, inkompetent wie Scheitel. Es ist der erste Anflug eines Kontakts seit vergangener Woche. Seit jenem verhängnisvollen Abend hat sie mich mit Missachtung gestraft, hat auch nicht auf zwei SMS reagiert, die ich ihr am Wochenende schickte. Ich blinzle ihr zu, sie dreht den Kopf weg.

Der Chekka blickt auf die Uhr und ruft: »Huch, jetzt ist die halbe Zeit ja schon um, und ich bin erst auf Seite zehn! Wenn es euch nicht stört, les ich etwas schneller, ich würd nicht gern die Schlussbetrachtung weglassen, da fasse ich nämlich halt mal alles so zusammen.«

Der Chekka liest schneller, noch schneller, und genauso hat es letzte Woche auch Michael gemacht, nur dass der so leise sprach, dass hinten links gleich vier Kommilitonen den Kopf auf die Tischplatte legten. In derselben Sitzung und auch noch zum selben Thema, da war Christian dran, der mit der kleinen Flirtlücke zwischen den Schneidezähnen, und der kündigte an, er wolle sein Referat frei vortragen. Nur hat er einen echt niedlichen Sprachfehler, und seine vorgebliche Variationsbreite im Ausdruck beschränkte sich auf stetig wechselnde Einleitungsworte: Also, halt, nämlich, ähm, so ehrlich gesagt wollte ich jetzt noch auf das Thema hinweisen, und jetzt habe ich leider ein bisschen den Faden verloren. Die Woche davor war die Sandra dran. Die hat zwar nicht spannend referiert, hatte dafür aber einen kurzen Rock an, sodass der Kommilitone hinten links den Kopf nicht auf die Tischplatte bettete, sondern nur das Kinn – und starr nach vorn glotzte. Und nach ihr, ja, da sprach der Hannes, der ein Streber ist. Der hielt sein Bläh-Blabla bis in die Pore jedes einfachsten Vorgangs durch, akzentuiert und prolongiert, assoziiert und perpetuiert, akzeptiert und profilneurotisiert. Und versetzte seine Zuhörer damit in einen Zustand von Fremdwörterhypnose. O Gott – und in ein paar Wochen bin ich dran. Ob ich es besser kann? Ich bezweifle es stark.

Ich studiere nun erst seit ein paar Wochen, aber eine Analyse traue ich mir zu: Referate sind eines der zahlreichen Dauergebrechen der deutschen Universität. Schlecht vorbereitet, mies vorgetragen. Erkenntniswert: kleiner als eins. Nachhaltigkeit: null. Popularität unter Studenten: minus fünf. Langeweileexponent: größer als hundert.

Ich weiß nicht, warum Krepp, Emm Aah, im Seminar so auf Referate steht. Vielleicht ist er faul; eine Vorlesung vorzubereiten, vierzig Seiten Manuskript zu schreiben, das kostet schließlich ein Vielfaches mehr an Zeit, als ein Referat anzumoderieren. Aber eigentlich scheint Krepp nicht faul zu sein, er ist nur zynisch, weil er mit fünfzig noch immer keinen Ruf auf einen Lehrstuhl bekommen hat. Viel eher beugt er sich der verbreiteten Involvierungs- und Alle-sind-gleich-Pädagogik. Diese Pädagogik soll eigentlich diskussions- und diskursfreudige Bürger hervorbringen, die geistige Elite eines Landes verbal stählen – und dazu noch Spaß, Spannung und Überraschungseiern in Seminarräumen und Hörsälen zum Einzug verhelfen. Doch Referate sind vom selben Geist wie gemeinschaftliche Bastelarbeiten in der Grundschule oder Gruppenzwangsarbeit in der Oberstufe, bei der einer arbeitet und vier Kaffee trinken. Auch in der Schule hatten mich schon die Hugos genervt, die zu allem ihren unqualifizierten Senf abgeben wollten, eigentlich keine Ahnung hatten, dann aber durch besonders engagiertes, weil Inhaltsleere vertuschendes Vortragen eine Drei minus bekamen.

Der Chekka reiht einen komplexen Satz an den anderen, und oftmals enden diese Sätze im Nichts. »Angela Merkel, die Bundeskanzlerin, hat dann bei einem Pastoralbesuch bei George W. Bush, der zur Palmierung der öffentlichen Diskussion führen sollte und über den es einen eigenen Wikipedia-Eintrag gibt …« Das war sein Satz, und dann kommt der nächste. Manchmal haben diese Sätze neben Kausalketten auch ein Prädikat und ein Objekt.

Auch ich lege nun den Kopf auf die Tischplatte, und ich denke an die letzten Tage. Ich denke an den Kater am Freitagmorgen respektive Freitagmittag. Ich ging mit Daniel in die Mensa, es gab Milchreis mit Zucker und Zimt. Ich putzte mir viermal die Zähne, um den Geschmack vom Vorabend (meine Biere, Jasmins Biere, Jasmins Zigaretten) wegzubekommen, aber erst durch den Milchreis gelang es irgendwie. Mein Kopf hämmerte, Daniel machte Witze, ordnete die Geschehnisse des Abends als »Viertelabsturz« ein.

Daniel: »Du weißt ja, ein halber Absturz ist ein bisschen mehr, ein ganzer Absturz ist alles, und ein Dreiviertelabsturz, das ist irgendwas dazwischen.«

Ich: »Meinetwegen, aber warum hat Anna dann so einen Aufriss gemacht?«

Daniel: »Ich versteh's auch nicht. Sie hat einen Freund, sie kennt dich kaum, warum soll sie so einen Aufriss machen?«

Ich: »Sie ist anders. Ich weiß es nicht.«

Ich fühlte mich schlecht am Tag nach der Party, und ich tat etwas, was ich jahrelang nicht getan hatte: Ich ging in die Kirche. Ich kann es mir nicht erklären; ich bin nicht besonders religiös, aber ich fühle mich in Kirchen immer wohl. Sie strahlen die Souveränität von Jahrhunderten aus. Was mögen diese Kirchenmauern schon alles erlebt haben? Und was sind meine eigenen Probleme dagegen? In Kirchen merke ich, dass Anna bisweilen auch recht hat mit ihrer Vergangenheitszentrierung. Ich ging ins Bonner Münster, tauchte die Hand ins Weihwasserbecken, bekreuzigte mich und saß zwei Stunden lang in einer Kirchenbank. Es war kühl wie immer in Kirchen, und ich dachte nach. Über Maria, die ich noch liebe, über Jasmin, die ich ganz kurz begehrte, und über Anna, bei der ich nicht weiß, was ich von ihr halten soll, was ich für sie empfinde.

Eine Zeit lang orgelte jemand, dann verbreitete sich der Geruch von Weihrauch, ein Ministrant in rotem Talar und weißem Rochett ging vorbei, und ich, ich konnte nicht anders, als die Hände zu falten und nachzudenken.

Ich spürte noch immer Jasmins Küsse, ich fühlte ihre Berührungen, und ich sah ihren Blick noch immer vor mir. Und vor allem erinnerte ich mich an Annas Blick, an den Vorwurf, der daraus sprach. Es gibt selten Momente, in denen ich etwas sowohl bedaure als auch bereue. Häufig bedaure ich etwas: dumm gelaufen, doof benommen, sorry, muss man nächstes Mal besser machen oder mehr darüber nachdenken. Ich bereue nicht allzu oft. Dieser Abend war anders.

Ich nehme den Kopf von der Tischplatte, denn der Chekka ist bei der Schlussbetrachtung angekommen. »Ja, jetzt wird's noch richtig spannend, aber leider ist die Zeit um. Ja, dann danke fürs Zuhören.« Ich schlage sanft mit den Knöcheln auf die Tischplatte. Eine müde Diskussion entspinnt sich, bei der Anna mitredet und Hannes, der ein Streber ist. Keiner, auch Krepp nicht, kritisiert das Referat, keiner bemäkelt die Vortragstechnik. Die meisten schweigen und schlafen. Ich auch.

»Meine Damen und Herren«, sagt Krepp, »damit schließe

ich die Sitzung für heute. Wer möchte jetzt noch mitkommen zum Postseminar ins Bönnsch?«

Der Chekka meldet sich, Hannes, der ein Streber ist, Anna zeigt auf, genauso Jasmin und ich. Alle anderen gucken bedauernd, murmeln, dass sie »ganz dringend wegmüssen«, »leider noch ganz viel lernen müssen« oder aber »zum Babysitten bei meiner Schwester« angemeldet sind.

Krepp nickt in die Runde und sagt: »Das hat auch was für sich, dass wir eine solch kleine Gruppe sind. Von meinem anderen Seminar kommen noch einige Kommilitonen von Ihnen.«

Wir verlassen das Hauptgebäude, gehen am Hofgarten entlang und durch die Bonner Altstadt ins Brauhaus Bönnsch, in dem es Gläser mit Griffmulden gibt.

Krepp geht voraus und steuert zielstrebig einen Tisch an, an dem schon drei Leute sitzen, offenbar die Kommilitonen aus dem anderen Seminar. Einer der drei ist Scheitel.

»Gott zum Gruße, Herr Privatdozent Doktor Krepp!«, brüllt Scheitel, springt auf und hält Krepp die rechte Hand hin. Scheitels Bändchen spannt sich über der Brust; ich habe das Gefühl, dass Scheitels Scheitel heute besonders scharf gezogen ist. Ich bekäme das nie so akkurat hin.

»Guten Abend«, antwortet Krepp, übersieht die Hand und klopft mit den Knöcheln auf die Tischplatte.

Ich bleibe stehen und will sehen, wo sich Anna und Jasmin hinsetzen. Neben Jasmin säße ich ungern, neben Anna umso lieber.

Doch Anna schlängelt sich auf die Bank und setzt sich neben Scheitel, nach ihr drängelt sich der Chekka auf die Bank. Jasmin setzt sich auf einen Stuhl vor den Kopf, Krepp setzt sich neben sie und fordert mich mit der flachen Hand zum Hinsetzen auf. Ich sitze nun also neben Krepp, und neben mir nimmt Hannes Platz, der ein Streber ist und der mich schon im Seminar durch seine elendig langen Vorträge genervt hat. Assoziiert, perpetuiert, prolongiert, akzentuiert – dieses Vokabular tangierte mich nur peripher.

Ein Köbes kommt und stellt sich vor den Tisch.

»Einmal Bönnsch für alle, bitte«, sagt Krepp, »und machen Sie bitte Bönnsch ohne Boden, bringen Sie immer neues. Alles geht auf meine Rechnung.«

Der Köbes nickt und kommt kurze Zeit später mit einer ganzen Reihe Gläser wieder.

»Auf mein Wohl!«, ruft Krepp in die Runde. »Dass das doch noch alles geklappt hat!«

Unsere Gläser prallen aneinander, Krepp grinst dabei in die Runde, Jasmin schaut mir tief in die Augen, Anna schaut an mir vorbei, und Hannes verzieht das Gesicht und murmelt: »Ich mag doch keine alkoholischen Getränke.«

Ich merke, dass Krepp zu einer längeren Rede ansetzt, zu einer Ansprache an die Seminarteilnehmer.

»Sie können sich gar nicht vorstellen, was diese Lehrstuhlvertretung für mich bedeutet!«

Er erzählt, dass er jetzt fünfzig und seit neun Jahren habilitiert ist. Er hat seine Doktorarbeit geschrieben, hat dann lange geforscht, mal bekam er ein Stipendium, mal hatte er eine befristete Stelle, mal brachte er sich mit Jobben durch, und mal pumpte er seine Eltern an. »Ich bin schließlich der Erstgeborene, der Kronsohn.« Die Eltern hätten da die moralische Pflicht, einen zu fördern, selbst wenn man Ende dreißig sei.

Er schrieb Wochen an Vorträgen, zu denen dann vier Leute kamen, er schrieb Exposés, hielt Vorträge bei der German Studies Association in Milwaukee genauso wie beim Goethe-Institut in Bombay. Honorar gab es wenig, oft gab es nichts, doch er schrieb und schrieb und schrieb Woche um Woche an seinen Manuskripten. Er schrieb Anträge für Drittmittelprojekte der Deutschen Forschungsgemeinschaft, lange, elaborierte, phrasenreiche Traktate, in denen viel von Interdisziplinarität die Rede war, oft auch Transdisziplinarität, von Clustern und Kompetenzenbündelung, und natürlich brachte alles ganz großen inhaltlichen Gewinn für ganz viele Beteiligte und für die Forschung und für Deutschland und für die Welt als solche und überhaupt.

Krepp setzt ab und winkt den Köbes für die nächste Runde

herbei. Scheitel hat sein Glas schon leer, Jasmin auch, der Chekka ext seins gerade. Ich habe noch ein halb volles vor mir stehen, Anna, Hannes und die beiden Namenlosen aus dem anderen Seminar haben kaum genippt.

Der Köbes stellt neben mein Glas ein neues, ich habe nun anderthalb Gläser Bönnsch vor mir. Hannes murmelt etwas von »Ich muss weg hier!«

Krepp schlägt mit seinem Glas auf den Tisch. Scheitel ruft: »Prost, prost, Kameraden!« Wir anderen stoßen an.

»Die Alma Mater ist keine nährende Mutter«, erklärt Krepp mit lauter Stimme und schlägt mit der Faust auf den Tisch. »Sie ist eine böse Stiefmutter.« Genau diesen Satz hat er zu mir gesagt, als ich mich für sein Seminar eingeschrieben habe.

Die böse Stiefmutter Universität, die ihre Leute erst heranzieht, ausbildet und dann alleinlässt, die Heerscharen von Privatdozenten altern lässt, die, exzellent ausgebildet, keine Chance haben auf dem Arbeitsmarkt. »Als ich das merkte, war ich vierzig. Niemand hat mich darauf hingewiesen, ich habe immer von der Professur geträumt, und wo bin ich jetzt? Ich bin fünfzig. Und eigentlich bin ich damit fast zu alt, um eine Professur zu bekommen. Es ist vielleicht meine letzte Chance.«

Die nächste Runde Bier kommt, Hannes hat nun schon drei volle Gläser vor sich stehen, Krepp trinkt seins in einem Zuge runter, lockert sich danach die Krawatte, »denn wir machen es uns jetzt gemütlich«.

Nach dem nächsten Bier erzählt Krepp von den Selbstzweifeln, die er gehabt hat, von der Angst, nicht aus dem Schatten seines akademischen Lehrmeisters herauszukommen, für immer ihm zugeordnet zu sein, abhängig von seiner Gunst. Einmal habe er einen Vortrag gehalten, einen Vortrag zu Ehren des Meisters, und er habe sich erdreistet, dessen Thesen weiterzudenken. Der Meister solle »bleibend aktuell bleiben«, sagt Krepp, und daher habe er die Thesen ins Heute übertragen. Danach habe ihn der Meister zur Rede gestellt. »Solch eine Unverschämtheit haben sich nicht einmal meine ärgsten Feinde erlaubt.«

Plötzlich grabscht Krepp über meinem Platz hinweg und nimmt Hannes' Biere, eins, zwei, drei, in die Hand. »Sie trinken wohl nichts, oder?«

Krepp stellt die Bönnsch-Gläser vor sich auf den Tisch. Er ext das erste, er ext das zweite, und vom dritten nimmt er auch einen Schluck. Bier läuft ihm rechts aus dem Mundwinkel heraus und tropft ihm auf die Krawatte. Der Chekka lacht verhalten, und Krepp brüllt plötzlich los: »Hören Sie auf zu lachen! Ihr Lachen wird Sie nicht selbstbefriedigen, obwohl Sie ein Selbstbefriediger sind.«

Schweigen.

»Glauben Sie, ich säße als Ordinarius hier? Wir sitzen hier, weil mir nie jemand gesagt hat, dass ich nicht der bin, auf den alle gewartet haben, sondern nur ein normal intelligenter, aber extrem fleißiger Wissenschaftler.« Krepp verschleift das »fleißig«, es hört sich eher an wie »flaisigg«. Ich ahne, wie tief seine Wunde ist, ich ahne, wie sehr es ihn beschäftigt, dass er seinen Lebenstraum nicht verwirklicht hat und dieser Traum sich kaum noch verwirklichen lässt. Es geht ihm vielleicht wie meinem Freund Jonas, der Mitte zwanzig ist und der noch nie eine Freundin hatte. Dieses Gefühl nagt an ihm, als fortbestehendes Seelenstigma, als Dauerzustand eines Verlustes, der nie ein Verlust war, weil es nichts zu verlieren gab – wer nichts hat, kann auch nichts verlieren. Krepp hat, seitdem er achtzehn ist, davon geträumt, Professor zu werden, zweiunddreißig Jahre lang. In der ersten Hälfte dieser Zeitspanne hat er gehofft, dass es ihm gelingt; in der zweiten Hälfte hat er gebangt und sich mit jedem Jahr verzweifelter gefragt, ob es noch klappen könnte. Und nun gibt es zumindest einen winzigen Teilerfolg.

Krepp nimmt einen weiteren Schluck von dem Bier, es muss jetzt sein sechstes oder siebtes sein, richtig habe ich nicht mitgezählt. Dann faucht er los. »Dass wir hier sitzen« – er holt Luft und setzt nochmals an, fast zischend jetzt –, »dass wir hier sitzen, ist auch der Ausdruck meiner Demütigung!«

Dann sinkt er in sich zusammen. Die Runde schweigt. Ich schaue auf mein Bierglas; die Krone des Schaums ist in sich zusammengefallen, und ich drehe das Glas vor mir hin und her. Irgendwie meine ich zu verstehen, warum Krepp ist, wie er ist, und warum die Uni so ist, wie sie ist. Die Universität frisst nicht nur ihre schlimmen Kinder, sondern auch ihre Musterknaben.

Anna spielt an ihren Fingern herum, Jasmin bringt ihre Oberweite durch Zuppeln am Oberteil in Ordnung, Hannes hat die Hände gefaltet, der Chekka bohrt im Ohr, Scheitel tippt mit den Fingerkuppen auf den Tisch.

»Aber mit Verlaub, Herr Doktor Krepp«, bricht Scheitel das Schweigen, »das ist doch gar nicht dramatisch. Das Wichtigste im Leben ist doch, dass man ein wahrer Mann ist.«

Krepp grinst ein wenig, doch das eisige Schweigen bleibt.

Nun fängt Anna ein Gespräch mit dem Chekka an, fragt ihn, was er eigentlich außer Politik noch alles studiert, sie spricht leise genug, um den privatkonversativen Charakter ihres Gesprächs deutlich zu machen. Der Chekka checkt die Lage und antwortet ebenso leise. Krepps Vortrag ist vorbei, jetzt führt jeder Einzelgespräche.

Anna und der Chekka reden, Scheitel spricht mit seinem Nebenmann, Jasmin fragt Krepp nach dem Eros der Lehre aus, und mich spricht Hannes an, der ein Streber ist.

»Herr Kommilitone, welche Veranstaltungen machen Sie eigentlich in diesem Semester?«, fragt er mich, und er sagt das Wort »Kommilitone« sehr distinguiert, mit ganz langem zweiten O, das am Ende ein bisschen zu einem U abschwirrt. Ich erzähle von den Vorlesungen, die ich jede Woche belege, und gehe danach zum brutalstmöglichen Du über.

»Was machst du?«, frage ich, mit langem U, kurzem H, noch längerem U.

Hannes schaut mich verdutzt an und fängt an zu rattern: Vierzig Wochenstunden hat er. Hauptfächer: Mittelalterliche und Neue Geschichte und Altphilologie. Nebenfächer: Alte Geschichte, Kunstgeschichte, Evangelische Theologie, Philosophie, natürlich auf Magister. »Nicht auf diesen grässlichen Bachelor, den alle machen.«

Ich ziehe die Augenbrauen hoch, und er scheint dieses Phänomen zu kennen. »Herr Kommilitone, ich war einfach nicht ausgelastet mit einem einzigen Studiengang, folglich habe ich zwei Magisterstudiengänge miteinander kombiniert. Aber mein Herz brennt für die Altphilologie.«

Und dann erzählt er von seiner Hochbegabung, die schon vor der Schule diagnostiziert wurde. Er konnte an seinem dritten Geburtstag lesen, konnte mit fünf die Bundeskanzler der Bundesrepublik Deutschland von Adenauer bis – damals – Kohl mit Regierungszeiten, Geburtstagen, Geburtsorten und Tagen der Kanzlerwahl inklusive Wochentagen aufsagen, konnte die Länder dieser Erde nach der Größe und nach der Fläche geordnet auflisten, von Russland bis zum Vatikanstaat. Mit acht konnte er Englisch, mit neun brachte er sich Latein bei, mit zwölf wurde er jüngstes Mitglied des Vereins Latein sprechender Deutscher, mit fünfzehn wurde er in den Vorstand aufgenommen, mit siebzehn machte er Abitur, 1,0, das ist ja klar, dann reiste er um die Welt, besuchte Freunde in Cambridge, Massachusetts, und Cambridge, United Kingdom, und fing neunzehnjährig mit dem Studium an, natürlich ausgestattet mit einem Hochbegabtenstipendium des Evangelischen Studienwerks.

Mich beeindruckt die dreiste Selbstbezogenheit, mit der mir Hannes das alles erzählt, mich beeindruckt auch die krasse Hartnäckigkeit, mit der er »Sie« zu mir sagt und mich mit »Herr Kommilitone« anspricht. Erst denke ich, er ist furchtbar selbstironisch; dann begreife ich, dass er das alles ernst meint.

Er: »Sagen Sie, Herr Kommilitone, mögen Sie Latein?«

Ich: »Ich habe das Große Latinum.«

Er: »Haben Sie schon mal Latein gesprochen?«

Ich: »Nein, leider nicht.«

Das »leider« war ein Fehler.

Er: »Dann machen Sie doch mal mit bei einer Fortbildung des Vereins Latein sprechender Deutscher.«

Ich: »Würde ich ja gern, aber ich hab leider so wenig Zeit.«

Auch dieser Satz war ein Fehler. Denn nun legt Hannes unter

fortdauerndem Gesieze los: Man könne Latein ja auch in kleinen Happen lernen, jeden Tag ein bisschen, das sei sehr gut zu schaffen und führe bald zur Sprechreife, es gebe Hörbücher und Lernkassetten, didaktisch bestens aufbereitet, das alles mache extremst viel Spaß. Es gebe lateinische Debatten, lateinische Konversationsklubs, und man könne auch bei allen Mitgliedern der Gemeinschaft der Lateiner kostenlos übernachten.

Ich gebe zu bedenken, dass ich leider zu wenig Zeit habe, dass ich mich erst ins Studium einfuchsen muss und dass mir eigentlich die Zeit fehlt, was nebenher zu machen.

»Dann nehme ich Sie in den E-Mail-Verteiler unseres Vereins auf, wenn Sie mögen.«

»Jaja«, sage ich.

»Spielen Sie ein Instrument?«

Ich bin furchtbar genervt und sage nur: »Jaja.«

»Wollen Sie dann nicht mal zum Hausmusikabend in unserem Kreise kommen? Ich würde mich über Ihr Kommen sehr freuen!«

»Jaja«, sage ich wiederum; mir reicht es langsam. Ich nehme einen Schluck Bier und setze mein Glas dann deutlich hörbar auf dem Tisch ab. »Kannst du nicht, bittebitte, du zu mir sagen?«, frage ich ihn dann, jede einzelne Silbe betonend.

»Sehr gern«, sagt Hannes und reicht mir die Hand. »Also, ich bin der Hannes. Hannes Theophilus Herrlich.«

»Markus«, sage ich.

»Ich hab schon die ganze Zeit darauf gewartet, dass du es mir anbietest«, meint Hannes.

»Warum hast du dann nichts gesagt?«, frage ich zurück.

»Na ja, du musstest es mir anbieten, du bist ja ein ganzes Stück älter als ich.«

»Ganzes Stück« hört sich komisch an, Hannes Hochbegabt hat doch gerade erzählt, dass er mit siebzehn Abi gemacht, aber wegen seiner Weltreise erst mit neunzehn mit dem Studium angefangen hat. Ich bin zwanzig, und ein Jahr ist in meinem Sprachgebrauch kein »ganzes Stück«. Genau das sage ich ihm, und er guckt am Ende leicht erschrocken.

»Ach, du bist erst zwanzig«, staunt Hannes. »Ich hätte dich auf fünfundzwanzig oder so geschätzt.«

»Wie kommst du denn darauf?«, frage ich ihn.

»Na ja«, murmelt Hannes. Er betrachtet die Tischplatte und starrt in die zusammengefallene Krone meines Bönnsch. Pause. »Na ja«, sagt er noch einmal und macht wieder eine Pause. »Deine Haare ...«

»Themawechsel«, sage ich sofort und rutsche mit dem Stuhl etwas zurück. Ich habe das Gefühl, dass meine Blase dringender Entleerung bedarf, stoße den Stuhl zurück und stehe gleichzeitig auf. Der Stuhl fällt um, es kracht, alle drehen sich um, und Krepp fragt: »Sind Sie in der Liebe auch so stürmisch?«

Ich grinse nur blöd und meine, in den Augenwinkeln zu sehen, wie Jasmin kaum merklich den Kopf schüttelt. Ich verschwinde schnellen Schrittes in Richtung Klo.

Hannes hat einen der wundesten Punkte meines Lebens angesprochen, vielleicht sogar den wundesten (von der Trennung von Maria mal abgesehen): Ich bekomme eine Glatze. Ich werde kahl wie Kojak, ich kann nichts dagegen tun, und insgeheim ist das vielleicht auch der Grund, weshalb Maria mit mir Schluss gemacht hat. Heiners Haar ist urmenschenmäßig dicht.

Mit siebzehn fing es an. Ich ärgerte mich über den Friseur: Warum hatte der mir die Haare so geschnitten, dass ich irgendwelche furchtbaren Geheimratsecken hatte? Dilettant! Idiot! Totalversager! Als ich dann nicht bezahlen wollte, weil er mir die Haare verschnitten hatte, meinte er ganz kühl: »Das war nicht ich, das sind Sie! Geheimratsecken sind Geheimratsecken!«

Fortan setzte ich ein Sieb in den Abfluss der Dusche, fischte jeden Morgen ein Büschel Haare heraus und warf es verschämt in den Mülleimer. Dann sah ich mich, gefilmt von oben-hinten, an einer Supermarktkasse, und nachdem ich mich erst nicht erkannt hatte, weil da ein Typ zu sehen war, der ähnlich groß war wie ich, der ein ähnliches Hemd trug und komischerweise auch ähnliche Dinge kaufen wollte wie ich, nur dummerweise eine extrem lichte Stelle auf dem Hinterkopf hatte, musste ich mir dann – mit von der Kassiererin deutlich zu hörendem Aufschrei des Entsetzens – eingestehen, dass ich derjenige war, den die Kamera von hinten zeigte.

Und dann wurde es immer schlimmer, Maria nannte mich irgendwann zärtlich »Glatzi«, und dass ich das nur halb so zärtlich fand wie sie, konnte sie nicht so recht verstehen. Ich könne sie auch »Dickerchen« nennen, meinte sie, und wahrscheinlich war das wirklich auf derselben Ebene anzusiedeln, wie wenn man als Mann vor Erreichen der Ich-bin-dreißig-bitte-helfen-Sie-mir-über-die-Straße-Grenze haarlos wird. Frauen weinen wegen ein paar Pfunden zu viel auf der Waage, mein Selbstbewusstsein wurde von dem immer deutlicher sichtbaren Haarausfall angefressen. Ich drohte, paranoid zu werden. Ich verdächtigte meinen Vater, den Gesamtschullehrer für Werken und Sport, von dem ich die Nase, den Mund, die Ohren und die Stimme habe, nicht mein leiblicher Vater zu sein. Er hatte mit Mitte fünfzig noch so viele Haare auf dem Kopf wie Reinhold Messner. Von wem hatte ich die Veranlagung zum Haarausfall geerbt? Er wusste es nicht. Ich musste immer an den Film »Ronja Räubertochter« denken, in dem ein Räuber von allen anderen »Glatzen-Per« genannt wurde.

Ich bin das Bier losgeworden, wasche mir die Hände und schaue in den Spiegel. Mit der Hand fahre ich mir langsam über die Haare, betrachte meine Geheimratsecken und fühle dann hinten die blanke Haut. Es ist gruselig. Ich kehre zu den anderen zurück.

Ich setze mich wieder an den Tisch, an meinem Platz stehen unterdessen schon wieder zwei Bönnsch, und nun leere ich das eine auch in einem Zug. Hannes ist offenbar gegangen, während ich auf dem Klo war, genauso Scheitel und die beiden Jungs aus dem ersten Krepp-Seminar. Jasmin steht auch auf, und sie sagt zu Krepp, sie würde sich so über die Einladung freuen und wolle ganz, ganz bald darauf zurückkommen. Sie drückt Krepp die Hand, hält sie vielleicht einen Moment zu lange fest, und verabschiedet sich dann mit einem »Tschaaaa-au« von allen anderen. Der Chekka läuft ihr hinterher, ruft, er habe doch denselben Weg nach Hause wie sie, und plötzlich sitzen nur noch drei Leute am Tisch: Krepp, Anna und ich.

Der Köbes bringt die nächste Runde Bönnsch. Krepp lässt sich gleich zwei Gläser geben, das eine ext er, mit dem zweiten stößt er mit uns an, und als Krepp das Glas absetzt, zerbirst es, und das Bier läuft über den Tisch und über Krepps Hose.

»Is jetzt au egal«, murmelt Krepp. Auf seinem Gesicht zeigen sich rote Flecken, seine Krawatte hängt schief vor dem Bauch und ist vollkommen nass, und auch auf seiner Hose zeigen sich Bierflecken.

Plötzlich knallt Krepps Kopf auf die Tischplatte, der Tisch bebt, und Anna schreit: »Vorsicht, die Scherben!«

Krepp hebt den Kopf, und in seiner Stirn, fünf Zentimeter nördlich des linken Auges, steckt eine Scherbe, an deren unterem Rand ein rotes Rinnsal beginnt.

»Aua-aua-aua!«, jammert Krepp, ich ziehe die Luft zwischen den Zähnen ein. Das hätte ins Auge gehen können. Anna schaut entsetzt.

»Sind Sie nicht der Meinung, Herr Doktor Krepp, dass Sie nun gehen sollten?«, fragt sie dann. »*Wir* müssen jetzt mal gehen.«

»Okay«, sagt Krepp, und das ist der kürzeste Satz, den ich aus seinem Mund je gehört habe.

Anna wischt sich über das Gesicht und sagt dann: »Ich denke, es hat die höchste Sicherheit, wenn wir Sie nach Hause bringen.«

»Okay«, sagt Krepp und nickt leicht.

Krepp gibt dem Köbes sein Portemonnaie, der nimmt ein paar Scheine heraus, tut etwas Kleingeld hinein und reicht Krepp den Geldbeutel zurück.

Krepp stapft los, den rechten Fuß zieht er nach, und als Anna mir zunickt, fassen wir ihn beide unter den Armen und führen ihn.

»Wo wohnen Sie?«, fragen wir Krepp, und er nennt eine Adresse an der Friedrichstraße, das liegt mitten in der Fußgängerzone, also müssen wir ihn wohl wirklich nach Hause bringen, denn da fährt kein Taxi.

Vor seiner Haustür kramt er seinen Schlüssel heraus, findet beim vierten oder fünften Mal das Schlüsselloch und stolpert dann ins Haus. Er dreht sich kurz um und sagt »Danke«, dann fällt die Tür ins Schloss, und wir hören nur noch, wie es hinter der Tür rumpelt.

»Da können wir wohl nichts mehr machen«, sage ich zu Anna, und sie nickt.

»Das Schicksal ist grausam zu manchen Menschen, er tut mir fast leid, aber es gibt auch ein gerüttelt Maß an Menschen, die grausam zum Schicksal sind.«

Ich weiß nicht, was sie meint, und wir beide gehen über den leeren Bonner Münsterplatz, vorbei an den trutzigen Mauern dieser großen Kathedrale, die etwas Gespenstisches hat, die so tot wirkt in der Nacht, doch Totes wirkt oft sehr friedlich. Nebenan: die Uni, die längst nicht mehr angestrahlt ist und dunkelgelb leuchtet, sondern aussieht wie versteinert.

Wir kommen durch den Hofgarten. Hier demonstrierten vor zwanzig Jahren noch Hunderttausende für Petting und gegen Pershing und gegen den Nato-Doppelbeschluss, und plötzlich dreht sich Anna um, bleibt stehen und starrt mir in die Augen.

Ich bleibe ebenfalls stehen, und plötzlich zischt sie mir entgegen: »Und, war's schön?«

»Was meinst du?«, frage ich zurück.

»Der Abend mit Frau Kommilitonin Jasmin. War's schön?«

Die Schärfe ihres Ausdrucks lässt mich zusammenzucken.

Sie hat den Mund leicht geöffnet, und ihre Lippe bebt, und zwischen ihrer Unterlippe und ihrer Oberlippe hat sich ein Speichelfaden gebildet. Ich schaue ihr in die Augen, doch ich kann ihrem Blick nicht standhalten, mein Blick geht nach oben, zur Regina Pacis über dem Tor des Uni-Hauptgebäudes, dann wieder zurück zu ihr.

Ich weiß nicht, was ich antworten soll.

Schließlich sage ich: »Es ist nicht so, wie du denkst.«

Sie schaut mich höhnisch an. »Gedankenlesen ist nicht deine

Stärke, oder? Du bist schwach, Markus, nichts anderes, und das ist schwach, nur schwach, einfach nur schwach.«

Irgendwie ist das alles zu viel für mich: die Gedanken an Maria, die Gedanken an Anna, die Knutscherei mit Jasmin, der besoffene Krepp, mein eigener Pegel. Und jetzt macht mir Anna auch noch Vorwürfe.

Wir starren uns an. Wir stehen voreinander und schauen uns in die Augen. Ich sehe, wie ihr Grübchen sich im fahlen Licht der Laternen einfurcht. Sie starrt zurück, und ihre Augen schließen sich langsam und öffnen sich wieder; es sieht ein bisschen aus wie in einem billigen Werbefilm. Nahaufnahme auf das Auge, kurz zu, lang auf, kurz zu, lang auf, Zoom auf die Wimpern, Zeitlupe: kurz zu, lang auf, kurz zu, lang auf.

Ich kneife die Augen zusammen und starre ihr in die Pupillen. Ich bin schwach, das hatte sie mir vorgeworfen, und jetzt will ich nicht noch den Blick abwenden, ich will nicht betreten zu Boden schauen, nicht visionär ins halbhohe Weite, denn dann würde sich meine eigene Schwachheit nur umso stärker zeigen.

Ihr Blick wird unerträglich. Ich weiß nicht, was ich sagen soll. Auge kurz zu, lang auf, kurz zu, lang auf. Soll ich mich umdrehen und gehen? Soll ich nach Hause rennen und sie, diese Anna Schnitzler, vergessen, nie wiedersehen? Noch nie erschien mir ein Mensch so rätselhaft, so seltsam wie sie: Sie lockt, sie straft, sie schreit, und dennoch finde ich sie interessant. Und noch nie erschien mir der Blick eines anderen Menschen so rechthaberisch, so halsstarrig, so unangenehm wie der ihre. In ihrem Blick liegt tiefer Zorn, grundlose Trauer und auch irgendeine Form von Abwehr gegen irgendetwas, ob aus begründbarer Furcht oder diffuser Angst, vermag ich nicht zu sagen. Zu, auf, zu, auf, das Weiß ihrer Augen leuchtet im Widerschein der Laterne wie Phosphor. Ich halte dem Blick nicht stand. Ich schließe kurz die Augen, hebe den Kopf und sehe in die Ferne.

Sie hat diesen Machtkampf gewonnen. Nun entziehe ich mich.

Doch sie findet ihre Sprache wieder. »Verzeihung. Dir auf diese Art und Weise entgegenzutreten, war nicht angemessen.«

Ich bin bass erstaunt. Damit hätte ich nicht gerechnet. Dass sie nun nachgibt nach diesem Ausbruch. Es ist alles verwirrend. Irgendein bestätigendes Wort, ein »Ja«, ein »Okay«, ein »in Ordnung«, bleibt mir im Hals stecken.

»Sollen wir uns irgendwo hinsetzen?«, frage ich dann. Sie nickt; wir gehen einige Schritte und setzen uns auf eine der Bänke, die an den Flanken des Hofgartens aufgestellt sind. Sie setzt sich an das eine Ende, ich an das andere, und dann rücken wir ein wenig in die Mitte, weil wir wissen, dass dieser Abstand lächerlich ist. Zwischen uns liegen nun dreißig Zentimeter, vierzig vielleicht, so genau mag ich nicht hinsehen, ich starre lieber schräg nach rechts auf das dunkle Uni-Hauptgebäude, das ich vielleicht öfter im Dunkeln gesehen habe als im Hellen.

Wir schweigen, und irgendwann fange ich an zu erzählen. Von Maria. Von meiner tiefen Trauer. Von meiner Unsicherheit. Von meiner Entscheidungsunfähigkeit. Von meinen eher missratenen Sex-Abenteuern. Ja, auch davon, dass Jasmin mich einfach überrumpelt hat mit ihrer Knutschattacke. Dass ich mich schwach gefühlt habe, dass sie, Anna, recht hat, wenn sie mich so sieht. Dass ich aber auch nicht weiß, wie ich mit dieser Schwachheit zurechtkommen soll. Dass ich mir besonders unsicher bin, weil ich ein Mann bin, weil ich stark sein soll, willensstark, charakterstark und im richtigen Augenblick auch mit dem Willen zur Macht ausgestattet, und dass ich das nicht kann – weil mir schlicht die Erfahrung fehlt. Und auch weil ich mit der Rolle nicht klarkomme, die die Medien einem Mann vorschreiben. Stark sein, cool sein, in jeder Situation die Kontrolle über sich behalten. Das alte Rollenbild, gegen das meine Mutter, »die Gerti«, so erfolgreich gekämpft hat. Und das bei uns offenbar wieder *en vogue* ist.

Anna hört zu. Sie hört einfach nur zu, und hin und wieder sehe ich aus den Augenwinkeln, wie sie nickt. Sie sagt nicht »Mmmh«, und sie sagt auch nicht »Jaja« oder »Aha« oder all jene nichtssagenden Füllsel, die Interesse signalisieren sollen, in Wahrheit aber nur das Desinteresse überdecken. Anna hört zu. Es tut gut, einen Zuhörer zu haben.

Als ich fertig bin, steht sie auf. Sie nickt mir zu, ich stehe auf, und dann hakt sie sich bei mir unter, und wir gehen in Richtung Alter Zoll, wo ein Denkmal von Arndt steht, und dahinter erhebt sich eine große Kanone.

Ich klettere auf das Kanonenrohr hinauf, sie kommt hinterher, und als ich meine, vorn, an der Spitze der Kanone sicher zu stehen, reiche ich ihr die linke Hand. Anna ergreift sie mit der Rechten, balanciert an mir vorbei bis zur Spitze der Kanone, und wir setzen uns hin, sie vor mich, ich hinter sie, und unsere Hände berühren sich.

Wir schauen nach Bonn-Beuel, und der Wind, der über den Rhein zu uns herüberbläst, weht mir ihr schwarzes Haar ins Gesicht, es kitzelt mir in der Nase, und ich muss niesen.

Irgendwann frage ich sie, was eigentlich ihr Freund macht, und dann fängt sie an zu erzählen. Er heißt Thomas, studiert in Freiburg Jura, sie hat ihn auf einer Tagung von »Amnesty International« kennengelernt, wo sich beide engagieren, und sie besucht ihn dort, weil sie Freiburg so gern mag. Er mag Bonn nicht, und deshalb sei er noch nie hier gewesen. Sie sehen sich alle vier, fünf, sechs Wochen, aber das ist nicht schlimm, weil »Fernmündlichkeit auch Intimität bedeuten kann«, wie sie sagt.

»Das ist doch komisch«, sage ich. Wenn ich einen Menschen gern habe, ist doch die Stadt egal, denke ich, selbst wenn die Stadt Darmstadt heißt oder Pforzheim oder Weiten-Gesäß.

»Das denken manche«, sagt Anna, »aber man gewöhnt sich an die Konstellation und die Tatsache.«

Ich sitze hinter ihr, und manchmal streift ihr Ellbogen meine Hand; dass sie mir hier in aller Vertrautheit von ihrem Freund erzählt, tut mir weh, besonders weh, wenn ihr Haar mir ins Gesicht weht, ihr Haar, das nach der Kamille ihres Shampoos riecht und nach dem Rauch der Kneipe.

Anna lehnt sich plötzlich zurück, ich spüre ihren Kopf an meiner Brust, sie blickt starr in den Himmel.

»Es hört sich kitschig an, das zu sagen: Aber das Firmament ist wunderschön.«

Ich nicke, und ich blicke ebenfalls nach oben.

Und dann sitzen wir so da, ich weiß nicht, wie lange, wir sitzen auf der Kanone, wir sehen die Sterne an, und aus der Ferne sehen wir das Licht des Post-Towers. Links von uns thront eine schwarze Trutzburg, das Historische Seminar, das wohl schönste Bonner Uni-Gebäude, rechts von uns liegt ein verwaister Platz, auf dem es sommers einen Biergarten gibt, und auf dem Rhein schieben sich Kohlenkähne vorwärts.

Plötzlich fängt Anna an zu summen, sie summt »As tears go by« von den Rolling Stones, und als der Refrain beginnt, fängt sie an zu singen, und ich falle mit ein: »Smiling faces I can see, but not for me. I sit and watch as tears go by.« Und dann sitzen wir da und summen und singen, und die Vertrautheit scheint so groß, dass ich es nur konsequent fände, sie jetzt zu küssen. Ihr Freund wäre mir egal, Maria wäre mir egal, Jasmin wäre mir egal, hier zählt nur das, was ich will und was sie will. Doch plötzlich wischt sie sich kurz über das Gesicht und springt von der Kanone.

»Zeit, um schlafen zu gehen.«

Ich biete ihr noch an, sie nach Hause zu begleiten, damit ich sie in Sicherheit weiß, doch sie lächelt und lehnt ab. Ich muss die Adenauerallee entlanggehen, sie muss am Bahnhof vorbei durch die Poppelsdorfer Allee. Sie gibt mir die Hand zum Abschied und stapft davon. Ich gehe ein paar Schritte in die andere Richtung, und als ich mich nach wenigen Augenblicken umdrehe, hat das Dunkel dieses Abends sie verschluckt.

Kapitel 8

Es ist Ende Mai, und die Nachmittagssonne strahlt eine Bank hinter dem Juridicum an, eine runde Bank aus Beton, vielleicht drei Meter im Durchmesser, aufgestellt auf dem strategisch entscheidenden Platz für das Projekt »Doktor abkriegen statt machen«. Die Bank heißt »Fleischkreisel«, weil sie der zentrale, vielleicht der zentralste Ort studentischer Fleischbeschau ist. Ich bin zu früh an diesem Tag für meine Vorlesung, die Einführung in die Volkswirtschaft für Politikwissenschaftler bei »Ich-heiße-Brechtig-und-Sie-herzlich-willkommen«. Der Fleischkreisel ist heute halb leer. Ich setze mich auf einen Platz, und neben mir sitzt ein blondes Mädchen. Sie ist eine echte Perlen-Paula: Den Kragen ihrer Ralph-Lauren-Bluse hat sie hochgestellt, sie kramt in ihrem grünen Longchamp-Säckchen. Ich versuche, ein Gespräch mit ihr zu beginnen.

»Hi«, brumme ich und versuche, wie Johnny Cash zu klingen.

»Hallo«, flötet sie und fingert mit der linken Hand an der Perle im linken Ohr herum.

»Haben wir nicht gleich zusammen Einführung in die VWL?«, frage ich sie.

»Ja, genau, ich bin auch ein bisschen zu früh da. Du sitzt doch immer ganz hinten.«

»Ja, meistens auf dem Boden«, antworte ich und bin ein wenig ratlos, wie ich das Gespräch fortführen soll.

»Hast du die Aufgaben gerechnet?«, fragt sie mich.

Ich nicke.

»Ich mach das nie, ich interessiere mich ja nicht so furchtbar dafür«, sagt sie.

»Ah ja, aber warum studierst du das dann?«

»Eigentlich studiere ich Jura«, erklärt sie, »ich interessiere mich für Wirtschaftsrecht. Das ist das Einzige, womit man später mal was anfangen kann. Ich will Wirtschaftsanwältin werden, Mergers and Acquisitions und so was. Und da meinte mein Papa, ein bisschen Politik und VWL nebenbei kann doch nicht schaden. Man braucht ja USPs, wenn man sich später bewirbt.«

»USPs?«, frage ich.

Sie zieht die Augenbrauen hoch. »USPs? Unique selling propositions. Damit versuche ich, meinen Value auf dem Arbeitsmarkt zu vergrößern.« Sie ergreift einen dicken Schlüsselbund und ein Portemonnaie, stopft beides in den Longchamp-Sack und sagt dann: »Ich muss gehen.«

Ich bleibe am Fleischkreisel sitzen, strecke die Beine aus – und betrachte die Mädchen, die an mir vorbeigehen. Ich fange an, die Longchamp-Säckchen zu zählen, die sie bei sich tragen. Nummer 1 ist grün, Nummer 2 knallrot, Nummer 3 dunkelgrün, Nummer 4 auch dunkelgrün, Nummer 5 senffarben, Nummer 6 orange, Nummer 7 wieder dunkelgrün. Während bei den Politikwissenschaftlern viele in einer Nonkonformistenuniform herumlaufen, tragen die Juristinnen und Juristen eine Konformistenuniform.

In der Vorlesung kann ich sogar über den obligatorischen Eingangswitz jeder Veranstaltung lachen: »Ich heiße Brechtig und Sie herzlich willkommen.« Vier Stunden pro Woche muss ich Brechtig ertragen, Dienstag von 14 bis 16 und Donnerstag von 16 bis 18 Uhr.

Doch von der Veranstaltung bekomme ich diesmal nichts mit. Als ich meinen klein karierten Schreibblock aus der Tasche ziehe, fällt ein kleines Flugblatt zwischen den Seiten heraus, ein gelber DIN A6-Zettel. Darauf prangen die Worte: »Verliebt in Berlin – Die Liebesbriefe von Johanna und Otto von Bismarck – Vortrag von Professor Dr. Hans Beumann – 27. Bonner Kolloquium des Vereins für Jüngere Geschichte und Politik«, darunter stehen das Datum von heute und eine altertümliche Zeitangabe: »Acht Uhr abends s.t.« Krepp ist, das weiß ich, einer der führenden Köpfe in diesem Verein.

Anna und ich haben uns für heute Abend, Viertel vor acht, verabredet, um zu diesem Vortrag zu gehen. Sie schlug das sogar vor, fragte mich, ob ich mitwolle.

»Der Eiserne Kanzler und Liebesbriefe«, sagte sie, »der schreibt doch sicher nur von Blut und Eisen. Den Vortrag muss man sich anhören.«

Und sie lachte, so wie Anna immer lacht, wenn ihr Lachen echt ist: Die Falte faltete sich, das Grübchen furchte sich ein, und danach fuhr sie sich mit der Hand über das Gesicht.

Vermutlich ist Anna die einzige Studentin, die zu einem solchen Vortrag geht. Nicht weil Bismarcks Briefe langweilig sind. Nicht weil Studenten nicht zu Vorträgen gehen – das tun sie durchaus, aber dann eben zu Vorträgen wie »Karrierechancen bei der Unternehmensberatung« oder »Rhetorik für Politikwissenschaftler« oder »Die drei besten Wege zum Auslandsstudium«.

Brechtig läuft wieder durch die Reihen und erzählt etwas über Keynes, doch irgendwie kann ich mich heute in den Inhalt seines Vortrags nicht hineindenken.

Ich denke an Anna. Ich habe sie häufiger gesehen seit unserer Begegnung an der Kanone. Einmal waren wir Eis essen. Wir trafen uns an der Regina Pacis und gingen dann zu dem fahrbaren Eisstand, der an der einen Flanke des Hofgartens steht. Die Frau im Stand fragte: »Was darf's sein?« Und wir riefen beide gleichzeitig: »Schokolade und Joghurt, bitte!« Wie zwei Schulkinder, die zu Beginn einer Unterrichtsstunde »Guten Morgen, Herr Müller« plärren. Ich bezahlte das Eis, und sie schenkte mir am nächsten Tag ein Reclam-Heftchen, »Die Braut« und die »Traumnovelle« von Schnitzler, Arthur, und sie schrieb mir sogar eine Widmung hinein. »Für Schokolade und Joghurt und für Markus. Denn ein Traum ist niemals Traum.« Ich fand das witzig, doch ich verstand es nicht ganz, wie ich so vieles an Anna nicht verstehe.

Manchmal ist sie unglaublich humorvoll. Ich hatte ihr von der Aktion mit der Toiletten-Poesie berichtet; am nächsten Tag drückte sie mir einen kleinen Zettel in die Hand. »Das passt noch besser zur Toiletten-Poesie«, sagte sie, und ich las ein Stefan-George-Gedicht, das mit den Worten begann: »Du willst am Mauerbrunnen Wasser schöpfen / Und spielend in die kühlen Strahlen langen.« Wir mussten lachen, und ich nahm sie in den Arm und versprach, bald die nächste Klo-Aktion zu planen. Manchmal ist Anna der zarteste Mensch, den ich kenne. Sie stellt Fragen, sie hört zu, sie ist aufmerksam, kurzum: Sie interessiert sich wirklichwirklich für einen. Wenn ich mal in Krepps Vorlesung fehle, kopiert sie mir die Unterlagen. Wenn ich irgendetwas in der Vorlesung nicht kapiere, erklärt sie mir dies mit einem pädagogischen Eros, den nur wenige haben. Und wenn sie an einem Wochenende zu ihrem Freund fährt, verabschiedet sie sich vorher mit einer Umarmung von mir.

Doch genauso oft begegnet mir die unglaublich harte Anna. Die mir zur Begrüßung politikerhaft die Hand gibt, statt mich zu umarmen. Die sich mit ihrem gestelzten Gerede selbst entzieht. Die einfach weggeht, statt zu diskutieren. Die mit harschen Worten über Kommilitonen und Professoren urteilt, bis ich Angst bekomme, sie könne über mich auch so reden.

Ich musste in letzter Zeit oft an Anna denken. So oft, dass ich mir verbot, an sie zu denken.

Brechtig dreht seine nächste Runde um die Reihen im Hörsaal. Langsam stakst er über die Beine der Leute, die zu spät gekommen sind, also nur eine Viertelstunde vor Beginn der Vorlesung, und die sich nur noch auf den Boden setzen konnten. Plötzlich verschwimmt alles. Ich drehe den Kopf auf die andere Seite und sauge mit gespitztem Mund die muffige Luft im Bonner Juridicum ein, und es pfeift ein bisschen zwischen meinen Lippen. Brechtigs jovialer Auftritt ist jetzt einer pastorenhaft monotonen und gleichzeitig breitspurigen Darbietung gewichen.

Plötzlich spüre ich eine schwere Pranke auf der linken Schulter. Ich zucke hoch und sehe Brechtig, der neben mir steht.

Er grinst mich an, zieht den rechten Mundwinkel fast bis zum rechten Ohr hinauf und sagt: »Meine Damen und Herren, hier sehen Sie ein Exemplar der Spezies studentischer Siebenschläfer.«

Die ersten Kommilitonen prusten los.

Brechtig giggelt weiter: »Er schläft für sieben, und sein Gedächtnis ist dadurch ein Sieb.«

Der ganze Hörsaal lacht. Ich lecke mir mit der Zunge über die Unterlippe, und ich weiß nicht, was ich sagen soll. Oder tun soll. Gott sei Dank werde ich in solchen Situationen nicht rot! Ich blicke erst Brechtig an, dessen linker Mundwinkel sich nun ebenfalls nach oben zieht. Dann schaue ich auf meinen Block, sehe eine leere Seite und darauf den gelben DIN A6-Zettel mit dem Flugblatt.

Endlich dreht Brechtig ab und schlendert weiter durch den Hörsaal.

Nach der Vorlesung stürme ich aus dem Raum und fahre mit dem Fahrrad nach Hause. Es ist kurz vor sechs, als ich zu Hause ankomme; in knapp zwei Stunden bin ich mit Anna verabredet.

Ich reiße das Tiefkühlfach des winzigen Kühlschranks auf. Bis auf ein Aufbackbaguette mit Kräuterbutter ist nichts mehr da. Ich lese das Kleingedruckte und fluche: »Mist, Knoblauch!«

Ich schmeiße die Tür wieder zu, nehme mir zwei Zwiebäcke aus der Packung, die auf dem Küchentisch steht, bestreiche die Scheiben mit Nutella und schiebe sie mir in den Mund. Mein Pulli krümelt voll, und ich denke an die Worte einer in Ernährungsfragen kundigen Kommilitonin, die mir gesagt hat, man könne bis zwanzig alles essen. Danach würden die Kalorien auch bei mir ansetzen – und das einzige Waschbrett meines Lebens bestehe dann nicht aus Bauchmuskeln, sondern aus den Falten auf der Stirn.

Ich gehe ins Bad, wusele mir durch die Haare, entscheide mich, nicht mehr komplett zu duschen, sondern hole meine neue Taschendusche mit dem Aufdruck 8x4 aus dem Schrank und sprühe mich ein.

Dann stelle ich mich vor den Kleiderschrank – und fühle mich auf einmal wie eine jener Frauen in den Bestsellern von Ildikó von Kürthy. Die finden sich ständig zu dick und sind (altverliebt oder neuverknallt) immer auf der Suche nach dem neuen, alten, wiedergefundenen oder Was-auch-immer-Mann, müssen den alten vom Fremdgehen abhalten und sollen allen frustrierten Dreißigjährigen signalisieren: 1. Nicht nur du hast diese Probleme. 2. Ich habe ganz viele Probleme und kriege trotzdem einen ab. 3. Eine geruhsame Nacht! Pass gut auf dich auf. Alles wird gut – *good night and good luck.*

Ich stelle mir plötzlich die Frage: Was soll ich anziehen?

Soll ich den schwarzen Rollkragenpulli aus Kaschmirimitat rausholen, der ein bisschen an den jungen Sartre erinnern soll? Soll ich meinen hellbraun-dunkelbraun karierten Pulli anziehen? Oder soll ich lieber das bewährte schwarze Cordhemd wählen? Soll ich einen Sakko anziehen? Schließlich ist das ja ein akademischer Vortrag, bei dem bestimmt die Hälfte der Teilnehmer sogar mit Krawatte kommt.

Ich nehme schließlich das blaue Karohemd vom Bügel. Doch als ich die drei mittleren Knöpfe durch die schmalen Löcher bugsiert habe, fällt mir plötzlich der alte Lästersingsang ein: »Karohemd und Samenstau – ich studier Maschinenbau.« Ich schiebe die drei Knöpfe wieder durch die Knopflöcher zurück und schmettere das Hemd auf den Boden. Doch das schwarze? Oder das weiße? Wenn ich es lässig aus der Hose hängen lasse?

Ich nehme das weiße Hemd vom Bügel, ziehe es an und finde, es passt ganz gut. Ich drehe mich vor dem Spiegel, doch dann fällt mir ein, dass der Nachbar von gegenüber mich sehen kann. Ich höre auf zu posieren, das machen vielleicht Frauen vor einem wichtigen Date. Aber ich doch nicht. Selbst vor einem wichtigen Date nicht.

Ich ziehe eine abgewetzte Jeans an und die Chucks.

Es ist Viertel vor sieben.

In einer Dreiviertelstunde muss ich mich aufmachen. Auf zu Hörsaal I des Uni-Hauptgebäudes; das ist der Vorzeigehörsaal der Bonner Uni, der Saal, in dem kein Putz von den Wänden bröckelt, in dem kein Sitz abgebrochen oder aus der Verankerung gerissen ist, kaputt auf dem Boden liegt oder beim Hinsetzen kraftlos nachgibt, sodass man auf den Boden durchfällt. Die Sitze sind mit grünem Kunstleder bezogen, und dadurch wirken sie wie die alten Sitzbänke aus dem Alten Deutschen Bundestag, die im Haus der Geschichte ausgestellt sind.

Ich stehe auf, gehe in die Küche, nehme mir einen Kaffee und setze mich wieder hin. Ich weiß nicht, was ich mit der verbliebenen Stunde anfangen soll. Ich stehe wieder auf, gehe in die Küche, nehme mir noch einen Zwieback, krümle mein Hemd voll, putze das Hemd mit der linken Hand ab, setze mich auf mein Bett. Ich lehne mich nach hinten, stütze mich mit der linken Hand ab, an der noch einige Krümel kleben, die leicht prickelnd ins Fleisch stechen, stütze mich dann auf beide Hände. Soll ich etwas lesen? Neben dem Bett liegt noch ein Buch, und ich fange an, Stefan Zweig zu lesen, die »Geschichte in der Dämmerung«. Darin fällt eine unbekannte Frau über einen Jungen her, küsst ihn, umarmt ihn, er gibt sich hin, doch er weiß nicht, wer sie ist. »Er trinkt nur mit geschlossenen Augen von diesen fremden duftfeuchten Lippen die Begehrlichkeit in sich, bis er trunken ist«, steht da, »willenlos, sinnlos hintreibend in eine ungeheure Leidenschaftlichkeit. Ihm ist, als seien plötzlich Sterne niedergestürzt, so ein Flimmern ist vor seinen Augen, und wie Funken zittert alles und brennt, was er berührt. Und er weiß nicht, wie lange all dies dauert, ob es Stunden sind, dass er so weich umkettet ist oder Sekunden: alles fühlt er auflodern in dem wilden Gefühl des wollüstigen Kampfes und wegtreiben in eine wunderbare Schwindligkeit.«

O Gott, so was sollte ich nicht lesen! Ich lege das Buch aus der Hand. Ich denke wieder an Jasmins Brüste, und ich denke daran, dass Anna und ich es wohl niemals schaffen werden, zu einer solchen Form der Nähe zu kommen. Dass ich es irgendwie nicht ertrage, in ihrer Gegenwart zu sein und nur mit ihr zu reden, so als Kommilitonin, als kluge Studienkollegin, als Frau aus der Warteschlange an meinem allerersten Unitag.

Bin ich verliebt?

Ich weiß es nicht.

Muss sich Verliebtheit immer so anfühlen wie vor dem ersten Kuss mit Maria? Ich war aufgeregt, mein Herz pochte, und ich verspürte einen unglaublichen Harndrang. Abgebrühter bin ich nicht geworden, doch ich ahne, dass der Vergleichsmaßstab jeder Beziehung immer die erste Beziehung sein wird, die pubertäre Liebe mit all ihren Überwölbungen der Gefühle. Kann sich

Liebe anders anfühlen als damals? Ich glaube nein, doch ich hoffe ja. Warum sonst sollte ich Annas Nähe suchen?

Ich weiß nicht, was Anna für mich empfindet. Es passt alles nicht zusammen: Sie macht mich fertig, weil ich mit Jasmin abstürze, doch gleichzeitig schwärmt sie von ihrem Freund. Das ist komisch, das ist paradox, das ist ungerecht.

Es ist fünf vor sieben, und ich weiß nicht, was ich machen soll. Ich putze mir die Zähne, spritze mir von dem Eau de Toilette, das mir Tante Hannah zu Weihnachten geschenkt hat, etwas an die Handgelenke. Dann setze ich mich aufs Fahrrad und radle los, auf in die Uni, schon mal in die Nähe des Hörsaals mit den Ledersitzen. Ich hole mir eine der Millionen Hochschulzeitschriften, die dort ausliegen, eine, in der ein Berliner Student in einem »Berlin-Log« etwas dümmlich sein Studentenleben beschreibt.

Plötzlich rumpelt es neben mir, Scheitel steht da und lacht laut. »Na, Kollege, macht dir dein Seminar auch so viel Spaß?« Er lacht wieder, zieht den Mundwinkel nach oben und lässt danach in rascher Folge die Oberlippe auf die Unterlippe ploppen. Es hört sich ein bisschen so an, als wenn man den letzten Rest aus einer Duschgelflasche in die Hand spritzt. Im Arm hält Scheitel ein blondes Mädchen mit rundlichem Gesicht, vielleicht eins sechzig groß, das Scheitel bewundernd ansieht.

»Ich muss euch vorstellen«, sagt Scheitel plötzlich. »Das ist meine Freundin Simone, und das hier, das ist mein Kommi…, äh, Komminatione Markus.«

Ich reiche Simone die Hand.

»Hallo«, sage ich.

Sie lächelt und neigt das Kinn leicht nach unten, was richtig huldvoll aussieht.

»Was machst du eigentlich so spät noch in der Uni?«, frage ich Scheitel.

»Ich muss der werktätigen Bevölkerung doch mal die Stätte meines Wirkens zeigen«, sagt Scheitel und lacht. Ich erinnere mich: Seine Freundin macht eine Konditorenausbildung, angeblich beim besten Bäcker der Stadt.

»Und was machst du hier?«, fragt Scheitel zurück. Sein Scheitel ist heute wieder besonders akkurat gezogen, allerdings auf der anderen Seite. Der Scheitel sitzt rechts – vielleicht passt er den Scheitel seiner Gesinnung an. Ich überlege, ob er wohl später eine Glatze bekommt und das Haar links lang wachsen lässt, um es dann in hohem Bogen über die Platte zu legen, fast so, wie alte Männer das tun.

»Ich gehe zu einem Vortrag«, sage ich, »über Bismarck. Der müsste dir doch zusagen.«

»Bismarck!?«, schnaubt Scheitel. »Ganz im Gegenteil! Wenn ich damals gelebt hätte, hätte ich dem aber ordentlich eins in die Nüsse gegeben. Ein Versager, dieser Bismarck! Kleindeutsche Lösung! Österreich hätte Teil des Reichs sein müssen. So ein Schwachmat!«

Ich weiß nicht, was ich dazu sagen soll. Doch Simone zieht an Scheitels Unterarm.

Er versteht die Botschaft.

Scheitel sagt: »Wir müssen weiter, ade.«

»Tschüs«, sage ich, und Scheitel marschiert davon.

Ich setze mich auf die Stufen vor dem Hörsaal, lehne mich gegen die steinigen Stufen und blicke auf die Uhr: Viertel nach sieben. In einer halben Stunde kommt Anna.

Ich stehe auf und gehe vom Hörsaal I in die Cafeteria, die neben dem Hörsaal liegt. Ein silbermetallener Rollladen ist heruntergelassen, er trennt die Brötchentheke von dem Raum, in dem Tische und Stühle stehen. Die Cafeteria ist wie ausgestorben. In den Aschenbechern, die aus folienbeschichteter Pappe bestehen, verwesen Zigarettenstummel; auf dem Boden schwimmt ein brauner Becher in einer braunen Lache, vormals eine jener Kaffeespezialitäten, die am Automaten angeboten werden: Espreschoc oder Café Creme oder Kakao, was ohnehin kaum einen Unterschied macht, da alles gleich schmeckt.

Ich überlege kurz, ob ich den braunen Becher aus der braunen Lache ziehen und in den ebenso braunen Pfandautomaten stecken soll, immerhin bekäme ich zwanzig Cent Pfand. Aber ich habe Angst, dass mir die braune Kaffeeplörre auf das weiße

Hemd tropft, wenn ich den Becher aufhebe. Ich verlasse die Cafeteria und gehe aufs Uni-Klo, in dem das blaue Antifixerlicht mir fast jede Orientierung raubt.

Ich betrete die Kabine, in der Daniel und ich den Klospruch an die Wand geschrieben haben. Ich muss kichern. Daneben hat jemand »Streber!« gekritzelt. Das obligatorische »Bad Kleinen war Mord« ist auch zu finden, darunter »Osama was here«.

Ich beschließe, mit dem Gedicht, das Anna mir geschenkt hat, gelegentlich eine andere Klowand zu verzieren.

Draußen betrachte ich mein Gesicht im Spiegel über dem Waschbecken. »Habe ich da einen Pickel am Kinn?«, frage ich mich. Oder ist das nur der schmutzige Spiegel? Ich beschließe, lieber nicht genauer hinzusehen, und verlasse das Klo. Es ist kurz nach halb acht.

Plötzlich steht sie vor mir. Sie. Anna Schnitzler. Anna.

»Hallo«, sagt sie, »sag bloß, du bist auch zu früh?«

»Hallo Anna«, sage ich und strecke den rechten Arm aus, um ihr die Hand auf die Schulter zu legen und ihr ein Küsschen rechts, ein Küsschen links auf die Wange zu schmatzen, genauso, wie ich das aus alten französischen Schnulzen oder neuen deutschen Telenovelas kenne. Doch Anna streckt mir ihre ausgestreckte rechte Hand entgegen. Ich ergreife die Hand und drücke sanft zu. Ihre Hand fühlt sich seltsam an: Der Händedruck ist fest, doch die Haut ist weich.

»Drin ist noch nichts los«, sage ich.

»Sollen wir noch einen Kaffee trinken?«, fragt sie. Sie zeigt mit dem Kinn auf die Cafeteria, diese Hölle der siebziger-Jahre-Trostlosigkeit, und den Automaten.

Ich will etwas über den miesen Automatenkaffee sagen, über die Stühle, die zu Gammelsitzfleisch führen, und die Verwesungszustände der Zigarettenstummel. Aber ich beiße mir auf die Unterlippe und sage: »Ja, gern.«

Wir treten an einen der Automaten.

»Komm, ich lad dich ein«, sage ich. »Was willst du? Es gibt Café Creme, Espreschoc« – ich leiere ein wenig wie eine Hilfsbedienung im Oma-Café –, »Kaffee schwarz, Kaffee mit Weißer und Zucker, Cappuccino, Kakao und – äh – Brühe.«

»Das ist egal«, sagt Anna, »es schmeckt ohnehin gleich, außer Brühe. Nimm mal Kaffee mit Weißer und Zucker.«

Ich werfe einige Münzen ein, drücke die Taste, und ein schmaler, oben breiter werdender brauner Becher flutscht aus dem Automaten heraus und wird von einer metallenen Schiene gestoppt. Langsam läuft eine bräunliche Flüssigkeit mit weißer Schaumkrone in den Becher. Ich ziehe mir ebenfalls einen Kaffee mit Weißer und Zucker und reiche Anna einen der beiden Becher.

»Voilà!«

»Danke dir.«

Wir setzen uns an einen der Tische, zwischen uns der silbern beschichtete Papp-Ascher. Anna nimmt den Kaffeebecher in beide Hände, so als ob sie eine dicke Boule voller Café au lait hielte, pustet sacht in die Flüssigkeit, setzt den Becher an den Mund, und fast scheint es, als verschwinde ihre Nase im Kaffee mit Weißer und Zucker.

Sie sieht schön aus. Sehr schön. Ich kann das Grübchen am Kinn nicht sehen, weil der Becher es verdeckt. Eigentlich ist Anna nicht hübsch. Sie erfüllt kein Schema. Sie sieht nicht lieb aus, dazu wirkt ihre Falte zu harsch. Sie sieht nicht niedlich aus, dazu hat sie zu kleine Augen und zu dicke Augenbrauen. Ihre Nase ist für sich genommen auch nicht schön, sieht ein bisschen aus wie bei Feivel, dem Mauswanderer, zu lang und zu spitz. Ihr Mund aber ist wundervoll, ich mag vor allem ihre Unterlippe, die fast durchsichtig ist und die sich beim Reden oft von dem fahlen, hellen Rot der Oberlippe abhebt.

Sie trägt einen braunen Pullover aus dünner Wolle, der sehr weit, aber nicht tief ausgeschnitten ist. Ihre Schultern sind frei, doch irgendwie wage ich mir Anna nicht nackt vorzustellen. Vielleicht ist das ein Verliebtheitstest. Ich kann mir kein Mädchen nackt vorstellen, wenn ich verliebt bin. Es geht einfach nicht. Ich habe das wie wild probiert, als ich plötzlich fortwährend an Bea denken musste, dieses blässlich-hässliche Mädchen aus der Parallelklasse. Ich versuchte sie mir nackt vorzustellen, ihre Brüste, ihre Schenkel, ihren Po. Doch es gelang mir nicht. Nicht einmal dann glückte es mir, als ich sie im Schwimmbad sah. Nachts im Bett war die Erinnerung an ihren Körper wie ausgelöscht: Generalamnesie der Gedanken. Vergessenwollen der Körperlichkeit. Ich wollte nicht an sie denken. Wenn ich mir jemanden nicht mal unter Zwang nackt vorstellen kann, merke ich: Ich bin verliebt (oder aber total abgestoßen). Nun starre ich auf Annas Pulli. Auf die braune Wolle, die zwischen den Brüsten eine Mulde bildet. Die sich über dem Busen spannt. Doch nur das Bild von Jasmins Brüsten zieht an mir vorbei.

»Was denkst du?«, fragt Anna.

Ich schaue ihr ins Gesicht. Wer von Jasmins Brüsten nicht reden will, der sollte von Annas Busen schweigen, denke ich, aber irgendwie will ich ihr diesen Gedanken nicht mitteilen.

»Ich habe gerade Scheitel getroffen. Mit seiner Freundin.«

»Kommt der auch zu dem Vortrag?«

»Ich glaube nicht. Er mag Bismarck nicht, weil er das Deutsche Reich ohne Österreich gegründet hat.«

»Seltsamer Grund, andere mögen ihn nicht, weil er kein lupenreiner Demokrat war. Trotzdem scheinen seine Liebesbriefe interessant zu sein.«

Anna und ich reden über den Vortrag. Ich mag ihre Art zu sprechen. Ein bisschen wie Rudi Dutschke, diese immer erhobene Stimme, so als hielte sie gerade eine Rede vor einem riesigen Auditorium. Und wenn ich an ihre Stimme denke, dann, ja, dann denke ich manchmal auch an ihre Nacktheit. Spräche sie auch mit dieser Dutschke-Stimme, nachdem sie neben mir aufgewacht wäre? Würde sie zu einem politikerhaften »Guten Morgen« anheben, oder würde sie sich verträumt umdrehen und »Guten Morgen« flüstern? Ihre Augen stelle ich mir dabei vor. Ihre nackten Augen.

Es ist kurz vor acht, und Anna und ich betreten den Hörsaal. Er ist fast ganz voll. Wir setzen uns auf zwei Plätze ganz hinten.

Um kurz nach acht geht Privatdozent Krepp nach vorn. Über der Augenbraue klebt ein Pflaster.

»Ist die Verletzung etwa noch nicht verheilt?«, raunt mir Anna zu.

»Meine Damen und Herren«, beginnt Krepp, »es gibt wohl keinen Historiker, den man weniger vorstellen müsste als Hans Beumann, aber lassen Sie mich dennoch einige einführende Worte verlieren ...«

Krepp berichtet: Abitur, Studium der Politik- und Geschichtswissenschaft, Philosophie und Literaturwissenschaft in Bonn, Tübingen, Cambridge und Rom, ein Rhodes-Stipendium für Oxford hat er abgelehnt, dann Promotion in Tübingen über Bismarck, Habilitation in Freiburg über Ludwig Erhard, Assistenz in Freiburg, erster Ruf nach Bonn, dann Wechsel nach Frankfurt, dann nach Berlin, zwei Ehrendoktorwürden, vier abgelehnte Rufe, darunter einer nach Harvard, Fellow am Wissenschaftskolleg, Herausgeberschaft der Monatsschriften für Zeitgeschichte, diverse Beiräte, eben das ganze akademische Klimbim eines großen Gelehrtenlebens. Erstes großes Buch, zweites großes Buch, zwölf weitere Monografien, drei Festschriften, neun Aufsatzsammlungen. Drei Werke wurden ins Englische übersetzt, zwei davon auch ins Französische und eins ins Russische. Es ist zwanzig nach acht, als Krepp endlich die erlösenden Worte spricht: »Lieber Kollege Beumann, ich darf sagen: lieber Hans! Du hast das Wort.«

Beumann tritt auf die Bühne, nickt Krepp zu, und Krepp macht einen Diener.

Beumann fährt sich mit der flachen Hand über die weiße Tolle und befestigt sie auf der Stirn.

»Lieber Kollege Krepp, ich darf sagen: lieber Wolfgang!«, setzt Beumann an. »Sicher gibt es keinen Zeithistoriker, den man weniger vorstellen müsste als mich. Aber sicher gibt es auch keinen Zeithistoriker, der eine solche Vorstellung mehr genießt als ich.«

In den vorderen Reihen lachen einige.

Anna schiebt mir noch mal den Zettel hin: »Verliebt in Berlin – Die Liebesbriefe von Johanna und Otto von Bismarck«. Ich blicke darauf und lächle ihr zu.

Dann beginnt Beumann. »Meine Damen und Herren, am Beginn solcher Vorträge sagen Redner gern: Ich möchte Sie einführen in die Geschichte des Mittelalters. Oder: Ich möchte Sie entführen in die Geschichte der Frühen Neuzeit. Ich sage nichts dergleichen.« Beumann wippt leicht mit den Füßen, scheint zwei Studenten in den ersten Reihen starr anzublicken. Dann lächelt er leicht. »Eingeführt werden vielleicht Automobile aus Japan oder bewusstseinserweiternde Substanzen aus Kolumbien, entführt werden deutsche Touristen in Algerien oder im Jemen, und daher ist es verquer, Vorträge mit diesen Worten zu beginnen. Ich möchte nichts einführen, ich möchte Sie nicht entführen, ich möchte Sie verführen.«

Kleine akademische Heiterkeit im Saal, Anna schaut rüber und lächelt.

»Ich möchte Sie verführen«, fährt Beumann fort, »in Bismarck nicht nur den Eisernen Kanzler zu sehen, nicht nur den Staatsmann, den Jongleur mit vielen machtpolitischen Bällen, nicht nur den Gründer des Deutsches Reiches, den Erfinder der Sozialversicherung. Ich möchte Sie verführen, in Bismarck einen der passioniertesten Liebesbriefschreiber der Weltgeschichte zu sehen. Einen Don Juan des Wortes, einen Casanova der deutschen Sprache, einen meisterhaften Stilisten.«

Beumann untermalt jedes seiner Worte mit einer Geste, wippt mit den Füßen, mit den Knien, schaut ins Publikum, genießt es, dass alle Augen auf ihn gerichtet sind. Er ist einer jener Narzissten und Profilneurotiker, die das Spiel mit dem Publikum lieben. Die nur zufrieden sind, wenn das Publikum sie liebt. Und die deshalb zu einer rhetorischen Höchstleistung nach der anderen stimuliert werden.

Anna blickt zu mir rüber und flüstert: »Wow! Der müsste mal bei uns eine Vorlesung halten.« Ich denke an Joseph Wengler, den Altmeister der Bonner Politikwissenschaft, dessen Vorlesung ein Bootcamp der Langeweile ist, in dem ich nach wenigen Wochen versagt habe.

Beumann wippt wieder, erzählt von der TV-Serie »Verliebt in Berlin« und warum Bismarck auch so ein begehrenswerter Mann war wie der Angebetete im Fernsehen, erzählt, warum Bismarcks Frau Johanna so eine hässliche Trutsche war wie die Hauptfigur in der Telenovela, dass Bismarck seiner Frau aber viel schönere Kosenamen gab als alle, die in der Serie vorstellbar gewesen seien. »Mein liebes Herz, Sweetest heart, Nanne, Très-chère Jeanneton, Theuerste, einzige, geliebte Juanita, meine geliebteste Geliebte, chatte la plus noire, Giovanna mia.«

Beumann trägt vor, ordnet ein, zitiert aus den Briefen der beiden Bismarcks aneinander. Anna schließt die Augen.

Als sie die Augen wieder öffnet, beugt sie sich zu mir herüber und sagt: »Wenn du die Augen zumachst, denkst du, er sagt das alles nur für dich.«

Sie atmet hörbar aus.

Beumann spricht seit sechzig Minuten, holt aus, blickt ins Publikum, macht immer wieder kleine schnappende Handbewegungen, so als wolle er die Zuschauer zu sich locken wie die Hexe in »Hänsel und Gretel«.

Ich lehne mich ebenfalls zurück, schließe die Augen und höre Beumanns Stimme ganz nahe an meinem Ohr.

»›Benutze mich, brauche mich, wozu Du willst, misshandle mich äußerlich und innerlich, aber geniere Dich nie und in keiner Art vor mir, vertraue mir rückhaltlos, in der Überzeugung, dass ich alles, was von Dir kommt mit inniger Liebe, mit freudiger und geduldiger, aufnehme‹, das schreibt Bismarck seiner Frau im Februar achtzehnhundertsiebenundvierzig.«

Anna beugt sich zu mir und wispert mir ins Ohr: »Jemand müsste meinen Freund auch dazu veranlassen, solche Zeilen zu schreiben.«

Ich zucke zusammen, weiß nicht, ob es an Bismarcks martialischem Stil liegt oder an Annas erschütternden Worten. Es trifft mich jedes Mal, wenn sie ihren Freund erwähnt. Ich habe ihn noch nie gesehen, nicht mal auf einem Foto. Im Internet fand ich keinerlei Spuren von ihm, sodass auch Google-Stalking nicht möglich war.

Ich blicke sie kurz an, doch sie schaut starr und bewundernd auf Beumann, der seine Ausführungen mit großer Gestik untermalt. Ich weiß nicht mehr was er sagt, er kommt mir vor wie ein Theaterschauspieler hinter einem durchsichtigen Vorhang. Er trägt vor, doch ich höre ihn kaum, nur dumpf wie durch eine Lärmschutzwand aus Sammet. Plötzlich höre ich ihn wieder klar. Er sagt: »Meine Damen und Herren, ich danke Ihnen.«

Tosender Applaus, Beumann fährt sich mit der Hand über die Tolle und nickt gönnerhaft ins Publikum.

»Wow. Das war eine Rede!«, zischt Anna mir zu. »Wahrscheinlich ist er ein Profilneurotiker, aber er kann reden. Nicht so wie Krepp oder Meiser.«

Ich nicke Anna zu.

Krepp kommt auf die Bühne, dankt Beumann für den Vortrag, verhaspelt sich zweimal, und dadurch wirken seine Worte so viel unbeholfener als die des Meisters aus Berlin.

Wieder Applaus, aber der gilt immer noch Beumann, nicht Krepp.

»Wow«, sagt Anna nochmals, »ich hätte nicht gedacht, dass ich so was noch erleben darf in meiner Geschichte an der Universität.«

Wir stehen auf, und die grünen Kunstledersitze quietschen.

»Gehen wir noch was trinken?«, frage ich Anna.

»Sollen wir einen Spaziergang machen?«

»Okay, am Rhein?«

Anna nickt mir zu.

Wir verlassen das Uni-Hauptgebäude, das gelb in den verdämmerten Tag hineinreflektiert. Wir queren die B9 und steigen eine lang gezogene Treppe hinunter, die zur Uferpromenade am Rhein führt.

»Linksrum oder rechtsrum?«, frage ich.

»Rechtsrum ist vielleicht schöner«, sagt sie und neigt das Kinn leicht zur rechten Seite. Rechtsrum, das heißt: nach Süden in Richtung Alter Bundestag, Kanzleramt. Wir gehen los. Vor uns reckt sich der Posttower in die Höhe, das glimmende Wahrzeichen der Bonner Wahrzeichen. Die tausend Lichter hinter der Glasfront blinken dunkelgelb, hellgelb, blau. Vor dem Tower ragt der Lange Eugen in die Höhe, ein erdunkeltes Überbleibsel der Bonner Vergangenheit.

»Es ist kalt«, sagt Anna, und ich erinnere mich undeutlich daran, dass dieser Satz signalisieren soll: Gib mir deine Jacke und berühr mich, wenn du sie mir umlegst. Irgendwo hatte ich das gelesen, in einem jener Bücher, in denen alles immer so einfach erscheint. Alles, was in Wirklichkeit so unglaublich schwierig ist. Das Richtige sagen. Das Richtige tun. Und die Richtige bekommen.

Dummerweise habe ich keine Jacke an. Nur ein weißes Hemd, das ich aus der Hose hängen lasse, und mich fröstelt selbst ein wenig.

Sie nimmt meinen Arm und hakt sich an der linken Seite unter. Ich merke, wie ich innerlich verkrampfe. Ich spüre ihren rechten Unterarm, wie er sich an meinen Unterarm schmiegt. Ich spüre den Druck ihrer Ellenbeuge, spüre, wie ihr Gelenk auf meines drückt. Ich spüre ihren Körper so nahe an dem meinen, so eng, doch gleichzeitig nur durch die zwanzig Quadratzentimeter des Ellenbogens miteinander verbunden. Ich stopfe die linke Hand in die linke Hosentasche. Ich will Anna nicht loslassen, ich will sie bei mir halten, nahe, ganz nahe. Ich will sie in die Arme schließen, sie küssen und herausfinden, ob das dunkle Rot ihrer inneren Unterlippe sich anders anfühlt als das helle Rot ihrer äußeren Unterlippe. In diesem Moment wird mir zum ersten Mal in aller Schärfe bewusst, dass ich mich verliebt habe. In Anna.

Wir schweigen und gehen nebeneinanderher. Ihr Körper lastet auf meiner Armbeuge, ich versuche, unsere Schritte zu synchronisieren, meine Füße in den gleichen Abständen nach vorn zu setzen wie sie. Ich merke, wie ich mich darauf konzentriere; mein Arm wird ganz steif vor lauter Aufmerksamkeit, vor lauter Angst, ihren Arm zu verlieren.

»Wir laufen herum wie ein altes Ehepaar«, sagt sie und lacht, und plötzlich macht sie sich los, hopst ein paar Schritte vor mir her, dreht sich um, geht einige Schritte rückwärts weiter und schaut mich an.

»Weißt du, was gut ist?«, fragt sie.

»Was?«

»Dass nun eine gefühlsmäßige Klärung herbeigeführt wurde.«

»Wie meinst du das?«

Ich verstehe nicht, was sie mir sagen will. Sie hopst weiter vor mir her, dreht sich um, sodass ich sie von hinten sehe, ihre Haare, die im Wind flattern. Sie ist sogar von hinten schön, mit diesen dichten schwarzen Haaren, die sie nicht richtig kämmt und die ein bisschen strähnig wirken. Irgendwie rauscht es in meinem Kopf, und ich weiß nicht genau, ob der Rhein dafür verantwortlich ist oder das sirrende Kohlenschiff oder das Blut, das mir durch die Adern rast oder beides.

Sie dreht sich wieder um.

»Du weißt von meinem Freund und ignorierst die Tatsache seiner Existenz einfach. Die Sache mit Jasmin ist zwar peinlich, weil du irgendwie Nummer dreißig auf ihrer Liste bist. Aber irgendwie ist es auch beruhigend. Gut, dass wir die Sache auf der Kanone geklärt haben.«

Das Rauschen in meinem Kopf wird immer lauter. Das Kohlenschiff tutet leise. Anna dreht sich wieder um und schaut mich an.

»Es ist schön, dass wir jetzt einfach hier so spazieren gehen. Die Reserviertheit war also grundlos. Die vergangenen Tage mit dir waren schön.«

Sie dreht sich wieder um und hopst weiter.

»Weißt du, was Krepp sagen würde: Da gab's eine Fehlperzeption.«

Sie lacht, dreht sich um, und im Widerschein der Laterne an der Uferpromenade sehe ich ihr Grübchen, doch eigentlich will ich es gar nicht sehen.

Das Kohlenschiff tutet abermals, und irgendwie klingt es wie ein fernes Signal. Der Mond gespenstert in den Bäumen, und für einen kurzen Moment fühle ich mich wie ein Wachkomapatient, der aus dem Körper hinaussteigt, sich von oben sieht, von oben auf sich selbst und auf Anna schaut, die Grenzen des eigenen Körpers überschreitend.

Doch plötzlich ist alles wieder klar. Ich sehe sie an, sehe, dass das Grübchen verschwunden ist, dass sie völlig ernst schaut.

Ich weiß nicht, was ich sagen soll, und genau das sage ich ihr.

»Ich weiß es nicht.«

»Was weißt du nicht?«

Ich blicke sie an. »Ich weiß es nicht. Ich weiß es nicht, ob du es nur falsch verstanden hast.«

Sie schaut mich an und sagt nichts.

Soll ich einfach schweigen, soll ich nichts sagen, soll ich schnell das Thema wechseln? Zerstöre ich mehr, wenn ich jetzt rede, als wenn ich schweige?

»Was wäre denn, wenn«, setze ich an, »was wäre denn, wenn ich wirklich in dich verliebt wäre?«

Ihre Augen zucken ein wenig zu schnell. Sie sagt nichts, und sie hört unvermittelt auf zu hopsen.

Ich ertrage die Stille nicht, muss den Luftraum der Stille zwischen uns füllen.

»Was ist, wenn ich doch in dich verliebt bin, wenn es mir verdammt weh tut, wenn du von deinem Freund schwärmst und wenn es mir verdammt leid tut, das mit Jasmin? Was wäre, wenn?«

Ich habe lauter geredet, als ich wollte, habe schnell gesprochen, und Anna schaut mich fast erschrocken an.

»Was wäre, wenn?«, fragt sie mich. »Es ist nie gut, Objekt für irgendwelche Gedankenspielchen zu sein.«

Wir sind beide stehen geblieben. Wir mustern uns wie zwei Duellanten, bevor sie die Pistolen zücken. Die Laterne an der Uferpromenade erhellt nur Annas linke Gesichtshälfte, die rechte bleibt dunkel. Das Gesicht wirkt wie eine venezianische Maske. Die Falte erscheint, aber das Grübchen ist nicht zu sehen. Annas Mund ist so starr wie die Balustrade am Rhein.

Irgendwann stoße ich ihn aus, den Satz, den ich noch nie zu sagen wagte: »Ich habe mich in dich verliebt.«

Anna schaut mich an. Ihre Augen zucken ein wenig, und sie

antwortet ganz rasch, fast tonlos, ohne den Dutschke in der Stimme: »Das geht nicht, du weißt, dass das nicht geht.«

Und dann dreht sie sich um. Erst denke ich, sie will weiterhopsen, und sie hopst die ersten Schritte auch. Doch dann fängt sie an zu rennen. Ich bleibe stehen. Ich kann nicht hinterherrennen. Ich sehe nur zu, wie ihre Silhouette langsam zwischen den Bäumen der Rheinpromenade verschwindet.

Kapitel 9

Es ist schon früher Nachmittag, es ist Ende Juni, und draußen ist es siebenundzwanzig Grad warm. Ich blicke zum Fenster, und ich sehe einen Mann mit Siebentagebart, mit Ringen unter den Augen, die ich jetzt schon fast zärtlich »meine beiden Halbkreise« nenne. Ich streiche mir mit der Hand durch die Haare, wische mir dann über die Wangen, und es fühlt sich in etwa so an, als hätte ich mir das Gesicht mit Melkfett eingeschmiert. In mir wächst die Erkenntnis, dass meine Körperhygiene in den vergangenen zwei Wochen nicht sonderlich ausgeprägt war.

Ich blicke an mir hinunter. Mein großer Zeh lugt aus der rechten Socke hervor, mein Pullover hat ein Loch, und irgendwie überfällt mich der Verdacht, in den vergangenen Wochen nicht einmal die Regel des französischen Sonnenkönigs befolgt zu haben, der seinen Eigengeruch durch Fremdgeruch aus großen Flakons überdeckte.

Neben dem Bett stapeln sich leere Pizzakartons mit dem Logo der Eigenmarke eines international operierenden Discounters, auf der obersten Schachtel liegt ein angebissener Pizzarest. Daneben stehen drei leere Flaschen Mineralwasser, eine halb volle Flasche Orangensaft mit einem grünlichen Rand in Höhe der halben Füllung. Die Flasche Rotwein daneben ist vollkommen leer.

Auf meinem Schreibtisch türmen sich drei Bücherstapel. Auf dem einen thront ein Aschenbecher mit der Aufschrift »Bräundle-Rum«, voll mit den Stummeln selbst gedrehter Zigaretten ohne Filter und einiger Filterzigarillos, die ich hin und wieder rauche, weil sie billiger sind als vorgefertigte Filterzigaretten. Ich rauche nur dann, wenn ich Stress habe, und meistens ausschließlich zu Hause. Rauchen ist schließlich ein mit Scham belegtes Laster geworden. Früher hatte James Dean ständig eine Kippe zwischen den Zähnen, heute rauchen in den Filmen bloß noch Mafiosi, Serienkiller und Mitglieder des abgehängten Prekariats.

Auf den Bücherrücken prangen die Überschriften meiner vergangenen Wochen: »Theorien der Internationalen Politik«, »Frieden und Krieg«, »Einführung in die Politikwissenschaft«, »Einführung in die Soziologie«, »Einführung in das wissenschaftliche Arbeiten«, »Wissenschaft als Beruf«. Daneben und darunter noch ein paar Werke, deren Titel ich nicht lesen kann und an deren Inhalte ich mich irgendwie nicht mehr erinnere.

Das Semester, mein erstes Semester, ist fast zu Ende, und nun stehen die Klausuren an, die finalen Höhepunkte. Ich lerne, lerne seit Wochen, stehe morgens um sieben auf, versuche es zumindest, schiebe mir mittags eine Pizza in den Ofen, schiebe mir abends eine Pizza in den Ofen, und einmal, als ich keine Milch fürs Müsli mehr habe und meine Mitbewohner auch nicht, esse ich morgens schon Pizza. Als irgendwann alle T-Shirts und Pullis und Socken im großen Wäschesack gelandet sind, ich aber keine Muße habe, in den Waschsalon zu gehen, krame ich schlicht diejenigen wieder hervor, die am längsten ausgedünstet sind und die ich einfach noch mal anziehe.

Die Wochen fliegen trotz aller Lernschwierigkeiten nur so dahin. Ich gehe zur Uni, wenn ich muss. Ich habe einen Stundenplan und arbeite ihn ab. Zwänge sind besser als Unsicherheit, und eigentlich lerne ich auch nur aus dem Zwang, keine schlechte Note schreiben zu wollen. Natürlich ist Politik interessant, aber so interessant, dass ich gern wochenlang büffle, nun auch wieder nicht. Natürlich macht die Uni Spaß, aber mehr Spaß macht eigentlich der Kosmos drum herum. Vielleicht bin ich damit typisch für meine Generation: leistungsgerecht, selbstoptimiert, süchtig nach dem perfekten Lebenslauf – und gleichzeitig merkwürdig wenig selbstmotiviert.

Die Klausuren stehen an, und ich habe mir einen irren Druck aufgebaut, und diesen Druck spüren auch die anderen, die Mitlerner, die Kommilitonen. »Ich sterbe vor Angst und Nervosität!!!!!!«, schickt mir Jasmin einmal als SMS, und fast jeden zweiten Tag kommen nun weitere. Der Chekka versucht fast jeden Abend, mich in die Gemeinschaft der angsterfüllten Lernenden im präklausuralen Hormonstress einzubeziehen, und schickt mir mit hoher Regelmäßigkeit täglich zwischen 23.00 und 23.30 Uhr neue Fragen: »Hast du schon gehoert, Krepp fragt oft nach Regsystem USA!« Oder: »Wie heisst noch mal das Buch das wir lesen sollten ich habs vergessen bitte schick mir titel u. interpret« oder »Kannst Du mir bitte simsen, was Schecks und Balancen sind? Danke.«

Ich antworte nur verhalten oder schreibe: »Danke für die interessante Info.« Oder: »Ich weiß leider auch nicht genau, was Checks and Balances sind.« Den Chekka interessiert das nicht, er schreibt am nächsten Abend einfach wieder eine SMS.

Ich selbst kann mich nicht von dem ganzen Lernstress frei machen, a) weil ich viel lerne, vielleicht zu viel, b) weil ich nicht genau weiß, wie viel verlangt und gefordert wird, und c) weil alle anderen einen solchen Druck aufbauen. Die Schule, das sei Pipifax, aber die Universität, jaja, da gebe es anspruchsvolle Klausuren mit vierzehn Seiten Aufgabenstellung, viel Transferleistung und Studenten, die zwar dreißig, vierzig, fünfzig Seiten schreiben, dabei aber noch immer nicht alles Gelernte, alles Gewusste oder Wildzusammenimaginierte aufschreiben können. Da sei jede Klausur wie eine Abiturprüfung und müsse auch entsprechend vorbereitet werden. Puh!

Heute Abend werde ich die erste Uni-Klausur schreiben, die erste Uni-Klausur meines Lebens, und das bei PD Dr. Wolfgang Krepp, M.A., dem Mann, der sich betrunken hat wie ich, der von Zweifeln an sich selbst, an seiner Arbeit, an seiner Zukunft zernagt wird, genauso wie ich auch. Erst muss ich eine Klausur bei ihm schreiben, die Klausur zum Seminar, dann muss ich noch eine mündliche Prüfung zu seiner Vorlesung über Neokonservativismus ablegen, und dazwischen muss ich eine entsetzliche Statistikklausur bei Frau Dr. Meiser schreiben. Bei Bart-Bernd Brall habe ich nur ein Referat zu halten; bei Brechtig gibt es erst im nächsten Semester eine Klausur.

Ich blicke mich wieder im Fenster an. Ich weiß, dass ich dringend noch diesen einen propädeutischen Aufsatz lesen muss, in dem irgendwas über die wirklich wichtige Frage steht, wie man in Hausarbeiten richtig zitiert, wie man ein Literaturverzeichnis anlegt und so weiter und so fort, ich weiß das noch nicht, ich muss das lesen, ziemlich dringend sogar, ich habe es bislang versäumt, aber mir bleibt ja noch ein bisschen Zeit, und mehr, als kurz mit dem Waschlappen unter den Achseln herumzuwischen, ist ohnehin nicht vorgesehen. Eine umfassende Restaurierungsaktion nähme länger als nur diesen Nachmittag in Anspruch.

Aber ich habe ja noch ein paar Stunden bis zur Klausur, und ich beschließe, mir einen großen Milchkaffee zu machen. Ich muss schließlich fit sein für den Abend, und Koffeinzufuhr ist da keine falsche Maßnahme. Ich gehe in die Küche, mahle mit Omas Handmühle Kaffee, schaufle die zerriebenen Bohnen in den Kaffeefilter und brühe den Kaffee auf.

Ich blicke aus dem Fenster, und ich sehe, dass die Fensterscheiben dringend geputzt werden müssten. Nein, denke ich, so etwas wäre ja klassisches Aufschiebeverhalten, dem nur hysterische Mädchen vom Subtyp Jasmin anheimfallen, ich aber nicht. »Prokrastination« heißt dieses Phänomen, das habe ich in einem Artikel gelesen, und das hört sich viel besser an als »Aufschiebeverhalten«, viel klüger, viel krankheitsbildartiger, und irgendwie würde meine Mutter es eher akzeptieren, wenn ich auf die Frage, warum ich nicht mehr gelernt habe, sagen würde, »Ich habe prokrastiniert« anstatt »Ich hab's aufgeschoben« oder »Ich hatte einfach keinen Bock«.

Auf dem Küchentisch liegt die Süddeutsche Zeitung, wir leisten uns ein WG-Abo, und da ist ein Artikel über Berkeley angekündigt. Ich suche den Text, lese ihn, während der Kaffee durchläuft. Ich entspanne mich und finde den Artikel deutlich fesselnder als das drohende Propädeutikum in Wort und Schrift. Dann entdecke ich einen spannenden Text über die amerikanische Innenpolitik – und lese den auch noch.

Ich sehe dem Kaffee beim Durchlaufen zu, beobachte, wie die tiefschwarzen Tropfen in die Kanne fallen. Plötzlich dringt mir ein fauliger Geruch in die Nase. Meine Socken! Meine Socken!! Mei-ne So-cken!!!

Mir wird schlecht. Warum habe ich es nur versäumt, in den vergangenen Wochen in den Waschsalon zu gehen? Warum ist mein gesamtes Strumpfdeputat ausgeschöpft? Meine – diese! – Socken sind die Socken, die noch am besten gerochen haben, auch wenn sie vorn ein Loch haben.

Das geht nicht!, schießt es mir durch den Kopf. Das geht gar nicht!

Ich ziehe die Socken aus, hebe eine davon mit zwei Fingern auf und nähere sie langsam meiner Nase, ganz langsam. Ich kneife die Augen zusammen, spüre ein Kitzeln in der Nase und fühle im allertiefsten Innern, in jener Bauchregion, die sonst fürs Transzendieren zuständig ist, dass ich diese Socken nicht mehr tragen kann. Ich muss sie waschen.

Ich gehe ins Bad, nehme »Rei in der Tube« für Arme aus dem Regal, lasse Wasser ins Waschbecken laufen, drücke eine Waschmittelwurst in das Wasser und schmeiße die Socken hinterher. Dann drücke ich die Socken mit den Händen ganz unter Wasser – und fahre entsetzt zurück.

»Aaaah!«, schreie ich, das Wasser ist siedend heiß, meine Hände schmerzen höllisch und färben sich binnen weniger Sekunden dunkelrot, unterbrochen von einigen weißen Flecken.

Ich schüttle die Hände aus und drehe den Wasserhahn auf. Ein Schuss heißes Leitungswasser schwappt mir noch auf die Hände, dann netzt das kalte Nass die wunden Finger. Das lindert ein bisschen, auch wenn sie kurzzeitig umso heftiger brennen.

Warum bin ich nur auf die Idee gekommen, die Stinkesocken zu waschen? In meinem Zehn-Punkte-Plan zur Wiederherstellung meiner äußerlichen Unversehrtheit stehen andere Disziplinen weiter vorn: 1. rasieren, 2. Zähne putzen, 3. Haare waschen, 4. duschen, 5. Deo benutzen, 6. ein frisches Hemd anziehen, 7. gewaschene Boxershorts überstreifen, 8. einen Pulli ohne den Geruch von angebranntem Pizzakäse finden, 9. das Gesicht mit Aftershave einbalsamieren, 10. frische Socken!

Mit Punkt 10 habe ich angefangen, warum auch immer. Ich lasse nun etwas kälteres Wasser ein, bewege die Socken im Wasser hin und her, wringe sie dann aus. Dabei kommt mir der Gedanke, dass es vielleicht schön und gut ist, frisch gewaschene Socken anzuhaben, doch die besten gewaschenen Socken nutzen nichts, wenn sie nass sind.

»Mist!«, zische ich und lasse einige inhaltlich verwandte Kraftausdrücke folgen, und ich denke an die Theorie der internationalen Beziehungen und all die Fragen zur Propädeutik, die Krepp vielleicht stellen wird. Ein Blick auf die Uhr sagt mir: noch knapp vier Stunden bis zur Klausur.

In diesen vier Stunden muss ich die Socken trocken kriegen. Ich wringe sie aus, lasse das Wasser ab, wringe noch einmal und lege die beiden Teile auf den Rand des Waschbeckens. Dann nehme ich den Fön meiner Mitbewohnerin Maja, der auf dem Allibert liegt, und blase die Socken mit heißer Luft an. Ich blicke mich im Spiegelschrank an, sehe mein zerzaustes Haar und das stopplige Gesicht, schaue an mir hinunter und atme den Geruch von Pizza, Schweiß und »Rei in der Tube« ein. Ich stehe da, breitbeinig wie ein Cowboy, der auf ein am Boden liegendes Opfer zielt, die Fönpistole leicht angeschrägt in Hüfthöhe. Fünf Minuten stehe ich so da, bepuste die Socken mal von der einen, mal von der anderen Seite.

Plötzlich klopft es an der Badezimmertür, Rudi steckt den Kopf zur Tür rein. Erst blickt er mir ins Gesicht, dann auf den Fön, bricht in lautes Lachen aus und ruft: »Du knallst echt genauso durch wie alle vor einer Klausur!«

Ich erinnere mich an den Spruch, den Krepp in der Kneipe losgelassen hat. »Dein Lachen wird dich auch nicht selbstbefriedigen, obwohl du ein Selbstbefriediger bist!«, schleudere ich meinem Mitbewohner entgegen.

»Mein lieber Tapir, du hast heut echt 'ne Macke«, brummt Rudi, schüttelt den Kopf und macht die Tür wieder zu. Ich föne weiter und denke an den Aufsatz, den ich eigentlich lesen sollte. Der Aufsatz über die Propädeutik, die in der Politikwissenschaft so wichtig sein soll.

Ich denke an die vergangenen Wochen, an Anna und an Jasmin und an das Institut für Politik und Politische Philosophie, in exakt dieser Reihenfolge. Anna hat unser Gespräch am Rhein nie mehr erwähnt. Sie geht immer darüber hinweg, doch tritt sie mir mit einer seltsam zurückhaltenden Neugier entgegen. Sie fragt viel, aber immer auf vorsichtige Art und Weise. Wir gehen hin und wieder Eis essen, natürlich Schokolade und Joghurt, und manchmal sind wir auch zusammen im Café Blau und im Biergarten am Alten Zoll, wo wir einmal Krepp und Jasmin getroffen haben, beide mit großen Weizenbiergläsern vor sich. Je mehr ich über Anna nachdenke, desto heftiger verliebe ich mich in sie. Ich bin fasziniert von ihrer Kompromisslosigkeit, von ihrer Sturheit, mit der sie sich allen in den Weg stellt. Vielleicht bin ich so fasziniert, weil ich genau so nicht bin. Weil ich von allen gemocht werden möchte und mich daher anpasse. Weil ich lieber vom letzten Absturz auf der Uni-Party erzähle als davon, dass ich nach dem Absturz in die Kirche gegangen bin. Weil ich lieber davon spreche, dass ich zwei Jahre lang eine Freundin hatte, als von der Tatsache, dass wir nie miteinander geschlafen haben. Weil ich lieber einen dummen Kommentar ins Seminar hineinschreie, als mit dem Wissen der Aufsatzlektüre von der vergangenen Woche zu protzen. Irgendwie gelten an der Uni dieselben Mechanismen wie in der Schule: Streber sind out, Leistung irgendwie auch. Und zuzugeben, dass ich viel lerne, das käme mir nie in den Sinn, auch wenn der Chekka und Jasmin ständig SMS versenden, in denen sie schildern, wie schlecht es ihnen geht. Mich überrascht diese Form der Gruppendynamik. Sie ist paradox, denn erstens sind alle ja Lebenslauf-Optimierer, und zweitens sehe ich die meisten Leute einmal pro Woche, vielleicht noch mal in der Mensa. Ich bin, anders als in der Schule, nicht den ganzen Tag mit ihnen zusammen; mein Image kann mir egal sein. Ist es aber nicht. Nein, ich muss den Zehn-Punkte-Plan zur Wiederherstellung meiner körperlichen Unversehrtheit dringend verfolgen, sonst sieht jeder sofort, dass ich in den vergangenen Wochen nur gelernt habe.

Ich wende die Socken und föne nun von der anderen Seite.

Jasmin fasziniert mich auch, auf ganz andere Weise, und dass sie mich fasziniert, das darf ich Jasmin auf keinen Fall verraten, Anna noch viel weniger. Auch Jasmin schert sich nicht um ihr Image, wenn sie auf einer Party knutscht, wenn sie Männer sammelt. (Angeblich macht sie nach jedem Koitus ein Foto mit ihrem Foto-Handy, spielt die Fotos auf ihren Rechner, brennt sie auf CD und lässt sie dann auf Fotopapier entwickeln.)

Nun halte ich die Socken in Höhe meines Gesichts hoch und föne sie von beiden Seiten. Sobald sie einigermaßen trocken sind, ziehe ich sie an und gehe in die Küche. Beim Gehen quietscht es unter den Füßen. Ich will mir einen Kaffee eingießen, doch die Kanne ist leer. Offenbar waren Rudi oder Paul oder Maja schneller.

Also wieder das Kaffee-Prozedere, und ich bin irgendwie dankbar, dass ich den Propädeutik-Aufsatz in den nächsten Minuten nicht lesen muss. Es ist nun kurz nach halb vier, um sechs Uhr c.t. beginnt die Klausur, und ich will sie gut machen. Schließlich steht bei Krepp noch eine mündliche Prüfung über seine Vorlesung an, und wenn die schriftliche schlecht läuft, ist das ein schlechtes Omen für die mündliche.

Nun dann also das Schnellprogramm zur Wiederherstellung: Ich rasiere mich, schneide mich natürlich, was nicht schlimm ist, da ich gleich danach dusche. Wie tut das warme Wasser wohl! Abtrocknen, Deo, Eau de Toilette, Aftershave, dann aber leider nur die alte Unterhose, leider nur der Pizzageruchpulli, doch ich sehe einigermaßen wiederhergestellt aus, mal abgesehen von den Augenringen und der nicht großen, dafür aber sicher sechs oder sieben Zentimeter langen Schnittwunde, die sich vom rechten Wangenknochen bis zum Kinn zieht. Dafür setze ich wieder meine nicht entspiegelte Brille auf, damit man die Augenringe nicht so sehr sieht.

Die Wiederherstellungsaktion dauert fast bis fünf, und jetzt ist es auch zu spät zum Lernen, neue Inhalte könnte ich ohnehin nicht mehr im Kopf behalten. Ich gebe zu: Ich habe aufgeschoben, und aufgeschoben ist in diesem Fall aufgehoben.

Ich setze mich aufs Rad und fahre los.

Ich laufe durch die Cafeteria des Bonner Uni-Hauptgebäudes und gehe an dem großen Schwarzen Brett vorbei, dem auch in Zeiten des Internets wirkmächtigsten Kommunikationsort deutscher Studenten. Wohnungsgesuche finden sich da, Wohnungsangebote, jemand verkauft seine Lehrbuchsammlung in Soziologie (»Wegen meinem Studienfachwechsel«), jemand will einen Studienplatz in Bonn ernsthaft gegen einen Studienplatz in Bamberg tauschen, und ein anderer bietet sogar Geld: »Tausche Medizin in Greifswald gegen Medizin in Bonn. 10 000 Euro Belohnung!« Ich zähle die Nullen nach, es sind tatsächlich vier, und so was wirkt auf mich eindeutig illegal, doch für manche Ärztedynastien setzt offenbar das Rechtsempfinden beim eigenen Nachwuchs aus.

Ich schaue noch etwas ausführlicher hin, denn ich muss in den Semesterferien dringend arbeiten gehen, und einen Nebenjob brauche ich auch, nicht nur wegen der Studiengebühren, sondern weil das Studentenleben allgemein viel teurer ist als erwartet. Vor allem vier Kostenbereiche treiben mich in die Pleite. Erstens kosten viele Fach- und Textbücher locker vierzig oder fünfzig Euro, und jeder Prof erwartet, dass man die seinigen kauft. Zweitens kann man an einem Abend auf einer Studentenparty je nach Exzessgrad auch locker dreißig Euro löhnen, wenn man Eintritt, sechs oder sieben Kölsch für einen selbst und sechs oder sieben Kölsch für irgendwelche hoffnungsfrohen Gesprächspartnerinnen einrechnet. Dummerweise gibt es jeden Donnerstag eine Studentenparty, nicht eingerechnet die Feste vor universitären Großereignissen wie dem sogenannten Dies academicus, der für alle Seniorenstudenten darin besteht, den ganzen Tag besonders ausgefeilte oder vulgärwissenschaftliche Vorlesungen zu hören, für alle anderen Studenten aber davon bestimmt ist, am Vorabend auf der Agrarwissenschaftlerparty viel zu saufen, am Tag selbst lange zu schlafen und dann im Café Blau bis zum frühen Nachmittag zu frühstücken. Drittens habe ich jeden Monat eine unglaubliche SMS-Rechnung, obwohl ich nur auf jede zweite SMS antworte, die von Schecks und Balancen handelt oder mir ankündigt, dass jemand

»zwei Minuten spaeter« vor die Mensa kommt. Und viertens hat meine Mutter mir vorgerechnet, mit wie wenig Geld sie monatlich kocht und über die Runden kommt, dabei aber nicht bedacht, dass ein Zehn-Kilo-Sack Kartoffeln oder die Vorratskiste Äpfel länger satt macht und deutlich billiger ist als Tiefkühlpizza.

Mein Vater, der Gesamtschullehrer für Werken und Sport, überweist mir jeden Monat fünfhundert Euro, aber damit komme ich bei Weitem nicht hin. Nach mehr Geld fragen mag ich nicht, zumal ich fünfhundert Euro an sich für viel Geld halte.

Das führt aber dazu, dass mein Konto ständig überzogen ist. 765,43 Euro beim letzten Mal – ich erinnere mich daran so gut wegen des *straight flush* in der Ziffernfolge.

Also ein Nebenjob. Doch offenbar sind die größten Arbeitgeber in Bonn die Studentenverbindungen. »Habe meinen Siegelring verloren. Hohe Belohnung«, schreibt jemand mit der Postanschrift einer Burschenschaft, eine andere Verbindung fahndet nach einer »guten Putzfrau«, und auf einem weiteren Aushang steht, versehen mit vielen Ausrufezeichen: »Stripperin gesucht!«

Ich habe gehört, dass man in der Pathologie besonders viel Geld verdienen kann, angeblich soll's fürs Leichenwaschen vierzig Euro pro Stunde geben, aber solche Angebote sind hier nicht zu finden. Schließlich reiße ich ein paar Telefonnummernmerkerchen ab: Promojobs. Vielleicht muss ich da in Supermärkten Käse aus Holland verkaufen oder Schnapsgläser mit bayerischem Bier im Getränkemarkt anbieten oder aber auf der nächsten Uni-Party Zigarettenpackungen verschenken, in denen aber keine Zigaretten sein dürfen, *it's the law,* dafür aber Schlüsselanhänger oder Erfrischungstücher. Und ich schreibe mir die Nummer von einem Anbieter von Telefonmarketing auf, acht Euro pro Stunde will der zahlen, das klingt nicht schlecht, wenngleich mich die Aussicht, hundert Stunden zu arbeiten, um den Dispo wegzukriegen, doch ziemlich schreckt.

Ich verstaue die Zettel, steige endlich in den zweiten Stock des Bonner Schlosses hinauf und stehe vor dem Institut für Politik und Politische Philosophie. Mit einem Schreibblock, zwei sorgfältig gespitzten Bleistiften und einem Füller bewaffnet, setze ich mich in den Bibliotheksraum, in dem die Klausur geschrieben werden soll.

Ich denke an die Propädeutik, die amerikanische und die deutsche Zitierweise, und ich kann nicht mehr unterscheiden, welche nun welche ist und welche Vor- oder Nachteile jede Einzelne hat.

Alles, was ich gelernt habe in den vergangenen Wochen, ist weg. Alles, wirklich alles. Das Blut schießt mir in den Kopf, meine Adern pulsieren, mir wird heiß, und ich zittere. Ich streiche mir über das Gesicht, es fühlt sich nass an, aber das ist vielleicht weniger schlimm als das Gefühl, Melkfett abzusondern. Ich lege den Kopf auf die Tischplatte und blicke auf die Uhr. Eine Dreiviertelstunde noch bis zum Beginn der Klausur, ich springe auf, renne aufs Klo, stehe ergebnislos vier, fünf Minuten lang vor der Keramikschale, stütze den Unterarm auf dem kleinen Werbebanner ab, das über dem Pissoir hängt, bette den Kopf auf den Unterarm.

Dann kehre ich in den Raum zurück. Einige Leute sind schon da. Ich versuche tief durchzuatmen, ein, aus, ein, aus, doch irgendwie klappt es nicht so richtig. Meine Atmung ist flach und schnell, und das erinnert mich ein bisschen an die Schule: Immer, wenn ich eine Klausur schwänzen wollte, atmete ich vorher zehn Minuten lang ganz flach und ganz schnell ein und aus und sah dann so käsig und ohnmachtsgefährdet aus, dass mich der Lehrer nach Hause schickte. Der einzige Unterschied: Früher musste ich entscheiden, flach und schnell zu atmen, heute entscheidet der Körper für mich, genau das zu tun.

Ich habe Angst.

Der Chekka betritt den Raum, klatscht mich zur Begrüßung kurz ab und setzt sich dann auf den Tisch vor mir.

»Alder, Schecks und Balancen, ich hab das jetzt gecheckt, das hat mit der Amerikanischen Notenbank zu tun, mit dem alten Greenspan und dem Bartgesicht nach ihm, oder?«

Ich gucke ihn verdattert an. Der Chekka fährt mit seiner

Erklärung fort. »Balancen heißt doch, dass das, was man ausgibt, und das, was man einnimmt, genauso ist, das hat doch der alte Praktikantinnenverführer Billy-Boy Clinton zum letzten Mal geschafft, und Schecks sind dann die Überweisungen aus der Notenbank, die das so hinpfuschen, oder?«

Ich weiß nicht, was ich ihm antworten soll, atme schnell, schnappe nach Luft und murmle dann: »Du meinst den Ausgleich des Haushaltsdefizits?«

»Alder, genau, kein Stress, ich seh schon, ich bin auf dem richtigen Weg. Alder, ich bin echt froh, wenn ich das hinter mir habe. Ich versuch ja, im Sommersemester immer eine Klausur zu schreiben, im Wintersemester ist es mir zu kalt zum Lernen, da schreib ich keine.«

Nun weiß ich zumindest, warum der Chekka schon einundzwanzig Semester studiert und noch immer im Grundstudium ist. Er knallt seinen Block auf einen der benachbarten Tische, und ich springe auf. Irgendwann wusste ich auch, was Checks and Balances sind, aber das hatte was mit Machtkontrolle zu tun und nicht mit der Notenbank, doch irgendwie leide ich jetzt unter einer Form von lerntraumatischer Kurzzeitamnesie. Ich verlasse den Raum, renne wieder auf die Toilette, reiße die Tür zur zweiten Kabine von links auf, drehe den Schlüsselknauf von innen herum und lehne mich an die Tür. Ich atme immer schneller, ich habe alles vergessen, ich halte dem Druck nicht stand. Das blaue Antifixerlicht in der Toilette flackert unerträglich. Links steht noch immer das Gedicht vom totgesagten Park, aber daneben haben sich allerlei Neuheiten angesammelt. »Klaut dem Rektor den Generalschlüssel!!!!«, heißt es dort, dann wieder »Bad Kleinen war Mord!«, daneben »Anna, ich liebe dich!« Aber es gibt noch mehr Annas als nur Anna Schnitzler. Ich atme immer schneller. »Schecks und Balancen«, schießt es mir durch den Kopf, »Neokonservativismus«, »Liberalismus«, und ich denke an Esel und Elefanten, aber ich weiß nicht mehr, ob die Esel für die Demokraten stehen oder für die Republikaner, ob die Elefanten das Symbol der ganz rechten oder der halb rechten Partei in den USA sind. Auf dem Spülkasten steht, ganz klein geschrieben, ein Spruch, der mit »Krepp« beginnt, ich kann ihn nicht lesen, beuge mich runter, doch in dem Moment dreht sich alles. Mir schwindelt, der Name »Krepp« flimmert mir vor den Augen, schwarze Punkte wandern an meinem Sichtfeld entlang. Ich richte mich auf, drehe mich um, öffne die Tür und stürze aus der Kabine. Ich schleppe mich zum Waschbecken, drehe den Hahn auf und lasse mir kaltes Wasser über die Hände laufen. Plötzlich geht der Chekka hinter mir vorbei, haut mir auf die Schulter und murmelt was von »Immer ganz lowe Bälle schießen«.

Ich schaue auf die Uhr, es ist kurz nach sechs, in höchstens zehn Minuten teilt Krepp die Klausuren aus. Auf den Handtuchspender hat jemand ein Pentagramm gemalt, mir ist das jetzt egal.

Im Seminar selbst sind nun alle Plätze belegt. Jasmin kommt auf mich zugelaufen, umarmt mich und wünscht mir viel Glück. Anna tritt an meinen Tisch, fragt nach der »werten Befindlichkeit« und kehrt zu ihrem Platz zurück. Der Chekka klatscht mich nochmals ab.

Dann kommt Krepp, er trägt wieder das Tweedsakko, dazu ein blauweiß gerautetes Hemd, aber keine Krawatte. Die Wunde an seiner Stirn ist längst verheilt, man sieht nur eine dünne Narbe, und er scheint einigermaßen gut gelaunt zu sein. Er schmeißt seine Tasche auf den Tisch, lässt sie aufschnappen und zieht eine Reihe von Zetteln heraus. Er verteilt die Aufgabenblätter, und ich setze mich ran. Langsam weicht der Schwindel, und ich werde ruhiger, langsam weicht auch die Leere in mir, und ich werde sicherer. Mir fällt die Definition von Checks and Balances wieder ein, ich weiß, welche philosophischen Theorien hinter außenpolitischen Ansätzen stehen, die Unterscheidung zwischen deutscher und amerikanischer Zitierweise schreibe ich auch auf.

Nach einer halben Stunde habe ich die Hälfte aller Fragen beantwortet, nach einer Stunde bin ich komplett fertig. Jasmin gibt ihre Arbeit schon ab, ich lese noch zweimal meine Antworten durch und lege das Blatt Krepp auf den Tisch.

Vor dem Hauptgebäude erwartet mich Jasmin.

»Wir haben's geschafft!«, ruft sie und fällt mir um den Hals.

»Ich habe uns eine Flasche Sekt mitgebracht«, sagt sie dann und zieht eine Flasche Faber aus einem kleinen Jutesack, und sie lächelt dabei. Sie drückt mir zwei Sektflöten aus Plastik in die Hand und hantiert am Korken herum.

»Nee, hör mal auf«, sage ich, »mir geht es nicht so gut.«

»Na, okay, wenn du nicht willst, kein Problem«, sagt sie, umarmt mich nochmals, drückt mir ein Küsschen auf die Wange und ruft dann »Tschüs!«

Jasmin ist keine schlechte Verliererin, sie weiß Bescheid: Wenn es Übereinstimmung gibt, braucht man keine langwierigen Spielchen, um zum Eigentlichen zu kommen. Überzeugungsarbeit, die länger als vier eindeutige Blicke und drei unzweideutige Gesten dauert, ist ihre Sache nicht. Auf Studentenpartys ist sie eine Verfechterin der Sieben-Minuten-Regel, wie Tom Wolfe sie aufgestellt hat: Wenn es nach sieben Minuten noch nicht klar ist, dann vergiss es.

Ich verabschiede mich und wähle Daniels Nummer auf meinem Handy.

»Daniel, ich bin's. Können wir uns rasch zu einem Spaziergang am Rhein treffen? In einer halben Stunde am Alten Zoll, ja?«

Ich setze mich auf die Kanone, auf der ich vor wenigen Wochen noch mit Anna saß, als sich unsere Fingerkuppen berührten und ich ihr mit der Hand ganz leicht über die Finger strich.

Mir geht eine Zeile von Conor Oberst durch den Kopf: »Cause what is simple in the moonlight by the morning never is. Yeah, it was simple in the moonlight, now it's so complicated.«

Ich sitze da, lasse die Beine baumeln und rauche eine Zigarette. Nach fünfundzwanzig Minuten kommt Daniel mit seinem Fahrrad. Er hat den Sattel seines Fahrrades mit einer Tüte überzogen und die Tüte mit zahlreichen Gummiringen befestigt. Er will im Ernstfall keinen nassen Hintern bekommen, und das Festzurren der Tüte ist keine dumme Idee, denn der Diebstahl von Anti-Regen-Präservativen ist ein verbreitetes Verbrechen unter Studenten. Auch ich selbst bin ihm mehrfach zum Opfer gefallen. Anfangs vermutete ich noch, der Wind habe die Tüten weggeweht. Mittlerweile bin ich sicher, dass meine Kommilitonen die Übeltäter sind.

Ich gehe Daniel entgegen. Wir drücken uns kurz, steigen eine steile Treppe hinunter und wenden uns nach links, also genau entgegengesetzt dem Weg, den Anna und ich genommen haben. Eine Straßenbahn fährt über die Brücke, die nach Bonn-Beuel führt, links leuchtet die Oper, in der Opernbar bewegen sich schon die ersten Mittdreißiger zu vermeintlich hipper Musik.

Daniel fragt nach der Klausur, doch wir kommen schnell auf Anna zu sprechen, was wirklich wichtig ist, und ich lasse alles raus, was ich seit dem Spaziergang mit ihr in mich hineingefressen habe: dass mich ihr Gerede von der Fehlperzeption nicht abgeschreckt hat und ich noch immer in sie verliebt bin, weil ich sie tiefgründig finde, weil sie mir imponiert mit ihrem abgehobenen Sprachstil, mit der Unkontrollierbarkeit ihrer Gefühle, den Ausbrüchen und der gleichzeitigen Zurückgenommenheit, mit der Konsequenz, mit der sie mir mitteilt, dass sie einen Freund hat. Und natürlich weil ich finde, dass sie doch, trotz allem, ziemlich gut aussieht mit den langen schwarzen Haaren, mit der langen Nase und der Falte, mit dem Grübchen und mit ihrem Lachen.

Daniel hört zu, und dieses Zuhören tut mir gut. Wir gehen nebeneinander her, und unsere Schritte passen sich einander an. Links-rechts, links-rechts – wir gehen gleich schnell und schweigen. Plötzlich ergreift Daniel das Wort, so ruhig und so sicher, wie es wohl nur jemand kann, der selbst ruhig und sicher geworden ist, indem er sich entschieden hat für einen Menschen, für seine Freundin. Der Freiheit freiwillig aufgegeben hat für Sicherheit, dem die statische Festigkeit seiner Beziehung Kraft gibt, mit mir zu reden, so viel erwachsener, so viel erfahrener als ich.

Daniel sagt: »Ich glaube, ihr seid euch näher, als du denkst.

Sie kann sich nicht entscheiden, sonst müsste sie nicht darauf bestehen, dass sie einen Freund hat, müsste nicht permanent darauf rumreiten. Sonst litte sie auch nicht unter diesen Stimmungsschwankungen. Und auch du kannst dich nicht entscheiden, das ist ja klar.«

Wir gehen weiter. Ich erzähle ihm von meinen Ängsten: dass ich keine Partnerin finden werde, mit der ich so glücklich werden kann wie mein Vater mit meiner Mutter. Dass ich den Zweifrontenkrieg um den besten Job und die tollste Frau nur verlieren kann, weil beide Ziele auf einmal eine vollkommene Überforderung sind. Dass ich mich innerlich dagegen sperre, mich in Anna zu verlieben, eben weil sie diesen Freund hat – und dass ich dennoch genau das getan habe.

Daniel legt mir plötzlich die Hand auf die Schulter, hält mich fest. Das fahle Licht einer Laterne scheint zu uns herüber.

»Markus«, sagt er, »Markus, da musst du egoistisch sein. Du kannst dein Lebensglück nicht von einer möglichen Fehlentscheidung Annas abhängig machen.«

»Aber sie hat diesen Freund«, entgegne ich, »sie hat sich für ihn entschieden, und wenn ich nur etwas Respekt vor ihr habe, muss ich ihre Entscheidung akzeptieren.«

»Nein, das musst du nicht. Zuerst musst du Respekt vor dir selbst haben. Und wenn dein Gefühl sagt, dass du diese Frau liebst, dann musst du sie lieben, egal, was kommt. Die schlimmste Form des Egoismus ist ein reines Gewissen.«

Daniel lässt meine Schulter los, und wir gehen weiter, schweigend, im Gleichschritt wie ein altes Ehepaar.

Plötzlich kracht es unter meinen Füßen, so als ob Plastik zerbersten und in alle Himmelsrichtungen fliegen würde, und kurz danach tritt Daniel gegen eine Flasche, eine dunkle Flasche, vormals mit Wein gefüllt oder mit Sekt, und die Flasche kullert leise den Steinhang zum Rhein hinunter, bis sie ins Wasser ploppt und dann wohl von der Strömung mitgerissen wird.

Wir bleiben stehen. Wir stehen fast im Dunkeln, ich blicke auf den Boden, und ich sehe, dass ich mit dem Fuß eine Sektflöte aus Plastik zertrümmert habe. Der Stiel ist noch da, eine

Hälfte der Flöte noch zu erkennen, und mir fällt die Flasche Faber-Sekt ein, die Jasmin vorhin mitgebracht hat und die sie mit mir hat trinken wollen. Ich blicke nach links, packe Daniel am Arm und zische: »Pssst!«

Auf einer Bank sitzen zwei Gestalten, eng umschlungen. Die eine ist blond, sehr blond sogar, sie trägt ein weißes Top und Jeans mit Löchern. Ihre linke Hand streicht über den Rücken eines gewichtigen Mannes. Er hat lichtes Haar, und neben seinem Bauch wirkt das Mädchen fast zierlich. Ich kann sein Gesicht nicht erkennen, doch wenn mich nicht alles täuscht, dann trägt er ein Tweedjackett. Ja, ziemlich sicher sogar: ein Tweedjackett.

Ich ziehe Daniel am Arm, drehe mich um und renne, Daniel im Schlepptau, an der dunklen Seite der Rheinpromenade entlang, an der Oper vorbei, in Richtung Stadt.

Kapitel 10

Es ist Dienstagmorgen, kurz nach halb zehn, und ich sitze schon seit einer halben Stunde im Institut. Ich muss lernen. Vor mir Bücher, neben mir Bücher, mal wieder USA; diesmal mit Schwerpunkt Neokonservativismus, höchst spannend vor allem deshalb, weil Krepp mich am Freitag darüber mündlich prüfen will – ein Semester lang habe ich seine Vorlesung besucht, die mündliche Prüfung ist der krönende Abschluss.

Ich sitze im Institut, weil ich mich zu Hause immer nur selbst ablenke: Kaffee koche, Fenster putze, wichtige E-Mails schreibe oder genau die Freundin anrufe, die ich schon seit Wochen anrufen will. Aufschiebeverhalten ist für mich der letzte Sieg des Bauches über den Kopf. Der Bauch spürt die Hoffnungslosigkeit der Lernlage, die nie mehr aufzuholenden Defizite, die große inhaltliche Leere in meinem Kopf. Der Kopf zwingt mich dann doch dazu, mich an den Schreibtisch zu setzen.

Heute überwinde ich mein Aufschiebeverhalten mit einem ganz besonderen Trick: Ich sitze schon um neun Uhr morgens im Institut, kurz nachdem es geöffnet hat. Und es scheint zu wirken: In der ersten halben Stunde lese ich, lese ich, lese ich und bin richtig stolz darauf, so lange am Stück durchzuhalten.

Doch nun blicke ich aus dem Bibliotheksraum in das kleine Vorzimmer des Instituts, das Nadelöhr, durch das jeder Besucher hindurchmuss. Ich sehe, wie der Chekka ins Institut kommt, auch er muss wohl lernen, wenige Minuten später folgt, mit großen, staksigen Schritten, das schwarze Haar noch feucht vom Haarewaschen: Anna. Ich blicke auf meine Bücher und denke wieder an die Prüfung. Die Prüfung, vor der ich fast noch mehr Angst habe als vor den Klausuren, die ich bislang geschrieben habe. Also nun – der Höhepunkt des Semesters: die mündliche Prüfung. Eigentlich heißt sie natürlich Prüfungsgespräch (der Chekka sprach sogar vom »mündlichen Prüfungsgespräch«), was Diskussion suggerieren soll, Gleichberechtigung und Augenhöhe, auch wenn am Ende der eine Diskutant den anderen durchfallen lässt.

Ich reibe mir die Augen, trinke noch einen Schluck Kaffee aus dem Thermosbecher und breche mir ein Stück Schokolade ab. Schokolade, das ist mein Grundnahrungsmittel in diesen Tagen.

Ich stemme die Hände in die Hüften, willens, mir allein durch diese Geste Mut zu machen. Meine Daumen stoßen an die Beckenknochen, doch die übrigen Finger bekommen etwas zu fassen, das ich in diesem Ausmaß dort nicht erwartet habe. Es fühlt sich weich an, genau an der Stelle, wo ich bislang wenn schon keinen Waschbrettbauch, so doch wenigstens straffe Haut und eine kleine Vertiefung nach innen hatte. Ich schnappe nach Luft und taste weiter. Es gibt keinen Zweifel: Ich setze Hüftspeck an. Ich werde fett!

Angst steigt auf, Panik, Zorn auf mich selbst. Ich habe mich gehen lassen, ich kann mich nicht disziplinieren, ich brauche als Grundlage zum Lernen zwei, drei, vier Tafeln Schokolade und werde darüber zu Fetti, dem Wampenstudent. In meinem Oberkörper breitet sich Hitze aus, erst am Hals, dann am Kopf, dann an den Oberarmen, und wenn ich einen Spiegel vor mir hätte, dann sähe ich bestimmt rote Flecken am Hals und einen schweinchenrosafarbenen Kopf, der ins Dunkelrote changiert.

Ich springe auf, und beim Aufspringen fällt der Stuhl, auf dem ich gesessen habe, krachend um, ich stürme durch die beiden Bibliotheksräume zur Institutstoilette, sehe mich im Spiegel tatsächlich puterrot geworden, ich reiße das T-Shirt hoch und sehe, dass sich die Haut um den Bauchnabel nach außen wölbt, tatsächlich, dass sich da etwas gebildet hat, was ich bei Männern wie Krepp immer als Manifestation von Wohlgenährtheit, Wohlstandssattheit und altmännerhafter Wollust verspottet habe. Dieser Bauch würde mich nun von Tag zu Tag an meine eigene Unzulänglichkeit erinnern. Und vor allem würde er jeden Abend ein Fanal setzen, jeden Abend, an dem ich es nicht vermocht hätte, die Sit-ups zu machen, die jetzt nötig wären, um den Bauch wieder wegzukriegen.

Ich schiebe das T-Shirt wieder hinunter, trete aus der Toilette und gehe den Gang entlang. Plötzlich stoppe ich: Anna steht vor mir, den Rücken zugewandt, sie sucht etwas in dem Zettelkasten.

Ich räuspere mich und sage: »Anna, hallo!«

Sie dreht sich um und sagt: »Markus!«

Ich: »Wie geht's?«

Sie: »Den Umständen entsprechend. Diese Lernphasen gehen an die Substanz. Wann bist du in der mündlichen Prüfung bei Krepp dran?«

Ich: »Am Freitag von zehn bis Viertel nach zehn. Und du?«

Sie: »Donnerstag. Dann sollten wir uns am Freitagmorgen sehen.«

Ein kleines Lächeln will sich in mein Gesicht stehlen. Ich versuche es zu unterdrücken.

Ich: »Ja.«

Sie: »Bis dann, gehab dich wohl!«

Ich: »Viel Erfolg!«

Sie: »Nein, viel Glück. Es geht nicht um Erfolg, sondern um Erkenntnis, oder?«

Ich nicke und winke ihr rasch zu. Links steht die Tür zu einem Raum offen, ich gehe hinein. Vor mir sitzt der Chekka, er sitzt an einem kleinen grauen Laptop, er surft im Internet, und ich sehe ihm drei, vier Sekunden lang zu, wie er bei Wikipedia Texte markiert, kopiert und dann in ein Manuskript einfügt, das vom Layout her eine Hausarbeit sein könnte.

Plötzlich bimmelt mein Handy, Nummer unterdrückt, wie die Stasi oder die Mafia oder eine uralte Oma mit Analoganschluss und dreistelliger Telefonnummer nach der Ortsvorwahl. Kein normaler Mensch unterdrückt seine Nummer. Ich drücke die grüne Taste, melde mich.

»Hallo?«

»Markus?«

»Ja, wer ist da?«

»Guten Tag, Herr Kommilitone, hier ist Hannes. Ich wollte nur mal fragen, welches Stück du an unserem Hausmusikabend zur Darbietung bringst.«

»Hä? Welcher Hausmusikabend?«

»Wir hatten doch einmal darüber gesprochen, du wolltest zu unserem Hausmusikabend kommen, heute um sieben Uhr abends, und du hattest auch angekündigt, ein Stück darzubieten. Darf ich erfahren, ob es sich um Drama, Lyrik, Gesang oder Instrumentalmusik handelt?«

Hausmusikabend? Allmählich dämmert es mir. Klar, Hannes hat mich vor Wochen, beim Seminarsaufen mit Privatdozent Krepp, mal gefragt, ob ich zu einem Hausmusikabend kommen wolle. Ich habe ja gesagt – oder besser: jaja –, und Hannes muss das wohl ernst genommen haben.

»Äh ja«, stottere ich, »richtig, ich hab das ein bisschen aus den Augen verloren. Und ich fühl mich, ehrlich gesagt, nicht so richtig gut. Ich hab in den vergangenen Wochen echt fast nur gelernt, Krepps Klausur, die hast du ja auch mitgeschrieben, da kam einfach viel zusammen.«

»Das ist völlig unproblematisch«, antwortet Hannes. »Ich habe dich in der schriftlichen Einladung nur angekündigt mit Markus Rüttgers, Darbietung noch nicht bekannt, ich wollte nur wissen, was du machst, ich muss dem Abend ja eine gewisse Dramaturgie geben, und es wäre unschön, wenn die ersten drei Aufführungen Lyrik sind und die letzten drei Gesang, da möchte ich einfach einen guten Ablauf hinbekommen.«

Ich merke und ahne, nein, ich fürchte, dass ich da nicht wieder rauskomme. Wohl oder übel muss ich heute Abend zu diesem Hausmusikabend. Und wohl oder übel muss ich auch etwas darbieten, irgendetwas.

Es gibt dabei nur ein Problem: Ich kann nichts.

Singen kann ich nicht richtig. In der Musikalischen Früherziehung hatte ich mal Blockflötenunterricht, aber die Flöte verstaubt seit drei oder vier Jahren irgendwo in der Wohnung meiner Eltern. Dann lernte ich ein paar Akkorde auf der Gitarre, doch über Lagerfeuerreife bin ich nie hinausgekommen. Noch viel schlimmer sieht es mit meiner klassischen Bildung aus: Dramen vorzusprechen liegt mir völlig fern, und was Gedichte betrifft, so kann ich nur die erste Strophe vom »Totgesagten Park« auswendig. Und außerdem einen Vers, den ich immer aufsagte, wenn ich als Kind am Nikolaustag von Haustür zu Haustür zog und wehrlose Menschen um Süßkram und Naschwerk bat: »Ich bin ein kleiner König / Gib mir nicht zu wenig / Lass mich nicht zu lange stehn / Denn ich muss noch weitergehn.« Passt irgendwie nicht zur Jahreszeit.

Ich räuspere mich und sage: »Ja, ich würde ja wirklich etwas auf der Gitarre vorspielen, aber bei meiner Gitarre sind gerade zwei Saiten gerissen. Daraus wird also leider nichts.«

»Das ist kein Problem«, erwidert Hannes, »nimm ruhig meine.«

Plötzlich rauscht mir ein Wort durch den Kopf, ein einziges Wort: Totalblamage. Totalblamage!

»Weißt du schon, welches Stück du spielen möchtest?«, fragt Hannes hartnäckig.

Ich hänge drin, ich hänge fest, und die einzig mögliche Ausrede ist ein Fahrradunfall mit Platzwunden oder eine an mir verübte Straftat. Dummerweise ist beides schwer zu simulieren und nur unter großen Kollateralschäden zu bewerkstelligen. Ich muss also zum Hausmusikabend.

Ich überlege, welche Stücke ich tatsächlich auf der Gitarre spielen kann. »Knockin' on heaven's door« von Bob Dylan ginge, das hat nur vier Akkorde, G-Dur, D-Dur, a-moll, C-Dur, »Let it be« von den Beatles auch noch, das hat vielleicht fünf, und vielleicht bekomme ich »Alles aus Liebe« von den Toten Hosen ebenfalls noch hin. Aber ich gehe lieber auf Nummer sicher.

»Ja, genau, ich hab schon geprobt, ich werde ›Knockin' on heaven's door‹ spielen.«

»Das freut mich wirklich sehr«, sagt Hannes, »dann haben wir auch ein bisschen U- und nicht nur E-Musik.«

O Gott, das wird sicher eine staubtrockne Veranstaltung. Alles klar, ich bin um sieben da. Bis dahin, alles Gute.

Der Tag vergeht allzu schnell, ich gehe mit Daniel in die Mensa und danach in Sams Café, dann wieder zwei Stunden ins Institut, einen Text über Leo Strauss und Paul Wolfowitz lesen, und als ich dann zu Hause bin, hole ich erst mal meine Gitarre vom Kleiderschrank herunter, natürlich sind alle Saiten intakt, ich versuche, sie zu stimmen, und schlage die ersten Akkorde von »Knockin' on heaven's door« an.

Ich fahre zusammen, als ich zum ersten Mal meine Stimme erhebe. Warum habe ich nur ein solch schauerliches Organ? Mein Vater ist Gesamtschullehrer für Werken und Sport, aber manchmal unterrichtet er Musik, fachfremd, und dann muss er auch singen. Bei ihm klappt das eigentlich ganz gut.

»Knock-knock-knockin' on heaven's do-o-or«, höre ich meine Stimme krächzen, aber immerhin kann ich die Akkorde, und im Takt bleibe ich auch.

Ich will noch ein bisschen was für die Prüfung lesen, doch irgendwie bin ich abgelenkt. Ich denke an die drohende Totalblamage beim Hausmusikabend, doch genauso schnell schwirren meine Gedanken zu Anna, und sie schwirren damit auch hinein in eine Gefühlsgemengelage zwischen Verliebtheit und Ratlosigkeit, zwischen ganz tiefer Zuneigung und größtem Unverständnis. Allein Annas Existenz, ihr bloßes Sein, quält mich – und es freut mich gleichzeitig, dass es Anna gibt. Ich bin verliebt in sie, doch ich verstehe sie nicht, und ich nehme die Qual in Kauf. Ich erzwinge keine Reaktion. Ich fürchte mich davor, den Status quo aufzugeben. Jede Änderung des Jetztzustandes, ausgelöst durch mich, durch meine Worte und Werke, würde ich mir zum Vorwurf machen, später, dann, wenn sie nein gesagt hätte. Lieber tue ich nichts, als dass sie mich ablehnt, nachdem ich aktiv geworden wäre. Lieber halte ich mich an der Illusion fest, sie könne mich lieben, als dass ich der Realität ins Auge sehe.

Mir fällt ein Satz ein, den Anna irgendwann einmal gesagt hat: »Die Angst ist ärger als die Strafe, denn die ist etwas Bestimmtes und immer mehr als das entsetzlich Unbestimmte.« Sie hat das aus irgendeinem Buch, doch ich finde, es ist genau umgekehrt: Die Strafe ist ärger als die Angst, das Bestimmte schlimmer als das Unbestimmte. Mir ist das Risiko zu groß, das Risiko, abgelehnt zu werden, ungewollt zu sein, und Passivität ist das einzige Mittel, den Schwebezustand erträglich zu halten. Die Angst und die Bequemlichkeit meiner Gedankenwelt sind so groß, dass ich mir lieber ihre Küsse vorstelle, mit ihren gedachten Lippen auf meinen realen Lippen einschlafe, als dass sie mir den Gedanken an die Küsse durch ihre Ablehnung verunmöglicht oder mich tatsächlich küsst. Lieber lebe ich in meiner selbstgefälligen Verliebtheitslethargie und lasse diese Küsse kraft meiner Vorstellungskraft vor mir entstehen. Sicher, ich habe ihr gestanden, dass ich mich in sie verliebt habe, doch sie ist weggelaufen und hat sich einer Antwort entzogen. Anna ist weggelaufen, und das ist eigentlich eindeutig, aber es ist nicht eineindeutig. *Sie* ist nicht eineindeutig. Ich kann Liebe aus ihrem Wegrennen ablesen oder aber blankes Desinteresse. Ich kann ihre schnellen Schritte als Ablehnung auffassen, aber ich kann sie auch als Zustimmung betrachten. Mit dieser Unwissenheit lebe ich gut. Von meinem Naturell her bin ich ein Mensch, der nicht zum Arzt gehen mag, weil er die Diagnose ahnt, sie aber nicht hören will.

Ich lebe gut damit.

Mir geht es gut.

Ja, mir geht es gut.

Wirklich!

Ich kleide mich um, ziehe das weiße Hemd mit den kleinen blauen Karos an, schließlich ist ein Hausmusikabend ein seriöser Anlass, denke ich. Die Gitarre lasse ich in meinem Zimmer liegen, ich will die Lüge, zwei Saiten seien gerissen, nicht aufgeben, und irgendwie hoffe ich, dass Hannes' Gitarre schwache Saiten hat und ich deshalb nicht spielen muss.

Ich gehe zu Fuß, Hannes wohnt im Bonner Talweg, in einer Straße, die nichts weniger ist als ein Weg und auf der sich die Straßenbahn entlangwindet.

Hannes wohnt in einem Altbau, opulent verzierter Eingang, über der Tür haben die Sternsinger mit Kreide C+M+B geschrieben und die Jahreszahl, Bonn ist ja katholisch. Angeblich heißt das »Christus segne dieses Haus«, aber ich denke immer, es heißt »Caspar, Melchior, Balthasar«. Hannes empfängt mich an der Wohnungstür, er trägt ein weißes Hemd unterm schwarzen Pulli. Ich sei der Letzte, sagt er, und er freue sich sehr, dass ich gekommen sei. Kurze Vorstellungsrunde, mit mir sind acht Leute da, meine Mitbewohnerin Maja auch, sie, die allzeit so strebt, dass ich sie kaum zu Gesicht bekommen habe seit Beginn des Semesters, und die sich meist mit gelben Klebezetteln über unseren Alltag äußert. Die anderen kenne ich nicht, was nicht schlimm ist, fast alle tragen eine Brille, einer trägt sogar ein Sakko, ein Mädchen mit kurz geschnittenen Haaren hat ein Cello am Oberschenkel lehnen, irgendwie fühle ich mich unwohl, denn mich erinnert dieser Abend schon wieder an die gute alte bürgerliche Welt, die Maria symbolisiert hat, diese Welt, die mit Selbstbewusstheit und Selbstbewusstsein ihre Bewegungslosigkeit feiert. Mit der ersten großen Liebe, mit der großen Liebe überhaupt ist auch die Liebe zu dieser Welt untergegangen.

In der Ecke des Raumes steht ein schwarzes Klavier, an dem links und rechts zwei Kerzenhalter befestigt sind, in denen zwei goldgelbe Kerzen brennen. Auf dem Klavier sind zwei Kandelaber platziert, links neben dem Klavier steht ein Nierentisch, darauf Wasserflaschen und eine Karaffe mit Rotwein, daneben acht Gläser. Eine Wand ist vollgestellt mit Bücherregalen, es sieht stark nach Antiquariat aus. Hannes steht auf, hält eine Ansprache, in der das Wort »Freude« ganz oft vorkommt, und dann kündigt er das Programm des heutigen Abends an.

»Als Erstes hören wir die ›Akademische Fest-Ouvertüre in c-Moll‹ von Johannes Brahms.« Ich zucke zusammen – das wird ein wahrlich hochgeistiger Abend. »Dann folgen die ›Mazurka in a-Moll‹ und das ›Prélude in Des-Dur‹ von Frédéric Chopin, dann kommt das ›Adagio moderato‹ aus dem e-Moll-Konzert für Cello von Edward Elgar …« Ich höre nur noch, wie Hannes am Ende sagt: »Den Schlussakkord setzt dann ein Stück von Bob Dylan: ›Knockin' on heaven's door‹.«

Hannes nickt mir zu, reicht mir schon mal seine Gitarre, ich stelle sie neben mich und fühle mich zu früh geoutet. Die Erste springt ans Klavier, spielt so ausdrucksstark, dass man sie für eine Profimusikerin halten könnte, Applaus, Lob von Hannes. Dann setzt sich Maja ans Klavier und spielt Chopin, noch mehr Applaus, großes Lob von Hannes. Als dann das Mädchen mit den kurzen Haaren und dem Cello beginnt, das ›Adagio moderato‹ aus dem e-moll-Konzert vorzuspielen, denke ich darüber nach, wie ich am besten aus diesem Raum fliehen kann. Ohnmacht vortäuschen? Oder lieber einen Anfall mit epileptischen Zuckungen, bei dem zufälligerweise Hannes' Gitarre zu Bruch geht?

Ein Junge sagt nun die »Bürgschaft« auf, dann kommt Musik, dann trägt der Typ im Sakko ein selbst geschriebenes Gedicht vor: »Unergründlich weit, das Sein / Still im hehren Spiel des Lebens / Und doch ist dort Gemeinsamkeit / Im tiefsten Sinne allen Strebens.« Seine Lippe zittert dabei, und er untermalt jedes Wort mit den Händen, reißt beim Wort »weit« die Arme auseinander, bei »tief« schlägt er sich mit den Fingerkuppen an den Brustkorb, und ein bisschen wirkt das alles wie Deutsch mit deutschen Untertiteln. Er ist fertig, alle applaudieren, und der Typ mit dem Sakko sagt dann, er widme das Gedicht Joseph von Eichendorff »in liebender Verehrung«.

Leichte Schwindelgefühle überkommen mich, denn ich weiß, gleich bin ich dran. Gleich werde ich mich mit meinen vier Akkorden vor den Gedichteaufsagern, Hausmusikern und Nachwuchsdichtern bis auf die Knochen blamieren.

Ich fühle mich wie ein zum Tode Verurteilter vor seinem Scharfrichter. Hannes wird gleich die Worte sprechen, die mich zum Gespött der anderen machen werden. Gut, dass die Semesterferien bald anfangen. Darüber wird ja so manches schlicht vergessen.

Alle Augen warten auf mich, als Hannes mich ankündigt: »Ich freue mich sehr, dass Markus heute den Schlussakkord setzen wird. Er wird uns ›Knockin' on heaven's door‹ von Bob Dylan spielen.«

Ich trete nach vorn, setze mich auf den Stuhl vor dem Klavier, ergreife die Gitarre und platziere meinen Mittelfinger, meinen Ringfinger und meinen kleinen Finger auf den Saiten.

Ich räuspere mich und fange an, die Saiten zu schlagen. Die Saiten scheppern, die Töne quietschen, die Gitarre scheint ungestimmt, und ich merke, wie mein Kopf schlagartig heiß und wahrscheinlich puterrot wird. Wie gut, dass ich mich nicht im Spiegel sehen muss, das könnte ich nicht ertragen.

Ich spiele das Intro, zweimal, dreimal, und alle starren mich so ernsthaft an, als wolle ich gleich eine Bundestagsrede halten. Ich spiele das Intro noch mal und noch mal, es hilft alles nichts, ich muss nun anfangen zu singen.

»Mama, take this badge off of me.« Meine Stimme überschlägt sich, und ein fieser Hustenreiz steigt im Hals auf. Ich mache den Mund zu, beiße auf die Zähne, presse die Bauchdecke nach vorn und versuche, irgendwelche Laute hervorzupressen. Die Laute kommen tief aus dem Innern und hören sich nicht einmal wie ein Summen an, sondern wie »Rrerrereeerrrrerrerrerreeee«, wenn ich »I can't use it anymore« singen möchte.

Als der Refrain beginnen soll, krächze ich ein »Knock-knock-knockin' on heaven's door« hervor, und dann fange ich an zu husten. An der Stelle, an der Axl Rose in seiner Coverversion des Liedes »Hey, hey, hey, hey, yeah!« brüllt, huste ich, stöhne dann wieder »Knock-knock-knockin' on heaven's door«, huste abermals, blicke in die erstarrten Gesichter meiner Zuhörer, krächze, huste, krächze, huste immer im Wechsel, kriege kaum Luft, zucke mit dem Kopf wie ein Headbanger bei einem Heavy-Metal-Konzert und schlage dann nach sieben oder acht »Knock-knock-knockin' on heaven's door« – gefühlten siebenundzwanzig – den Schlussakkord.

Tränen schießen mir in die Augen, ich huste mir die Luftröhre aus dem Leib, doch meine ernsthaft dreinschauenden Zuhörer fangen an zu klatschen, der Typ mit dem Sakko ruft sogar »Bravo«, und als ich ausgehustet habe, klatschen sie noch immer.

»Das war großartig«, ruft Hannes, »diese ironische Abrechnung mit der friedensschwangeren Gutmenschenmusik eines Bob Dylan! Wirklich ganz große Klasse, nach der ersten Zeile die antikriegsromantischen Vorstellungen von Bob Dylan durch das Weglassen des Textes zu brechen, wunderbar, vielen Dank.«

Auch die anderen nicken, nur Maja grinst still in sich hinein. Ich kehre zurück zu meinem Platz, und Hannes schenkt nun allen ein bisschen Wein ein, und ich unterhalte mich noch ein wenig mit den Leuten, die sich zwar zu wundern scheinen, dass Gitarre und Blockflöte die einzigen Instrumente sind, die ich spiele, aber nichts sagen. Nach einer halben Stunde gehen die Ersten und sprechen von »Schönheitsschlaf« und »Konzentrationsruhe« und ähnlichen, mir bislang unbekannten Tätigkeiten. Als ich nach einer Dreiviertelstunde mit Hannes allein in seiner Wohnung zu sitzen drohe, gehe auch ich.

Kapitel 11

Ich trete vor die Tür und streife durch die Bonner Südstadt. Große Fenster lassen den Blick zu in Zimmer mit hohen Decken, fast ebenso hohen Regalen voller Bücher, Ausdruck jenes bildungsbürgerlichen Verlangens, immer deutlich mehr Bücher zu besitzen, als man tatsächlich in einem Menschenleben lesen kann. Große Bäume ranken sich vor den Fenstern, es ist niemand auf den Straßen, hin und wieder durchdringen die Scheinwerfer vorbeifahrender Autos die Dunkelheit. Ich lasse mich treiben, sehe Menschen vor Bücherschränken stehen, reden, lesen oder zanken, und ich denke mir die Geschichten aus, die über sie zu erzählen wären.

Ich würde gern in dieser Gegend wohnen, später einmal, wenn ich das Geld hätte, mir hier eine Wohnung leisten zu können, doch sofort schießen mir die Grundkonstanten meiner Ängste durch den Kopf: Die eine heißt Arbeit, die andere heißt Liebe. Ein Semester ist vorbei, und ich weiß noch immer nicht genau, was mir eigentlich dieses Studium bringen soll – Politik. Was habe ich gelernt? Ich kann nun besser rechnen, ich verstehe ein paar Hintergründe besser als zuvor, wenn ich den Politikteil der FAZ lese, und irgendwie verstehe ich auch die Menschen besser, die Menschen an sich und überhaupt und die Gesellschaft, in der sie sich bewegen, denn die Dialogimpulse (oder Impulsdialoge, ich kann mir das nie merken) von Bart-Bernd Brall sind dazu wahrlich geeignet. Vor allem habe ich eines gelernt: die Clowns zu ertragen, die überall herumlaufen, die den verquasten Slang der Akademiker draufhaben oder es zumindest versuchen und sich dann so unverständlich anhören, als sprächen sie Tundrasamojedisch. Bart-Bernd an erster Stelle, danach kommen auf gleicher Höhe aber schon Professor Brechtig und der Chekka. Krepp habe ich richtig lieb gewonnen mittlerweile, ich weiß auch nicht, warum.

Genauso unfruchtbar wie die Berufsvorbereitung scheint mir

auch die Vorbereitung in der Liebe zu sein. Gut, ich habe mit Jasmin geknutscht, und ich bin in Anna verliebt. Doch genau genommen ist beides eine mickrige Ausbeute für ein Semester an der Uni. Weder habe ich ein Abenteuer erlebt noch eine heiße Daueraffäre hinter mir. Offenbar hat das Klischeebild des Studentenlebens kaum etwas mit der Wirklichkeit gemeinsam. Sex 'n' Drugs 'n' Techno? Das gibt es nicht. Viel eher Knutschen, Saufen und Viva Colonia.

»Aua!«, höre ich mich plötzlich schreien. »Ahhh!«, gellt mein Schrei durch die Nacht. Ein pochender Schmerz reißt mich aus den Gedanken, ich spüre einen harten Schlag auf der linken Schulter, sacke zusammen, rudere mit den Armen und suche nach Halt, falle auf die Hände und rappele mich schnell wieder auf. Der Geruch von Bier schlägt mir entgegen, genau genommen der Geruch von Bier und Kotze. Ich blicke in ein Gesicht mit schiefen Zähnen.

»Ey, Bruder, tut mir leid«, dröhnt es plötzlich aus dem Gesicht, und ich erkenne die Stimme. Es ist die Stimme, die zu hohe, dünne Stimme von Scheitel.

Der Mann mit der Bierfahne ist tatsächlich Scheitel, doch ich sehe seinen Scheitel nicht, denn die scharfe Gerade im Haar versteckt sich unter einem schräg sitzenden Käppi.

»Tut mir echt leid, Markus«, grummelt Scheitel und schleift dabei die Konsonanten ein wenig. »Komm, ich geb dir'n Bier aus, komm rein!«

Er packt mich an der Schulter und zerrt mich in Richtung eines riesigen Altbaus: Scheitels Verbindungshaus. Ich bin völlig verdattert und lasse mich mitziehen, und irgendwie treibt mich auch ein bisschen die Neugier, einen Blick hinter die schwere Eichenholztür eines dieser ominösen Männerbünde zu werfen.

»Burschenparty zum Semesterausklang«, hat jemand mit Edding auf ein großes Schild geschrieben. »Eintritt 5 Euro oder 5 Deutsche Mark«, steht darunter. Scheitel legt mir den Arm um die Schulter und drängt mich an der Kasse vorbei.

»Du brauchst nichts zu zahlen, ich bin hier der Hausherr!«,

trompetet er. In der Uni ist er eine Nulpe, denke ich, aber hier trumpft er auf.

Scheitel führt mich in einen Raum, aus dem gedämpfte Loungemusik dringt. Die Wände sind vollgestellt mit schweren Schränken aus deutscher Eiche, mit Borden voller Bücher, oft Lexika, die entweder sehr alt und abgenutzt oder sehr ungelesen aussehen. Auf der linken Seite des Raumes stehen vor einem Regal vier Scheitelträger ohne Mütze, alle tragen ein Beamtengesicht und ein dreifarbiges Bändchen, ich kann die Farben nicht genau erkennen. Bei dreien spannt sich das Bändchen schon über mächtige Bäuche, der vierte ist ein schlaksiger Hänfling mit zu kurzer Hose. Zwei tragen Sakkos, einer einen bayerischen Janker, der Schlaksige einen zu kurz geratenen Lodenmantel.

Scheitel packt mich mit dem Ausdruck selbstgefälliger Männlichkeit an der Schulter. »Ich stell dich mal meinen Bundesbrüdern vor«, sagt er und zieht mich zu den vier Jungs hinüber. Die strecken die Brust raus und stehen so da, als hätten sie einen Stock verschluckt.

Scheitel schlägt dem Schlaksigen auf die Schulter, der sackt ein wenig zusammen. Dann ruft Scheitel: »Jungs, ich stelle euch meinen Freund Markus vor.«

Beim Gedanken, von Scheitel als Freund bezeichnet zu werden, schaudert mir. Der Schlaksige reicht mir die Hand und greift schraubstockartig zu. Er murmelt seinen Namen, den ich nicht verstehe, und schon reiche ich dem Nächsten die Hand, dem Dicken mit dem Janker. Sein Händedruck ist schweißfeucht und lasch, und ich habe das Gefühl, in nasse Luft zu greifen. Mich ekelt, und sofort überkommt mich der Wunsch, mir die Hand zu waschen oder sie zumindest am Hosenboden abzuwischen. Doch schon ergreife ich die Hand des nächsten Dicken, eines der beiden Sakkoträger, der einen Diener macht und mir dabei den Kopf fast Zidane-reif vor die Brust stößt.

»Friedrich«, murmelt er dabei, und ein »Von« höre ich auch noch heraus, doch den Nachnamen verstehe ich nicht. Die Hand fühlt sich normal an, doch als ich Friedrich ins Gesicht blicke, fröstelt es mich gewaltig. Auf der rechten Wange, zwischen rechtem Nasenflügel und Ohr, prangt eine etwa sieben Zentimeter lange und drei Zentimeter breite Narbe, deren blassrosa Haut sich deutlich von der fast dunkelroten Gesichtsfarbe abhebt. Die Narbe ist durchsetzt von feinen weißen Linien, die aussehen wie konservierte Eiterstreifen und nach unten hin dicker werden. Mit dieser Narbe bekommt Friedrichs Gesicht eine fürchterlich asymmetrische Form, sein Gesicht scheint an der rechten Seite herunterzuhängen. Ich komme mir vor wie in der Geisterbahn.

Mich schüttelt es, ich bin angeekelt, doch ich kann den Blick nicht von ihm wenden, und das merkt er.

»Meine Mutter war auch schockiert«, sagt er. »In hundertzwanzig Jahren akademischen Fechtens in meiner Familie hat es eine solch große Narbe noch nicht gegeben.«

Ich drücke dem Vierten die Hand, Nummer 4 heißt Peter, und Peters Händedruck ist der angenehmste.

Dann erhebt Peter die Stimme, und er hört sich an wie eine niedere Charge beim Militär, die einem Typen mit mehr Epauletten Bericht erstattet über die Vorkommnisse der letzten Nacht.

»Wir haben Jannis endgültig aus der Burschenschaft entfernt.«

»Was ist vorgefallen?«, fragt Scheitel.

»Er ist trotz erster und zweiter Mahnung mit Bändchen, aber ohne Kragen herumgelaufen.«

Ich verstehe das nicht ganz und sage genau das.

Scheitel schaut mich verständnisvoll an und erklärt es mir dann. »Der nun ehemalige Bundesbruder ist mehrmals mit normalem T-Shirt herumgelaufen und hat darüber das Bändchen unseres Bundes getragen. Das verstößt gegen das Gesetz. Kragen ist Pflicht!«

Scheitel sagt das mit solchem Ernst, dass mir schaudert. Ich fühle mich unwohl, ich will hier raus, doch ich weiß nicht, wie ich das hinkriegen soll.

»Du, Scheitel«, sage ich und beiße mir sofort auf die Zunge.

Ich habe seinen richtigen Namen sicher schon mal gehört, erinnere mich aber nicht. Für mich heißt er Scheitel.

Scheitel dreht sich kurz um und pustet mir seinen Atem ins Gesicht, der schwanger ist von Bier und Kotze.

»Ich m... meine«, stottere ich, »kann ich mir das übrige Haus auch noch ansehen?«

Scheitel nickt, ruft den vier Jungs ein »Bis später!« zu und schiebt mich in den nächsten Raum. Dort legt ein DJ Musik auf, Neue Deutsche Welle, so scheint's, und ein Typ im Lodensakko schleudert ein Mädchen mit Ralph-Lauren-Bluse durch die Gegend. Knotentanz nennt sich das, das habe ich schon gelernt, und das Prinzip ist einfach: Dreh dich aus, dreh dich ein, und wenn du dich irgendwie komisch verdrehst, dann ist das die höchste Kunst, solange du dir nicht die Arme brichst.

Ich wende mich um. An den Wänden hängen Säbel und daneben die nachgedunkelten Porträts junger Herren mit zersäbelten Gesichtern – die Ahnengalerie der Burschenschaft.

Ich stelle mir vor, was passiert, wenn ich mich mit einem dieser Studenten hier streiten würde. Er stände mit dem Säbel vor mir, ich schlüge mit den Fäusten zurück, er würde erst meine Hände tranchieren, dann meine Wangen filetieren, stäche mir ein Auge aus und gäbe mir direkt durch den Bauch den Gnadenstoß.

Scheitel reißt mich aus meinen Gedanken. »Hier ist noch nix los, lass uns weitergehen.« Im nächsten Raum stehen Sofas, und auf dem einen sitzen zwei Mädchen, eine ist Scheitels Freundin, die ich seinerzeit vor dem Bismarck-Vortrag getroffen habe. Sie kommt auf Scheitel zu, schlingt ihm die Arme um den Hals und gibt ihm einen Kuss auf die Wange.

»Ich muss dir meine Schwester vorstellen«, sagt Scheitel und winkt das zweite Mädchen heran.

Sie steht auf, und sofort ziehen sich ihre Mundwinkel bis auf die Höhe der Nasenspitze nach oben. Sie sieht aus wie die Mädchen im Juridicum, trägt Perlenohrringe und eine Kette mit ziemlich großen, aber künstlich aussehenden Perlen.

Scheitel sagt, dass sie Elisabeth heißt, aber Lissy genannt

wird und dass sie gerade ihr Erstes Staatsexamen als Lehrerin macht, genauer: als Deutschlehrerin. Scheitel verabschiedet sich plötzlich, sagt, er müsse mit seiner Freundin kurz was besprechen, er komme aber gleich wieder.

Ich gebe Lissy die Hand, sie lächelt nochmals artig, und irgendwie guckt sie mich an, als ob sie erwarte, dass ich gleich ein Gespräch beginne, irgendwas Verbindliches von mir gebe.

Ich räuspere mich kurz und sage dann: »Ah, dann musst du bestimmt viel lesen.«

Sie: »Ach nee, ich lese eigentlich gar nicht gern.«

Ich: »Aha, und über welches Thema machst du deine Prüfung?«

Sie: »Über Schiller.«

Ich: »Ach, dann hast du bestimmt ein Lieblingsstück von Schiller.«

Sie: »Na ja, eigentlich habe ich nur ein einziges Stück von ihm gelesen.«

Ich: »Welches denn?«

Sie: »Ach Gottchen, wie hieß es denn?«

Pause.

Ich: »Vielleicht ›Die Räuber‹?«

Sie: »Nee.«

Ich: »Vielleicht ›Don Carlos‹?«

Sie: »Nee, auch nicht, ich glaube es war ›Kaba und Liebe‹.«

Plötzlich wird unser Gespräch jäh unterbrochen.

Eine breite Pranke klatscht mir gegen den Bauch und schiebt mich mit einem heftigen Schub nach hinten; ich taumle ein paar Schritte zurück, doch ich falle nicht um. Ein Typ im Lodenmantel steht vor mir und starrt mich mit wutentflammten Augen an.

»Hast du'n Problem, Zecke?«, schreit er mich an, und es hört sich viel eher nach einer Aussage an als nach einer Frage.

»Wieso?«, frage ich.

»Wieso???«, schreit der Typ. »Kommst hier auf unser Hausfest, und dann machste meine Freundin an?« Er packt mich mit beiden Händen an den Schultern. Er ist doppelt so breit wie ich, dazu zwei Köpfe größer und dreißig Kilo schwerer. Ich fange an zu zittern.

»Wir haben über Schiller gesprochen.«

»Erzähl mir keine Märchen, Zecke. Schiller! Du kriegst gleich 'n schillerndes Auge, wenn du nicht aufpasst!«

»Bitte«, ruft Lissy dazwischen, »reg dich nicht so auf!«

Der Typ wirft Lissy einen verdutzten Blick zu und wendet sich wieder an mich. Dann rülpst er laut und reckt mir die Faust entgegen. Ich sehe einen dicken Siegelring, der aber kein Wappen trägt, sondern nur eine nackte Platte darstellt.

Ich atme schneller, ich zittere, und ich sage den beiden, dass ich dringend aufs Klo muss.

Er nickt irgendwie verständnisvoll, und ich drängle mich durch Grüppchen von Menschen hinaus auf die Toilette. Dort steht ganz vorn ein hohes Becken mit einem breiten Abfluss. An der Keramik dieses Beckens kleben Bröckchen, und eine gelbbräunliche Substanz hat sich an den Rändern abgesetzt. Ich halte mich trotzdem dort fest, und meine Hände rutschen an der gleitmittelartigen Schmiere ab. Doch schon bricht ein Schwall Kotze aus mir heraus, ein dunkelgelber Brei, der ekelhaft aussieht. Nach dem zweiten Schwall geht es mir besser. Nach dem dritten fühle ich mich frei.

Ich spüle mir am Waschbecken den Mund aus und wasche mir die Hände. Neben mir stehen zwei Jungs in Trachtenjankern und unterhalten sich übers Filetieren (allerdings über das nach der Jagd).

Ich schaue mich im Spiegel an und weiß, dass ich raus muss aus diesem Haus. Ich trinke noch zwei Schluck Leitungswasser und drängle mich durch die Partygäste. Ich steige die Treppe des Foyers hinunter, reiße die schwere Eichenholztür auf und bin endlich im Freien. Ich atme tief durch und genieße die klare, lauwarme Sommerluft dieses Abends. Ich lehne mich gegen eine Laterne, das grelle Neonlicht scheint mir in die Augen, doch irgendwie bin ich froh, dass es dieses Licht gibt, das mich aus der Düsterkeit des Hauses und meiner Gedanken reißt.

Ich stehe dort, bis ich mich kaum noch aufrecht halten kann, zwanzig Minuten vielleicht, vielleicht auch eine halbe Stunde. Die warme Luft dringt mir in die Lungen, und ich fühle mich besser.

Was soll aus einem solchen Abend noch Gutes werden?

Ich trotte erst ein wenig um die Häuser, werde schneller, gehe im Stechschritt und hopse dann durch die Straßen. Irgendwann bin ich beim Poppelsdorfer Schloss, diesem zitrusgelben Block, vor dem sich ein schwarzer Weiher ausbreitet. Ich hopse die Allee entlang in Richtung Stadt, auf ein schwarzes Unterführungsloch zu, das die Bahnstrecke untertunnelt.

Ich spüre, wie meine Kniescheibe vibriert und wie ich tief einatme und ausatme. Ich fühle mich frei, so frei, wie ich mich in diesem Studium noch nie gefühlt habe. Ich hopse und atme und hopse und atme, und ich fühle mich frei. Das ist wohl die Wirkung, die auch griechische Tragödien hervorrufen. Indem sie Leid und Untergang vorführen, reinigen sie den Zuschauer. Anna würde das Katharsis nennen, Scheitel vielleicht Katalysator.

Ich fühle mich so frei wie noch nie. Frei, frei, frei!! Dieser Abend ist zufällig verlaufen, »kontingent«, würde Anna sagen, und vielleicht kann ich meine eigene Freiheit erst dadurch wahrnehmen, dass ich zweifache Unfreiheit erlebt hatte. Ich habe mich freiwillig in Unfreiheit begeben, indem ich an diesem Hausmusikabend teilgenommen habe, und ich habe bei den Burschenschaftern erlebt, wie andere sich in Unfreiheit begeben und sich dabei auch noch toll vorkommen.

Ich hopse weiter, und ich fühle mich glücklich. Freiheit war für mich bislang stets ein abstraktes Konstrukt, das in meinen Geschichtsbüchern vorkam und das nicht greifbar schien. Freiheit, das war stets etwas Großes, etwas Gigantomanisches. Unfreiheit, das war Diktatur, Freiheit, das war Demokratie, beides irgendwie unvorstellbar und beides viele Nummern zu groß für die Vorstellbarkeit eines Studentenlebens.

Jetzt merke ich, dass Freiheit auch etwas ganz Kleines sein kann. Dass Freiheit für mich wichtig ist, dass sie mich befähigt, mich für etwas oder gegen etwas zu entscheiden. »Freiheit nutzt sich ab, wenn du sie nicht nutzt.« Diese Zeile des Gutmenschen-Barden Reinhard Mey geht mir durch den Kopf; sie stammt aus einem Lied, das mein Vater häufiger hörte. Ich habe mit Daniel oft über Freiheit als Dilemma gesprochen, weil man sich entscheiden muss, weil es theoretisch mehr Möglichkeiten gibt, als man praktisch annehmen kann. Freiheit war ein Problem, weil jede Entscheidung *für etwas* eine Entscheidung *gegen vieles* war. Nun finde ich Freiheit plötzlich gut.

Ich hopse die Poppelsdorfer Allee wieder hoch, biege links in eine Straße hinein, die Straße, in der Anna Schnitzler wohnt, und es ist kurz vor Mitternacht. Einmal hat sie mir beim Nachhauseweg vom Krepp-Seminar ihr Zimmer gezeigt, von außen, »das ist mein Domizil«, ein Zimmer ganz oben unterm Dach mit einem Fenster wie ein Bullauge.

Ich bin mir nicht sicher, in welchem Haus sie wohnt, doch als ich an den halbhohen Altbauten entlanggehe, sehe ich, dass irgendwo hoch oben ein goldgelber, runder Fleck das Dunkel durchbricht. Das Bullauge.

Sie ist also noch wach, und ich fühle mich glücklich, und irgendwie spüre ich, dass mir an diesem Abend nicht mehr viel Schlimmeres passieren kann.

Ich hole tief Luft und steige die Treppe zur Eingangstür hinauf. Auf dem Klingelschild steht, ganz oben, direkt unter dem braunen Gitter der Gegensprechanlage, »A. Schnitzler«. Ich klingle, zweimal kurz, und dann leuchtet das grüne Lämpchen der Gegensprechanlage auf.

»Ja, bitte?«

»Anna, ich bin's, Markus.«

Ich will noch etwas sagen, mich erklären oder um Verständnis bitten, doch das grüne Lämpchen erlischt schon wieder, und es surrt an der Tür.

Ich trete ein und stehe in einem schwarzen Loch. Plötzlich geht das Licht an, und ich steige die Treppen hoch. Erster Stock, ich gehe noch schnell und sicher, zweiter Stock, ich setze langsam einen Fuß vor den anderen, dritter Stock, ich denke, dass ich umkehren sollte. Ich bleibe kurz stehen, doch ich muss weiter.

Oben öffnet Anna bereits die Wohnungstür, und es bleibt mir nichts übrig, als ihr entgegenzugehen.

Sie reicht mir die Hand und nickt mir zu. Wortlos führt sie mich in die kleine Wohnung: ein winziger Flur mit einem stummen Diener, rechts geht die Küche ab, links das Zimmer mit dem Bullauge. Da vorn muss das Bad sein, dessen Tür geschlossen ist. Anna weist mit der Hand in die Küche, ich trete durch die Tür. Die Küche ist eine schmale Zeile, in der ein winziger rechteckiger Tisch steht, vielleicht vierzig Zentimeter breit und fünfzig Zentimeter lang. Auf dem Tisch steht eine gelbe Wachskerze, deren Flamme so wenig Licht gibt, dass ich die Farbe des Tischs nicht erkenne. Aber ich entdecke ein silberfarbenes Stövchen mit einer weißen Porzellankanne und einen Stapel mit Blättern: schwarze Folien, Fotos, weiße DIN-A 5-Zettel, die mit Schreibmaschine bedruckt sind, daneben ein zerknicktes Oktavheft.

Anna schweigt noch immer, ich schweige sie an, und irgendwann durchbricht sie das Schweigen, indem sie einen Satz sagt, der nur halb so bedeutungsschwanger ist, wie das lange Schweigen hätte vermuten lassen: »Nur Kamillentee ist im Angebot.«

Ich nicke, und sie reicht mir eine Tasse, gießt den Tee ein.

»Du warst noch nie hier«, bemerkt sie dann, und ich bekomme ein »Ja« zustande. Ich befeuchte mir die Lippen mit der Zunge und betrachte Anna im Schein des Kerzenlichtes, und fast sieht es kitschig aus, inszeniert. Ihr schwarzes Haar liegt auf einem schwarzen T-Shirt mit V-Ausschnitt, das eng ist und trotzdem ausgeleiert wirkt. Um den Hals trägt sie ein dünnes schwarzes Bändchen mit einem dunkelblauen oder violetten Stein, so genau kann ich das nicht erkennen. Ihre Falte scheint sich genauso schnell ein- und auszufurchen, wie die Kerze flackert, und sie blickt mich an, den Mund leicht geöffnet, und auf der vollen Unterlippe scheint ein Tropfen zu liegen. Sie blickt mir in die Augen, und ich blicke zurück, und irgendwann halte ich dem Blick nicht mehr stand, genauso wie damals auf der Hofgartenwiese. Ich starre die weiße Kanne an.

Sie bricht die Stille und fragt: »Was führt dich hierher?«

Ich fange an zu erzählen, ich erzähle ihr die Geschichte meines Abends, die Geschichte des Hausmusikabends und der Verbindungsparty, und sie unterbricht mich nicht, sondern schweigt; ihre Mimik ist ihr Wortschatz: Manchmal lächelt sie, manchmal lacht sie laut, ein eigentümlich distanziertes Lachen, und manchmal deutet ihre Falte Missbilligung an. Ich erzähle von der Freiheit, der genutzten, und dass ich mich frei und glücklich fühle und dass es deshalb für mich dazugehört, auch sie zu sehen.

Als ich mich leer geredet habe, blickt sie mich an.

»Meinst du«, fragt sie dann, »meinst du, dass es ein Bestandteil der Freiheit ist, alles tun und lassen zu können, was man will?«

»Klar«, sage ich, »klar, heißt es das. Ich bin frei. Ich kann dich besuchen, ich könnte mit dir nach Brasilien durchbrennen, und unsere Eltern könnten uns nicht daran hindern und unsere Profs auch nicht. Ich kann alle Bücher lesen, die ich lesen will, ich kann alles sagen, was ich will. Das ist doch was.«

Anna schweigt eine Weile, und dann fragt sie: »Und das rechtfertigt alles?«

»Alles?«

»Alles innerhalb der eigenen Vorstellbarkeit.«

Ich schüttle den Kopf und bemühe mich, eilig nachzulegen: Natürlich rechtfertige die Freiheit keinen Mord, keinen Totschlag und streng genommen auch keine Lüge; ich sei nur so lange frei, wie ich die Freiheit anderer nicht einschränke, jaja, und Freiheit sei immer die Freiheit der Andersdenkenden. Ich sage ihr das, was ich eben so gelernt habe im politisch korrekten Schulunterricht und was sich mir seitdem als unverrückbar im Kopf festgesetzt hat.

Irgendwann unterbricht sie mich, und ihre Stimme ist so scharf, dass ich jäh verstumme.

»Hast du bei all deiner Theoretisiererei denn auch mal eine praktische Freiheitseinschränkung bewirkt?«

Ich wende den Kopf und lasse den Blick durch die Küche schweifen.

In der Kaffeemaschine befindet sich noch ein Rest schwarze Brühe, auf der Herdplatte steht eine Pfanne mit einem Rest Nudeln, in der Spüle entdecke ich zwei Töpfe, einen weißen Steingutteller, der von einem roten Rand mit gelben Blümchen umsäumt wird, und ein Weinglas, in dem sich vom Rotwein ein ganz feiner, dunkler Film gebildet hat.

»Klar, ich habe gelogen, wer hat das nicht?«

»Klar.«

Sie nimmt die Tasse mit dem Tee, umschließt sie mit beiden Händen und führt sie zum Mund. Ihre Nasenspitze verschwindet in der Tasse, und ich könnte schwören, dass sie sich schon mal die Nase verbrannt hat beim Trinken. Sie zieht leise die Luft ein während sie trinkt, und das hört sich an, wie wenn Kinder aus Plastikbechern oder alte Leute aus Schnabeltassen schlürfen.

Sie setzt die Tasse ab, erst die eine Seite, dann die andere, es macht ein Geräusch, das sich wie »du-dack« anhört.

Dann schiebt sie die Zettel auseinander, die vor ihr liegen, zieht eine schwarze Folie hervor und reicht sie mir.

»Was ist das?«, frage ich.

»Das ist doch eindeutig, oder?«

Ich halte die Folie gegen das Kerzenlicht, und ich sehe einen Ultraschallausdruck, ein schwarzes Bild, auf dem einige weiße Umrisse zu erkennen sind. Es ist zum ersten Mal, dass ich ein solches Bild in Wirklichkeit sehe. Aus dem Fernsehen kenne ich das, diese Ultraschallaufnahmen, die eine Chiffre sind wie kaum etwas anderes. Sie sind eine Chiffre für größte Freude – endlich ein Kind! Aber sie sind auch die Chiffre für größten Kummer – o Gott, ich bin schwanger!

Ich lege die Folie auf den Tisch zurück.

Sie nickt mir zu.

»Es gibt Menschen, die nutzen ihre Freiheit, so wie du das mit Freiheit gemeint haben könntest.«

Sie schaut mich plötzlich nicht mehr an. Sie schaut an mir vorbei, schaut zur Tür hinaus, die zum Flur führt, auf dessen anderer Seite das hell erleuchtete Zimmer mit dem Bullauge liegt.

Ich schaue sie fragend an.

»Ja«, sagt sie sofort und macht eine Pause. »Ja«, setzt sie wieder an, »und *ich* bereue es zutiefst.«

Der Satz hallt mir im Ohr: »Ja, und *ich* bereue es zutiefst.«

»Ich« hat sie gesagt. Es ist das erste Mal, dass ich das Wort »ich« aus ihrem Mund höre, dieses kleine Wort, das Verantwortlichkeit signalisiert, Rückverfolgbarkeit, Urheberschaft, ja, Täterschaft. Und jetzt hatte sie es gesagt. In jeder beliebigen Situation hat sie es vermieden, wenn es beispielsweise darum ging, in der Mensa Essen zu bestellen oder sich ins Seminar einzuwählen. Und jetzt, an diesem Abend, ausgerechnet in einem Moment, in dem sie allen Anlass hätte, das Wort »ich« zu vermeiden, spricht sie es aus, und irgendwie spüre ich, dass ihr dieser Moment viel bedeutet.

Zwei Stunden später, es ist kurz nach zwei, nimmt sie mich in den Arm. Es ist nur ein kleiner Abschiedsgruß, doch ich verkrampfe, als sie mich berührt, ziehe ganz lange die Luft ein. Ich spüre ihre warme Hand auf dem Rücken, ganz kurz nur, und der Druck fühlt sich gut an und vertraut.

Ich steige die Treppe hinunter, und das Haus spuckt mich aus in die Bonner Nacht.

Ich versuche, meine Gedanken zu ordnen. Ich versuche, das Erzählte und damit das Gewesene einzuordnen.

Wortfetzen und Gedankensplitter schießen mir durch den Kopf. Ich bin verwirrt, doch sie hat nüchtern und präzise einen Gedanken an den nächsten gereiht, und das Gesagte überkommt mich in einer Eindringlichkeit, die auch deshalb so groß ist, weil es mir selbst nie gelingt, meine Gedanken in dieser Nüchternheit zu ordnen. »Wirklichkeit«, das hat sie mehrfach gesagt, »ist nicht gleich Wahrheit.« Und so versuche ich, indem ich die Wirklichkeit ihrer Worte rekonstruiere, zur Wahrheit vorzudringen.

Sie war achtzehn Jahre alt, als sie mit Bernhard zusammenkam. Bernhard war damals sechsundzwanzig. Er studierte Soziologie, er war reifer als sie und viel klüger, und sie liebte ihn. Sie hatte das Gefühl, dass er sie verstand, dass er als Erster ihre

Gedanken ernst nahm und dass er ihr eine Gedankenwelt öffnete, die ihr bis dato übermächtig groß, unerreichbar fern erschienen war. Sie nannte ihn Magellan und er sie Clio. Er war Freudianer in einer jüngerhaften Striktheit, und sie lasen gemeinsam die »Traumdeutung«, und dann diskutierten sie über die Angst und die Verdrängung, über Regression und Verleugnung, über Phallus und Anus, und dann schliefen sie miteinander.

Ja, sie schliefen miteinander, sie taten das, was Maria mir immer verwehrte. Ich muss plötzlich an die Kaffeekanne mit der schwarzen Brühe denken und an das Bullauge, doch irgendwie schaffe ich es, meine Gedanken wieder zu ordnen.

Immer hätte es so weitergehen können, fanden Anna und Bernhard, und sie träumten davon, zu heiraten und kleine kluge Kinder zu haben, irgendwann, irgendwann. Doch am Abend eines unspektakulären, langweiligen Tages, an dem sie zur Schule gegangen und danach mit der Tram nach Hause gefahren war, an dem sie gegessen und getrunken hatte und an dem sie »Ada« von Nabokov gelesen hatte, am Abend dieses Tages stellte sie fest, dass sie schwanger war, schwanger von ihm, ihrem ersten Mann. Sie war aufgeregt, sie rief ihn an, sie fuhr zu ihm, er küsste sie, und er sagte, dass die Liebe ein weites Land sei und sie beide später noch so viele Kinder haben könnten und daher jetzt nichts falsch machen dürften. Er würde bei ihr bleiben, wenn sie an die Zukunft dächten, an die ferne Zukunft. Aber die nahe, die sei gefahrvoll.

Er hielt ein langes Plädoyer, und am Ende stand die Forderung, dass sie das Kind »wegmachen lassen« müsse, es abtreiben solle, denn die ferne Zukunft werde es nicht geben, wenn die nahe so verpfuscht sei. Sie nahm es hin, weil sie ihn liebte und weil er klüger war und reifer. Sie ließ das Kind wegmachen, er kam sogar mit zur Beratung und war rührend besorgt. An dem Tag, an dem sie aus dem kleinen Operationsraum hinter der Beratungsstelle kam, da sah sie ihn zum letzten Mal in ihrem Leben. Erst meldete er sich nicht, irgendwann brannte auch im Zimmer seiner Wohnung kein Licht mehr. Und da sie beide ihren eigenen, sich selbst genügenden Kosmos gebildet hatten, kannte sie keinen seiner Freunde, geschweige denn seine Eltern.

Er war verschwunden, sie ging drei Wochen lang nicht in die Schule, und wenn sie jemand mit »du« ansprach, antwortete sie nicht mit »ich«, zumindest dann nicht, wenn es um Gefühle ging, sondern mit »man«, sie baute Wortkaskaden, fand Satzkostüme, und sie verkleidete das, was sie sagen wollte, immer mehr, bis sie nie wieder »ich« sagte. Erst entschied sie es bewusst so, entschied sich dafür, niemanden an sich heranzulassen und das schon durch die Sprache deutlich zu machen. Wer sich wirklich für sie interessierte, dachte sie, der fände schon einen Zugang zu ihr. Am Anfang musste sie bei jedem Satz neu entscheiden, wie sie ihn drechselte, damit sie nichts von sich preisgeben musste. Doch die Marotte, die sie durch den Willen erzwang, wurde erst Gewohnheit und dann Automatismus. Irgendwann konnte sie nicht anders, und irgendwann kehrte sich ihr Redemuster um. Hatte sie sich selbst anfangs nötigen müssen, *nicht* »ich« zu sagen, musste sie sich nun zwingen, »ich« zu sagen. Es sei so gewesen wie in ganz langen Nächten: Wer über den toten Punkt hinweg ist, der kann nicht mehr einschlafen.

Ich habe geschwiegen, und dann hat sie noch einen Satz gesagt: »Ich habe heute zum ersten Mal wieder ›ich‹ gesagt.«

Und beiläufig hat sie von Thomas erzählt, dem Thomas, den sie als ihren Freund bezeichnet. Sie hat erzählt, dass sie sich früher Ausreden überlegte für die Wochenenden, als sie mit dem Wochenendticket allein durch Deutschland fuhr, um loszukommen von dem Mann und dem Kind. Sie wollte raus, wollte Unbekanntes sehen. Sie kam aus Göttingen, und es erleichterte sie immer, wenn sie den Bahnhof Einbeck-Salzderhelden in Richtung Norden oder den Bahnhof Eichenberg in Richtung Süden hinter sich hatte. Sie fuhr ganz Deutschland ab, von Kiel bis Freiburg, jedes Wochenende außer zu Ostern, Weihnachten und Mamas Geburtstag – immer auf der Suche, wie sie es nannte, »nach einem Asyl für meine Vergangenheit«, und sie brauchte jemanden, den sie vorschieben konnte. Dieser Jemand war Thomas, und weil sie ohnehin eigenbrötlerisch war, fragte niemand sie danach, warum er sie nie zu Hause besuchte. Und mit der Zeit wurden ihre Erzählungen über Thomas immer glaubhafter, und sie gewöhnte sich daran, allen von diesem Freund zu erzählen, den es nicht gab. Die Lüge wurde ihr erst zur Gewohnheit, dann zum Automatismus, doch die Lüge hatte ihre Funktion: Sie hielt viele auf Distanz, sie erklärte Annas merkwürdiges Desinteresse an Männern und half ihr selbst, keine Gefühle zuzulassen.

»Ich habe immer mehr Schulden bei meiner Ich-Sparkasse gemacht. Ich bin nicht einmal damit nachgekommen, meine Zinsen zu bezahlen. Vielleicht kann ich es jetzt. Ich bitte dich um Entschuldigung«, hat sie am Schluss gesagt, und dann hat sie mich umarmt, und ich bin gegangen.

Ich habe die ganze Zeit nichts gesagt. Ich habe nichts gefragt. Ich habe nichts geantwortet. Und ich bin froh darum. Ich habe nur hin und wieder die abgestandene, schwarze Brühe in der Kaffeekanne angestarrt, um Annas Blick nicht standhalten zu müssen.

Ich gehe nach Hause, und auf der gegenüberliegenden Seite kommt mir eine Gruppe angetrunkener Studenten entgegen. Sie grölen, sie singen, sie lachen. Ich beschleunige meine Schritte.

Kapitel 12

Ich sitze wieder vor einem Raum mit geschlossener Tür. Neben mir sitzt der Chekka, neben ihm haben sich Kommilitone Leberwurst und noch vier, fünf, nein, sechs Leute aufgereiht, die ich nicht kenne. Wir warten auf Frau Dr. Meiser, die eiskalte Mutter der Zahlen, die dominante Herrin der Statistik, Assistentin am Institut für Politik und Politische Philosophie. »Sprechstunde mittwochs, 14 bis 15 Uhr«, ist im Vorlesungsverzeichnis hinter ihrem Namen vermerkt. Jetzt ist es fünf nach zwei, doch von Frau Dr. Meiser ist nichts zu sehen.

In den vergangenen Wochen habe ich stets anderslautende Zettel an ihrer Zimmertür gefunden: »Wegen Teilnahme an einer wissenschaftlichen Tagung muss meine Sprechstunde in dieser Woche leider ausfallen«, »Wegen eines kollidierenden Termins muss die Sprechstunde in dieser Woche leider ersatzlos ausfallen« oder schlicht »Heute keine Sprechstunde«.

Diese Woche ist kein solcher Vermerk an ihrer Tür befestigt, aber Frau Dr. Meiser ist nicht da.

Ich will in ihre Sprechstunde gehen, weil auf dem Pinnbrett im Flur des Instituts meine Matrikelnummer angeschrieben steht, direkt unter der Überschrift »Klausur Statistikschein 1 nicht bestanden«. Nun will ich Frau Assistentin Dr. Meiser persönlich danach fragen, »zur Rede stellen«, so hatte ich vor Daniel noch groß getönt. Wahrscheinlich werde ich aber bloß höflich nachfragen und mir danach einen netten Ratschlag für die Nachschreibeklausur geben lassen.

Der Chekka schabt mit seinen Turnschuhen auf dem Boden herum, Kommilitone Leberwurst tut das, was er immer tut, und ich kralle die Finger in den Holzstuhl, auf dem ich sitze. Ich habe weder ein Buch noch eine Zeitung noch meinen rosafarbenen iPod dabei, was ein kapitaler Fehler ist, doch einer, der nicht mehr zu beheben ist, wenn man mal vor dem Büro eines

Profs wartet. Ich blicke auf die Uhr, es ist zehn nach zwei. Der Chekka schabt weiter mit den Turnschuhen und murmelt dann vor sich hin: »Bei der Frau stimmen Titel und Name total – Assi und Meiser.«

Ich grinse und sage dann: »Du hast doch ein Jahrzehnt Uni-Erfahrung auf dem Buckel, warum bist du so schlecht drauf?«

Er: »Ich lebe seit ein paar Wochen monogam.«

Ich: »Aha.«

Er: »Ich hab jetzt 'ne Freundin.«

Ich: »Aha. Vorher hast du's also richtig krachen lassen?«

Er: »Im letzten Jahr hatte ich vierzig Frauen.«

Ich: »Aha.«

Er: »Abwechslung muss sein.«

Ich kann die Zahl nicht glauben. Ich käme nie auf vierzig Frauen, nicht einmal dann, wenn ich mein ganzes Leben als Zeitachse nähme und zur Tatachse neben Sex noch Händchenhalten, Streicheln sowie Küssen mit und ohne Zunge dazunähme.

Ich: »Aha.«

Aus den Augenwinkeln beobachte ich Kommilitone Leberwurst, er verzieht den Mund, als versuche er zu vermeiden, dass er gleich Leberwurstbrotbröckchen durch den Raum lacht. Ich nicke dem Chekka zu, und er fährt fort zu erzählen, senkt plötzlich eindringlich die Stimme, flüstert fast, so als wolle er mir gleich ein U, ein E oder ein X verkaufen.

Er: »Ich hab 'ne todsichere Masche, wie ich Frauen rumkriege. Klappt in achtundneunzig Prozent aller Fälle.«

Ich: »Aha.« Pause. Doch meine Neugier obsiegt: »Und wie?«

Er: »Ich geh um kurz nach zwölf in die Disse, dann sind die Kiddies schon draußen, dann *scan, focus, act,* der klassische Dreisprung. Wenn du dir 'n guten Überblick schaffst, hast du die richtigen Mädels in zwei Minuten ausgecheckt.« Dann beugt der Chekka sich zu mir herüber und raunt mir zu: »Dann abchecken, also anquatschen, zwei Drinks ausgeben, Frauen wollen ja ein bisschen reden. Ich sag immer sofort, dass ich Student bin, wichtiges, ganz wichtiges Signal: Ich will Spaß haben!

Wenn ich einen Beruf angebe, denken die gleich, ich will sie heiraten.«

Ich: »Ja, und dann?«

Er: »Job is'n Abtörner, außer du hast Bock auf Frauen, die gleich ein Kind wollen. Wer ›A‹ sagt, muss auch ›limente‹ sagen. Also immer sagen, du bist Student. Langzeitstudent kommt besonders gut.«

Ich nicke ihm aufmunternd zu, er spricht weiter, um uns herum ist es deutlich ruhiger geworden. Sogar Leberwurst hat aufgehört, mit den Backenzähnen zu mahlen.

Er: »Bisschen antanzen, bisschen quatschen, locker bleiben.«

Ich merke, dass ich weiterfragen muss, dass Leberwurst und die anderen ohne mich nicht zum Höhepunkt vordringen und die perfekte Masche des Chekkas nie erfahren werden.

Ich: »Ja, aber so macht das doch jeder.«

Er: »Wart ab, Alder, also: Ich check die Lage, nach zwei Antanzrunden frag ich dann, ob sie mal mit rauskommen will. Ich würd ihr gern eine irre Geschichte erzählen, nämlich die von der Schildkröte und vom Elefanten.«

Ich: »Aha?«

Er: »Das hört sich so niedlich an, da geht jede mit. Dann fange ich an, die Geschichte zu erzählen. Ich nehme ihre Hand, schiebe sie auf meinen Bauch, unters Hemd natürlich, spanne die Muskeln an und sage dann: ›Nun fühlst du den Panzer der Schildkröte.‹ Irgendwann müssen sich meine Sixpacks ja mal auszahlen. Und dann führe ich den Elefanten ein, also, ich nehme ihre Hand und schiebe sie ganz langsam weiter nach unten.«

Ich: »Okayokay, ich kann's mir denken.«

Er grinst breit und sagt dann: »Wahre Fitness gibt es nicht nur im Fitnessstudio.«

Ich muss lachen, und um mich herum prusten die anderen los.

Ich blicke wieder auf die Uhr, es ist zwanzig nach zwei, und von Frau Dr. Meiser fehlt noch immer jede Spur.

»Wann kommt die Frau denn bloß?«, flüstere ich vor mich hin.

Dabei muss sie bald kommen, schließlich ist Mittwoch ihr

großer Uni-Tag: Von zwei bis drei hat sie Sprechstunde, von Viertel nach drei bis vier Vorlesung, von Viertel nach vier bis Viertel vor sechs Statistikkurs I, von Viertel nach sechs bis Viertel vor acht Statistikkurs II. Donnerstags gibt sie noch von Viertel nach neun bis Viertel vor elf ein Seminar, und danach kommt der zweite Teil ihrer Vorlesung, von Viertel nach elf bis zwölf.

Anna hat mal erzählt, dass Frau Dr. Meiser am Mittwochnachmittag anreist, dann eine Nacht in einer Bonner Pension schläft und Donnerstagvormittag wieder fährt. Durch das Institut geistert zudem das Gerücht, dass Frau Dr. Meiser früher, um Geld zu sparen, auf einem Klappbett in ihrem Büro geschlafen habe. Wenn man nachts wenig schwitzt, dann braucht man am nächsten Morgen nicht zu duschen, und die Zähne kann man sich auf der Damentoilette im Institut putzen.

Plötzlich poltert es auf dem Gang, und Frau Dr. Meiser steht vor uns.

»Lassen Sie mich durch, meine Damen und Herren!«, fiept sie. »Zwischen München und Augsburg gab es eine Weichenstörung, daher bin ich zu spät.«

In der einen Hand hält sie eine große Reisetasche, in der anderen einen Bund mit sicher zehn, zwölf Schlüsseln.

»Waren Sie auf einer Tagung in München, Frau Meiser?«, fragt der Chekka.

»Für Sie, Herr – äh – egal, für Sie immer noch Frau *Doktor* Meiser. Und ich lebe in München, hier in Bonn fehlt doch jegliche kreative Forschungsatmosphäre.«

»Uiuiui«, sagt der Chekka, »da haben Sie ja einen langen Weg vor sich.«

»Wollen Sie diskutieren?« Frau Dr. Meisers Stimme klingt schneidend. »Ich gebe im Jahr dreitausend Euro für eine Netzkarte der Bahn aus, und das kriege ich nicht einmal von der Universität bezahlt.«

Sie schiebt den Schlüssel ins Schloss und murmelt dabei: »Gott sei Dank, in vierundzwanzig Stunden bin ich wieder weg. Wie gut, dass es keine Residenzpflicht gibt.«

Dann hebt sie die Stimme erneut. »Ich muss um fünfzehn

Uhr zu meiner Vorlesung. Wir haben noch eine halbe Stunde Sprechstunde, hier sitzen acht Leute. Bitte fassen Sie sich kurz, wir haben für jeden drei Minuten. Wer ist der Erste?«

Ein mir unbekanntes Gesicht meldet sich, ist nach drei Minuten wieder draußen.

»Der Nächste, bitte!«, kreischt Frau Dr. Meiser aus ihrem Zimmer.

Der Chekka geht hinein und kommt nach zwei Minuten mit einem Achselzucken wieder heraus.

Ich: »Was ist los?«

Er: »Alder, ich check das nicht, ich kann mich schon wieder nicht zur Zwischenprüfung anmelden. Nächstes Jahr muss es dann aber klappen.«

Ich weiß auch nicht genau, warum der Chekka sich schon wieder nicht anmelden kann. Er ist im 21. Semester, sagt er, so genau habe ich das nicht gecheckt, und irgendwie scheitert er seit x Semestern an der Statistik. Irgendwann hat er mir mal erzählt, dass er schon sechsmal die Fachkombination im Studium gewechselt hat, dann ist er drei Semester im Asta gewesen, hat ein Auslandssemester eingelegt, danach drei Semester gearbeitet, bei McDonald's, im Schwimmbad und sonst wo, und jetzt muss er wohl eine weitere Semesterrunde drehen.

Kommilitone Leberwurst ist dran, vier Minuten, vielleicht fünf bleibt er drin, dann komme ich.

Ich mache die Tür auf, Frau Dr. Meiser wühlt mit einer Hand in ihrer Ablage herum, mit der anderen zeigt sie auf einen dreibeinigen Schemel, der vor ihrem Schreibtisch steht. Offenbar soll ich mich da hinsetzen. Frau Dr. Meiser hat graue Haare und eine Wischmoppfrisur, sie trägt Schlabberpullis, unter denen sie ebenso fünfzig wie hundertzwanzig Kilo Körpermasse tragen könnte – niemand würde den Unterschied merken. Frau Dr. Meiser hat ein Faible für ausgefallene Ohrringe: Heute klunkern ihr arabische Zeichen im Durchmesser von fünf Zentimetern von den Ohrlappen.

Ich nehme Platz, der Schemel wackelt, und irgendwie komme ich mir vor wie ein Erstklässler, der zu seiner Lehrerin aufblickt.

Frau Dr. Meiser beginnt das Gespräch mit einer Frage: »Ihr Name?«

Ich sage artig »Markus Rüttgers« und erwähne, dass ich in ihrem Statistikkurs gewesen bin, dass ich die Klausur mitgeschrieben habe und dass ich leider Gottes durchgefallen bin.

»Ja, gut, und was führt Sie dann zu mir?«

»Ich wollte mal sehen, was ich falsch gemacht habe, und fragen, ob ich eine Wiederholungsklausur schreiben kann.«

Frau Dr. Meiser wühlt in ihrem Stapel herum, und murmelt dabei: »Hätte ich bloß die Noten erst in den Semesterferien aufgehängt, dann käme jetzt niemand auf die Idee, in die Sprechstunde zu kommen und rumzumeckern.«

Dann zieht sie meine Arbeit heraus.

»Hier«, sagt sie und reicht sie mir herüber, »Sie sind zwei Punkte an einer Vier vorbei.«

Ich nehme den Zettel und blicke darauf, einige wenige Häkchen finden sich auf dem Blatt, dafür aber sehr viele Fs für Fehler oder falsch oder was auch immer.

»Kann ich vielleicht eine Nachschreibeklausur schreiben?«, frage ich.

»Kommen Sie doch einfach in zwei Semestern wieder in meinen Kurs und probieren es noch mal«, rät mir Frau Dr. Meiser.

Ich sage ihr, dass es doch eine Nachschreibeklausur geben soll und dass ich lieber nachschreiben würde, als den Kurs nochmals zu belegen und und und.

»Geben Sie die Arbeit mal her«, sagt sie, reißt mir das Blatt aus der Hand und kritzelt etwas durch, streicht herum.

Dabei murmelt sie: »Ich sollte nur gute Noten geben, dann kommt keiner in die Sprechstunde und beschwert sich. Ich hasse diese Kletten.«

Dann reicht Sie mir die Arbeit und sagt: »Ich habe nun eine Nachkorrektur gemacht und muss das Ergebnis leicht nach oben korrigieren. Zwei Fehler hat Ihnen meine Wissenschaftliche Hilfskraft zu Unrecht angestrichen. Sie haben also bestanden. Und jetzt schicken Sie gefälligst den Nächsten rein!«

Ich bin verdattert, murmle einige Male »Danke« und verlasse das Büro.

»Der Nächste, bitte«, sage ich draußen, steige langsam die Treppen des Uni-Hauptgebäudes hinunter und denke über Meisers misanthropische Art der Arbeitsvermeidung nach.

Zu Hause hocke ich mich wieder vor meine Bücher, übermorgen ist die mündliche Prüfung bei Krepp, ich muss mich ranhalten, muss lernen. Gerade versuche ich mir die Amtszeiten der amerikanischen Präsidenten von Anfang an reinzubimsen, aber irgendwo im 19. Jahrhundert scheitere ich immer.

Plötzlich bimmelt das Telefon.

»Hallo?«

»Markus, hier ist Piet, ich grüße dich!«

Es ist mein Vater, den ich aber nicht Papa nennen darf, weil er das reaktionär findet oder mindestens rechtskonservativ. Ich muss Peter sagen. Er nennt sich noch lieber Piet, er findet das lässig.

»Hallo.«

»Ich wollte fragen, wie es dir geht, Markus, ich habe dich tagelang nicht erreicht.«

»Ich bin viel am Lernen.«

»Markus, aber das Studium ist doch eine Zeit, in der du deine Freiheit genießen sollst. Ich überweise dir doch nicht fünfhundert Euro im Monat, damit du stur zu Hause oder in der Bibliothek rumhängst. Die Diskussionsabende mit Freunden haben mir mehr vermittelt als alle Vorlesungen zusammen.«

»Peter, du hast von neunzehnhundertachtundsechzig bis neunzehnhundertsiebenundsiebzig studiert, das ist über dreißig Jahre her.«

»Aber solche Prinzipien ändern sich doch nicht.«

Ich spiele an meinem Handy herum, erst auf »Einstellungen«, dann auf »Audio«, und dann habe ich den Unterpunkt »Rufton« gefunden. Ich drücke den und lasse meinen Klingelton scheppern.

»Was ist das denn?«, fragt mein Vater.

»Du, das ist mein Handy, das ist ein ganz wichtiger Anruf. Ich ruf dich zurück, gell?«

»Ja, tu das. Tschüssikowsky.«

»Ciao.«

Ich lege auf und stelle den Klingelton wieder ab. Kein schlechter Trick, denke ich, um missliebige Anrufer abzuwimmeln, vor allem aber, um mir die Predigten meiner Eltern zu ersparen.

Klar, dass mein Vater achtzehn Semester studieren konnte, ein Job als Lehrer war ihm so gut wie sicher, und wahrscheinlich waren seine Kommilitonen auch weniger strebsam als heute. Er konnte guten Gewissens lange Haare haben und sich einen Schnauzbart stehen lassen, während die Jurastudenten heute oft im Sakko in die Uni kommen.

Ich lege mich aufs Bett und bleibe dort die nächsten zwei Stunden liegen. Hin und wieder versende ich eine SMS. Inhalt: »Hast du Lust, einen Kaffee trinken zu gehen?« Oder: »Wollen wir heute Abend mal was machen?« Oder: »Noch einen kleinen Absacker trinken?«

Doch genauso regelmäßig, wie ich die SMS versende, genauso regelmäßig trudeln die Absagen ein. Daniel ist bei seinen Eltern, Hannes muss lernen, Anna ist nicht da. Ich verschicke immer mehr SMS, und ich ziehe die Kreise der Mittrinker immer größer. Erst schreibe ich alle Bonner Freunde an, doch die schicken alle eine Absage. Dann simse ich an Bonner Bekannte, doch die können auch nicht, oder sie reagieren nicht auf meine kurzen Einladungstexte. Dann schreibe ich irgendwelchen Kommilitonen, deren Nummer ich zufällig habe und denen ich meist noch nie eine SMS gesandt habe. Doch von denen kommen kaum Antworten – vielleicht wissen sie nicht, welcher Markus ihnen gerade schreibt, vielleicht sind sie sich auch unsicher, was ich mit meinen Textchen bezwecke.

Es ist ein eigentümliches Gefühl. Ich liege auf meinem Bett, schreibe SMS und warte nur auf das dürre Antwortfiepen. Besonders aufregend sind immer die drei, vier Sekunden, die sich anfühlen wie zehn oder zwölf, bis die SMS sich öffnet. Dieses SMS-Gefühl, diese Mischung aus Glücklich- und Aufgeregtsein, ist der eigentliche Zweck des SMS-Schreibens. Natürlich geht anrufen schneller, nur konfrontiert ein Anruf den Angerufenen mit etwas: Er muss antworten, spontan und meist unoriginell, doch zumeist irgendwie höflich ausweichend. Eine SMS kennt da eine viel größere »Range«, wie Frau Dr. Meiser im Statistikkurs sagen würde, und genau diese Range durchlebe ich an diesem Spätnachmittag auch. Ganz unten: die, die gar nicht antworten, die Totalverweigerer und Oberignoranten. Fast noch schlimmer sind die, die sofort antworten und dabei solche SMS-Vorlagen benutzen wie »Die Antwort ist NEIN« oder Ähnliches. Die Totalverweigerer geben vielleicht noch Anlass zu der Hoffnung, dass sie gerade in einem Funkloch sind, kein Guthaben mehr auf ihrer Karte haben oder aber sich den Kopf zerbrechen über die originellstmögliche Antwort. Bloß einen Deut besser sind die Leute, die dann Texte schreiben wie »Sorry, muss lernen. LG, B.«, vor allem die Formel »LG« ist, finde ich, eine Beleidigung – wer schon nur einen einzigen Satz schreibt, der sollte zumindest die Größe haben, »Liebe Grüße« drunterzuschreiben. Jedes Bimmeln des Telefons treibt mich in neue emotionale Höhen, in die Erwartung einer zwischenmenschlichen Begegnung. Nach jeder Absage stürze ich ab, und je öfter ich abgeschmettert werde, desto tiefer ist der Absturz. Ein Teufelskreis, denn ich simse immer mehr, und am Ende bin ich glücklich, wenn irgendeine Proseminarkollegin, die ich bis dato doof fand oder hässlich, lieb zurückschreibt und mich fragt, ob ich nicht auf ein Glas Matetee in ihre Wohnküche kommen will. Und dann fahre ich noch los und trinke einen Matetee, der irgendwie nach Zigarre schmeckt und irgendwie auch nach Honig, und wenn ich zurückfahre, ist das Gefühl, allein zu sein und irgendwie auch einsam, noch viel größer geworden. Und das lässt sich nur beheben durch weiteres Simsen, und dann geht alles wieder von vorn los.

Ich bleibe auf dem Bett liegen und höre zu, wie der Regen an die Fenster prasselt. Es regnet mal wieder, und das ist durchaus typisch für Bonn, denn entweder regnet es, oder die Bahnschranken sind runter. Das ließ schon John le Carré in einer Agentenklamotte eine seiner Figuren sagen. Mal kommt nur ein einziger Zug, mal kommen vier oder fünf Züge und man steht und steht und steht und wartet und wartet und wartet, und bisweilen ist man auch mit jener wenig kommoden Situation konfrontiert, dass es just in der Zeit regnet, in der man an der Schranke wartet, oder auch umgekehrt, was aber im Ergebnis keinen Unterschied macht.

Irgendwann schlafe ich ein, denn Schlafen ist das einzige Instrumentarium des Aufschiebens, das während seines Verlaufes keine Gewissensbisse verursacht (es gibt noch ein zweites – Saufen –, aber das braucht gewisse Vorarbeiten, bis die Gewissensbisse nicht mehr spürbar sind). Ich wache kurz auf, ich schwitze, ich ziehe meinen Pullover aus, ich schlafe wieder ein, ich wache wieder auf, mir ist kalt, ich ziehe mir die Bettdecke über den Körper, ich schlafe wieder ein, ich wache auf, denn ich habe geträumt, dass es an der Tür klopft, und in Wirklichkeit klopft es auch, und eine Stimme sagt: »Markus!«

Ich öffne die Augen, schüttle mich kurz, wobei ich weniger den Kopf schüttle als die Augenpartie. Ich brumme irgendwas, und Maja, meine allzeit strebende Mitbewohnerin, streckt den Kopf zur Tür herein.

»Markus, hier ist jemand, der gern zu dir möchte und nicht zu Rudi, was ich erst erwartet hätte.«

Maja öffnet die Tür, und da steht Jasmin. Die Haare kleben ihr am Kopf, die Jacke klebt ihr am Körper, und vorn hat sie den Reißverschluss geöffnet, und ihr nasses weißes T-Shirt ist durchsichtig geworden. Ihr BH schimmert durch, er ist schwarz.

»Hallo«, sage ich.

Sie lächelt mich an, und sie erzählt mir die Räuberpistole, dass sie spazieren gegangen ist, allein, und dass sie in den Regen gekommen ist und dass sie nun überall nass ist. »Üüüü-beralllI«, sagt sie, mit langem Ü und vollem L, bei dem die Zunge im Mund hin- und herschwingt. Natürlich glaube ich ihr die Geschichte, weil ich sie glauben will, weil ich einsam bin an diesem Abend und weil ich gut erfundene Geschichten gern glaube.

Sie fragt mich also, ob sie sich schnell duschen kann bei mir, und ich stimme zu, natürlich, gebe ihr ein riesiges weißes Handtuch, das Rudi mir mal aus einem Hotel mitgebracht hat, als großzügige Geste, und Jasmin lässt ihre Kleider fallen und geht ins Bad, nur mit Unterwäsche bekleidet, und ihre Haut schimmert ein wenig im Licht des Flures, so als ob ein dünner Film aus Millionen winziger Tröpfchen eine kalte Schutzschicht auf ihrer Haut bildet.

Ich höre, wie sie die kleine Schiebetür zur Duschkabine aufschiebt, ich ordne mein Haar und wische mir über das Gesicht, so wie es Anna auch immer tut, und irgendwie bin ich zu perplex, um irgendetwas zu tun, außer mich auf die Bettkante zu setzen.

Ich sitze da und will schon die Beine baumeln lassen, doch dann stelle ich sie auf dem Boden ab.

Und dann kommt Jasmin aus der Dusche, und sie steht da in meinem Zimmer, sie trieft genauso wie zehn Minuten vorher, nur riecht sie jetzt so wunderbar nach Seife und dem Mandelduschgel vom Discounter. Sie fragt, ob ich sie abtrocknen könne, und als ich den Kopf schüttle, wirft sie das Handtuch von sich, tritt an mein Bett und schlingt die Arme um mich. Ich verkrampfe innerlich, die Schultern ziehen sich zusammen und verspannen sich, die Arme kleben am Körper, und sie umarmt mich, sie ist erhitzt, aber der Film des Wassers auf ihrem Körper ist trotzdem kalt, und das fühlt sich eigentümlich an und gut.

Anna schwebt mir durch den Kopf und die Szene auf der Komparatistenparty. Ich bin hin- und hergerissen zwischen Einsamkeit und Erregung, zwischen Lust und Abscheu, zwischen Willen und Nichtwillen.

Doch dann schüttelt es mich. »Weg«, krächze ich nur, »bitte, geh weg!« Und ich hebe die Schultern, während meine Hände noch immer an den Hüften festkleben.

Sie lässt mich los und starrt mich verwundert an. Fast kindlich sieht sie aus, ihre Augen sind so groß wie die eines kleinen

Mädchens, und sie guckt aufrichtig ratlos, als hätte ich etwas getan, das sie überrascht hätte, ganz und gar.

»Bitte, geh!«, sage ich. »Bitte, geh!« Meine Stimme wird lauter und flehender, und in diesem Wunsch liegt das ganze Drama meines Studentendaseins verborgen: meine Showexistenz, in der ich erwachsener tun muss als ich bin, weil alle anderen es so erwarten. Die Existenz meiner Liebe, die mich doch irgendwie auffrisst, weil ich den Zwang kenne, mich zu verlieben und hoffentlich auf immer und ewig verliebt zu bleiben.

Jasmin schaut mich an, streift den Slip über die Scham, zieht den BH an, dann die nasse Hose, das nasse Oberteil, die nasse Jacke. Sie sieht genauso aus wie vor einer halben Stunde, als sie kam. Sie geht grußlos, knallt die Tür zu.

Ich lege mich ins Bett, und um mich herum scheint sich alles zu drehen. Ich fühle mich wie im Vollrausch, aber wie in einem Vollrausch, in dem die Großkotzigkeit der ersten sieben Biere schon ersetzt wurde durch die Kotzübelkeit der letzten vier Gin Tonic. Alles dreht sich, und ich bin mir nicht sicher, ob ich Jasmin nun doof finden soll, die Welt schlecht oder mich unsouverän.

Kapitel 13

Es schrillt an der Tür, dreimal kurz, dann dreimal lang. Ich wache auf. Ich falle aus dem Bett, wer, um Gottes willen, klingelt mitten in der Nacht? Das muss ein Notfall sein, ein schlimmer, vielleicht hat Rudi einen Herzinfarkt bekommen oder Maja den Nobelpreis, ich reiße die Tür meines Zimmers auf, gehe zur Wohnungstür, hebe den Hörer von der Gegensprechanlage.

»Ja?«

»Post, hier ist ein Paket für Frau Maja Bäumer.«

»Verarschen kann ich mich selber, es ist mitten in der Nacht.«

Am anderen Ende ist es still.

Dann: »Wieso? Es ist zwanzig vor zehn, wir kommen immer um die Zeit.«

Drei seiner Worte treffen mich wie ein Blitzschlag.

»Zwanzig vor zehn?«

»Ja, kommen Sie jetzt runter?«

Ich lasse den Hörer der Gegensprechanlage fallen, renne in mein Zimmer und schaue auf den Wecker. Tatsächlich, es ist zwanzig vor zehn, mir schießt Blut in den Kopf, meine Schläfen bollern vor Wärme und Hitze, und durch meinen Kopf dröhnt nur ein einziges Wort: »Scheiße!«

Um zehn Uhr muss ich zur mündlichen Prüfung antreten bei Privatdozent Dr. Wolfgang Krepp, M. A. Um zehn Uhr! In zwanzig Minuten! Scheiße!

Das Wort »Scheiße« hallt mir immer lauter durch den Kopf, immer häufiger, eine Silbe nach der anderen, immer schneller, eine Fuge mit Crescendo, wenn ich »ße« höre, ertönt schon das nächste »Schei«. Ich plumpse kurz aufs Bett, schaue auf den Wecker. Achtzehn Minuten vor zehn. Soll ich anrufen und mich krank melden? Oder soll ich's noch versuchen? Ich springe auf, reiße mir das T-Shirt und die Boxershorts vom Leib und renne nackt über den Flur, drücke die Klinke des Badezimmers.

Die Tür ist abgeschlossen.

Ich rattere mit der Türklinke.

»Hallo? Wer ist da drin?«

Keine Antwort, nur eine Dusche rauscht.

Ich klopfe mit den Knöcheln an die Tür.

»Hallo?«

Wieder keine Antwort, nur ein tiefes Brummen, das Verärgerung anzeigt, dann das Kichern einer Frauenstimme.

»Haaaalooo? Ich muss zu einer Prüfung, bist du's, Rudi? Lass mich bitte schnell rein!«

Ich hämmere mit der Faust gegen die Badezimmertür.

»Jetzt nicht!«, höre ich Rudis Stimme durch die Tür sagen. »Halbe Stunde, ja?«

Wieder lautes Kichern einer Frauenstimme.

Die Fuge mit dem Wort »Scheiße« in meinem Kopf setzt wieder ein, immer schneller, immer lauter.

Ich schlage mit den Knöcheln an die Tür.

Plötzlich sagt eine Frau: »Wirklich penetrant, dein Mitbewohner!« Und ich höre, wie jemand die Dusche voll aufdreht und die Tropfen laut gegen die Schiebetür aus Plastik trommeln.

Ich renne zurück in mein Zimmer, schaue mich in der leicht spiegelnden Fensterscheibe an. Die Haare stehen mir zu Berge, ich spucke in die Hand und versuche, die Haare damit glatt zu bekommen.

Ich bekomme eine Glatze, und ich stinke.

Ich nehme die Jeans von gestern, die Socken von gestern, frische Boxershorts und ein frisches weißes T-Shirt, ziehe es mir über und darüber ein rosa Poloshirt, vielleicht sieht das seriöser aus, als wenn ich nur im T-Shirt komme, und irgendwo in meinem Zimmer müssen doch noch die schwarzen Schuhe stehen, die ich anziehen kann, damit ich etwas seriöser wirke, als wenn ich die Chucks trage oder die Sambas. Doch ich sehe die Schuhe nicht, also springe ich in die Chucks, die abgelatscht aussehen. Es ist zwölf vor zehn, um zehn muss ich da sein, um zehn geht die Prüfung los. Ich renne die Treppe hinunter, vom vierten Stock ganz nach unten, ich renne den Postboten fast um, der die Treppe emporächzt, und ich bin draußen.

Ich springe auf mein Fahrrad, die neue Fuge in meinem Kopf heißt »Zehn-Uhr-zehn-Uhr-zehn-Uhr«. Doch als ich auf der Adenauerallee stehe, spüre ich, dass ich nicht weiterfahren kann: Das Hinterrad hat einen Platten.

Warum muss das ausgerechnet jetzt passieren?

Warum?

Zum hundertneunzigsten Mal an diesem Morgen dröhnt mir das Wort »Scheiße« durch den Kopf, und die Fuge weicht einem harten, monotonen Rap: »Schei-ße – Schei-ße – Schei-ße«, untermalt von den dröhnenden Beats meines Pulses.

Ich springe vom Fahrrad, befühle den Reifen des Hinterrades, der so schlaff ist wie nasse Wäsche auf der Leine bei Windstille. Damit komme ich keine fünf Meter weit.

Ich schaue auf die Uhr, es ist neun Minuten vor zehn, zu Fuß brauche ich sicher zwanzig Minuten. Was nun?

Ich schaue mich um, und plötzlich sehe ich auf der anderen Straßenseite eine elfenbeinfarbene E-Klasse die Adenauerallee hinunterfahren, auf dem Dach ein kleines Schild in Form eines Warentrenners an der Supermarktkasse: ein Taxi.

Ich reiße den rechten Arm hoch, schiebe den Zeigefinger heraus, wedle mit beiden Armen. Mein Fahrrad fällt um.

Gott sei Dank – der Taxifahrer sieht mich. Er hält an, ich renne über die Straße, ein Opel Astra bremst und hupt wild, ich reiße die Tür des Taxis auf und werfe mich auf den Beifahrersitz.

»Ganz schnell, bitte«, japse ich, »ganz schnell zum Uni-Hauptgebäude.«

»Ach ja, da hab ich auch acht Jahre lang studiert, aber so eilig hatte ich es nie«, sagt der Taxifahrer.

Er stellt keine Fragen mehr, blinkt links, macht einen U-Turn auf der Straße und wechselt dann auf die linke Spur, er schießt die Adenauerallee hoch, die Beschleunigung presst mich in den Sitz, der Taxifahrer nimmt eine Ampel bei Dunkelorange und düst weiter.

»Prüfung?«, fragt er dann.

»Ja, um zehn.« Ich atme noch immer schwer.

»Und welches Fach?«

»Politik.«

»Und bei wem?«

»Krepp.«

»O Gott«, ruft der Taxifahrer, »gibt's den immer noch? Ich dachte, der müsste doch längst mal irgendwo auf einer Professur sein.«

Ich schaue auf die Uhr: fünf vor zehn. Eigentlich finde ich es extrem albern, mit dem Taxi in die Uni zu fahren, aber heute bin ich einfach nur froh, so froh.

Der monotone Rap in meinem Kopf wird allmählich leiser.

Um zwei vor zehn hält der Taxifahrer kurz vorm Koblenzer Tor, rechts vom Uni-Hauptgebäude.

»Acht Euro zehn«, sagt er. Ich greife in die Hosentasche, dorthin, wo eigentlich mein Portemonnaie sitzt, doch die Tasche ist leer.

»Scheiße!«, rufe ich. »Ich hab mein Geld vergessen!«

Der Taxifahrer grinst erst säuerlich, dann lächelt er. »Komm, is okay«, sagt er, »mach 'ne gute Prüfung.«

»Danke, Politikwissenschaftler halten zusammen«, sage ich, beglückt von so viel Warmherzigkeit, und springe aus dem Wagen.

»Hoch die internationale Solidarität!«, ruft der Taxifahrer.

Ich renne durch den Hofgarten, reiße die Tür der Uni auf und stürme in den zweiten Stock zum Institut für Politik und Politische Philosophie. Rechts neben dem Geschäftszimmer ist das Büro von PD Dr. Wolfgang Krepp, M. A.

Ich blicke auf die Uhr, und es ist unmöglich zu erkennen, ob es nun eine Minute vor zehn ist oder zehn. Ich atme durch.

Zwei Mädchen sitzen vor dem Zimmer, die eine trägt enge Jeans, Riemchensandalen und ein enges Oberteil, das den Ansatz ihrer Brüste sichtbar macht, die andere trägt ein Kostüm mit Fischgrätmuster, hochgeschlossen und seriös, nur die Strumpfhose ist etwas zu grobmaschig, und der Rock ist mit einer Sicherheitsnadel ungeschickt um zwei oder drei Zentimeter gekürzt worden.

»Ist hier die Prüfung von Krepp?«, frage ich.

»Ja«, sagt die im Fischgrätkostüm, »bist du um zehn Uhr dran? Wir dachten schon, du kommst nicht mehr. Wir sind um Viertel nach zehn und um halb elf dran.«

»Jaja«, murmle ich und spare mir den Rest.

Eigentlich bin ich gut vorbereitet, eigentlich weiß ich alles auf Knopfdruck, und auch wenn ich kein Dampfplauderer bin, so habe ich zumindest keine Kieksstimme und auch keine Flirtlücke zwischen den Zähnen, durch die ich Privatdozent Krepp anspucken könnte, und auch keinen Lispelfehler. Und doch habe ich das Gefühl, dass ich in dieser Prüfung versagen könnte. Wer einmal von der Prüfungsangst geschwängert wurde, kann sich der Panik nicht entziehen. Ich bin verängstigt, verschüchtert und leider auch noch verliebt – und das alles zusammen ist eine denkbar miese Voraussetzung für Erfolg an der Universität.

Außerdem gibt es immer Typen wie die beiden Mädchen, die aus nachvollziehbaren Gründen in mündlichen Prüfungen stets mehr Erfolg haben als andere. *Display your assets* – von diesem Ratschlag habe ich bereits am Anfang meiner Uni-Zeit gehört. Irgendwie kommt die Taktik, sich selbst aufzusexen, ja durchaus aus der Welt des Werbens und Verkaufens, aus der sich auch andere Kommilitonen ihre Erfolgsstrategien entlehnen. *Door in the face* nennt der Chekka sein Vorgehen, den Professor möglichst von der ersten Minute an mit einem Schwall von Wörtern zu übergießen. »Du bist so wichtig, Prof« ist dagegen die Taktik jener Professoren-Groupies, die im seriösen Fischgrätkostümchen zur Prüfung kommen, sich aber drei Minuten vorher noch mal die Lippen grellrot nachziehen und vorher den Rock mit der Sicherheitsnadel hochstecken. Sie folgen in etwa dem biblischen Motto »Wer sich selbst erniedrigt, der wird erhöht werden« und fragen den Professor sofort nach seiner Meinung, nicken eifrig und fassen seine Ergebnisse mit völlig anderen Worten zusammen. Damit geben sie dem Wissenschaftler das Gefühl, dass vor ihm nicht nur eine interessierte Studentin sitzt, sondern noch dazu eine, die den Stoff tatsächlich verstanden hat und dabei sogar das Abstraktionsniveau, wenn auch nicht den Wortschatz des Professors erreicht. Das leichte Unbehagen des Wissenschaftlers am Ende der Prüfung, er habe vielleicht doch zu viel geredet, äußert sich dann immer darin, dass die junge Dame eine 1,3 bekommt und keine 1,0, was sie aber nicht weiter stört, denn diese Note liegt immer noch deutlich über jener, die sie erwartet hat und erwarten konnte.

Plötzlich öffnet sich die Tür, und ein Prüfling kommt aus dem Zimmer heraus.

Krepp kommt hinterher, nickt freundlich und sagt: »Herr Markus Rüttgers, bitte.«

Ich reiche ihm die Hand, er quetscht sie mit seinen wabbeligen Fingern, ich mache einen Diener, das kommt bei Krepp gut an, und bei ihm ist es auch egal, wenn er auf diese Weise sieht, dass mein Haar oben nicht mehr ganz voll ist.

»Kommen Sie rein.«

Ich schaue Krepp ins Gesicht und glaube wahrzunehmen, dass er leicht mit den Nasenflügeln zittert – vielleicht weil ich so stinke, vielleicht aber auch nicht. Er weist auf einen der Schemel, die vor seinem Schreibtisch stehen. »Bitte.«

Ich nehme Platz, und Krepp stellt mir eine Frage zur Propädeutik, zur Technik des Arbeitens, das gehört dazu in diesen Prüfungen, er fragt nach der amerikanischen Zitierweise in politikwissenschaftlichen Büchern und nach der in den deutschen Büchern, ich beantworte die Fragen, und ich habe das Gefühl, von Antwort zu Antwort ruhiger zu werden. Der Zehn-Uhr-Rap in meinem Kopf wird immer leiser, Fade-out. Krepp fragt noch was zu den philosophischen Grundzügen des Neokonservativismus, zum außenpolitischen Isolationismus und dazu, wie Joschka Fischer, den Krepp »Joseph Fischer« nennt, sich gegenüber den Neocons positioniert. Dann blickt er auf die Uhr und sagt: »Vielen Dank, das war ganz gut, die Zeit ist jetzt vorbei, ich denke, das ist eine glatte Zwei, eine Zwei Komma null, die haben Sie sich redlich verdient.«

Ich lächle ihn an. Damit hätte ich nie gerechnet. Er reicht mir die Hand. Diesmal blicke ich ihm ins Gesicht.

»Auf Wiederschauen«, sagt er. »Im kommenden Semester bin ich als Lehrstuhlvertreter an der Universität zu Köln, aber ich werde hier trotzdem eine Vorlesung halten.«

Ich nicke. Frau Asset und Frau Fischgrät schauen mich fragend an, als ich aus dem Zimmer komme. Krepp sagt: »Frau Barbara Clauditz, kommen Sie bitte!«

Ich verlasse das Institut und steige die Treppen des Hauptgebäudes hinunter.

Die ersten drei, vier Stufen kommen mir noch schwer vor, die nächsten werden etwas leichter, und als ich das Erdgeschoss erreiche, fühlen sich meine Beine so wunderbar leicht an.

Ich schlage die schwere Holztür auf und stehe plötzlich auf der Hofgartenwiese. Es ist warm, der Himmel sieht aus wie von Photoshop gemacht, und unter der Laterne, genau dort, wo ich sie morgens um fünf schon einmal getroffen habe, steht Anna und blickt mir entgegen.

Sie kommt einen Schritt auf mich zu und lächelt.

»Markus, wie war's?«

»Gut, eine glatte Zwei«, sage ich.

Sie lächelt wieder und streicht mir mit der linken Hand über den rechten Oberarm.

»Was machst du hier?«, frage ich.

»Ich war neugierig. Ich wollte wissen, welches Ergebnis du hast.«

Sie sagt »ich«, »ich«, dieses Wort, das sie sonst nie gebraucht. Und sie ist meinetwegen gekommen.

Ich schaue sie an, und sie merkt bestimmt, dass ich mich wundere: über sie, über ihre Anwesenheit und über das »ich« in ihren Sätzen.

»Gehen wir einen Kaffee trinken«, schlägt sie vor.

Wir schlendern durch die Stadt, holen uns bei McDonald's am Friedensplatz einen Cappuccino classico für einen Euro, mäandern zum Rhein und setzen uns dort auf eine Bank.

Anna und ich sitzen einfach da. Ich denke noch immer, dass ich stinke nach diesem Morgen, doch derzeit rieche ich nicht mich, sondern die Luft eines Bonner Sommertages am Rhein, und diese Eindrücke sind so kitschig, dass ich sie kaum zu denken wage. Es riecht nach frisch gemähtem Gras, nach dem Holz der feuchten Bank, auf der wir sitzen, nach den Bäumen, und immer wenn ein Schiff vorbeifährt, scheint es nach dem Schiff zu riechen, nach Öl und Kohle und Rotterdam. Manchmal weht der Wind mir eine Strähne von Annas ungekämmtem Haar ins Gesicht. Die Haare kitzeln mich in der Nase, fast muss ich niesen, und plötzlich legt mir Anna den Kopf auf die Schulter, und so ein Kopf ist viel schwerer, als ich jemals gedacht hätte.

»Danke«, sagt sie plötzlich, »danke.«

Ich weiß nicht, was ich tun soll, weil die Situation so anders ist als Kuscheln im Suff oder in der Disco, und so sitze ich da und schweige. Ich traue mich nicht einmal, sie anzusehen, sondern ich schaue geradeaus, auf den Rhein, auf die Frachter, und irgendwann sage ich zu ihr, dass ich gern mal mit ihr auf einem solchen Frachter führe, bis ans Meer, nur wir beide, doch sie antwortet nicht, ich spüre nur das Gewicht ihres Kopfes und die Last meiner Unsicherheit. Ich habe ausgesprochen, was ich nie aussprechen wollte, aber gesagt ist gesagt. Ich genieße unser Schweigen und denke vor mich hin.

Plötzlich hebt sie den Kopf und gibt mir einen schnellen Kuss auf den Mund, für den Bruchteil einer Sekunde nur, und legt den Kopf dann wieder an meine Schulter. Ich streiche ihr mit der Hand über den Oberarm, und irgendwann greife ich mit der Hand in ihre Strähnen und drehe meine Hand dort ein. Ihr schwarzes Haar ist dicht und voll und ungekämmt, ein bisschen fusselig, und wenn ich ihr durch die Haare streiche, habe ich Angst, dass ich ihr so wehtue, wie es beim Kämmen manchmal wehtut. Hin und wieder streife ich ihr Ohrläppchen, und dann schnauft sie etwas.

Wir sitzen da, sicher eine Stunde oder zwei, und keiner von uns sagt etwas. Plötzlich fängt sie an etwas zu summen, erst leise, dann etwas lauter, ich kenne die Melodie, und plötzlich fängt sie an zu singen, ganz leise, sodass es wohl niemand außerhalb eines Umkreises von einem Meter hören kann: »This is the first day of my life, I'm glad I didn't die before I met you. Now I don't care, I could go anywhere with you, and I'd probably be happy.« Ihre Stimme überschlägt sich ein bisschen, sie singt einen halben Ton zu hoch, und als ich ihr einen Kuss gebe auf die Stelle zwischen Ohrläppchen und Kinn, stockt sie kurz, und dann summt sie weiter und weiter und weiter und weiter.

Und weiter.

Es ist halb fünf oder halb sechs Uhr morgens als ich aufwache, ich kann die kleinen leuchtenden Punkte auf Annas Wecker nicht genau erkennen. Ich bin nackt, und meinen Rücken überzieht eine Gänsehaut. Neben mir liegt Anna, und ihre Augenlider beben beim Schlafen. Sie hat sich eingerollt in die Decke, in ihre einzige Decke, und ich liege draußen. Sie schnauft leise, und ihr Gesicht ist vollkommen ausdruckslos. Ich schaue sie an und finde es schön, sie aus der Entfernung von zwei Handbreit anschauen zu können. Mir fehlt jeglicher Ausdruck sie zu beschreiben, denn alle Ausdrücke sind verbraucht, abgenutzt und in unerträglichem Maß unzutreffend. Sie sieht nicht aus wie ein Engel, sie sieht auch nicht friedlich aus, schon gar nicht wie ein Pferd, ein Welpe oder eine Katze. Sie schnauft leise, ein Schnaufen, das im Alter gern zum Schnarchen wird, und jedes Schnaufen bläht ihr vollkommen wirres Haar ein Stück nach oben und senkt sich dann nach unten.

Es ist dieses Haar, das mir auf der Bank am Rhein ins Gesicht wehte, das Haar, das mir später über die Brust strich, als sie über mir zusammenfiel, und das sich mir dann wie ein Tuch um den Hals legte, als sie auf mir liegen blieb.

Ich blicke auf die Falte, die ich an meinem ersten Uni-Tag bereits sah, auf ihr Gesicht, über das sie sich immer wieder wischt, und ich hebe die Hand und berühre ihre Wange. Sie schlägt kurz die Augen auf, öffnet die Decke und zieht mich mit einem Arm an sich. Sie sagt nichts, aber ihr Körper ist warm, und ich fühle mich geborgen bei ihr. Sie riecht gut. Es muss drei oder vier Stunden her sein, da hat sie mir gesagt, dass sie mich liebt, sie hat gesagt: »*Ich* liebe dich.« Und sie hat das »Ich« ganz stark betont, viel stärker als das »dich«, sie hat es einen Halbton höher gesprochen, doch genau das hat mich so gefreut.

Ich spüre ihren warmen Körper, und ich spüre, wie mich eine wohlige Mattigkeit durchdringt und ich einschlafe.

Einige Stunden später bringt sie zwei Tassen Kaffee ans Bett, ihren schwarz, meinen mit ganz viel heißer Milch. Unter ihrer Achsel klemmt ein großer Briefumschlag. Sie reicht mir den Kaffee, zieht ein Blatt aus dem Umschlag und hält es mir hin.

»Lies selbst!«

Auf dem Zettel prangt ein großes Wappen mit einer Fackel. »New York University« steht darunter, und im Betreff steht vor einem großen Ausrufezeichen der Satz: »Welcome to New York University!«

»Der Brief kam gestern, ich bin im Nachrückverfahren für ein Jahr Studium in New York ausgewählt worden.«

»Und?«

»New York – davon träume ich schon lange.«

»Wann geht's los?«

»Am ersten August.«

»Das ist in drei Wochen.«

»Ja.«

»Und wohin gehen wir?«

»Immer nach Hause.«

Ich lege den Brief zur Seite und nehme einen tiefen Schluck Kaffee.

Dann sagt sie: »Lass uns drei wunderbare Wochen erleben, Markus.«

Und dann küsst sie mich, ganz plötzlich, und ich lasse die Kaffeetasse los. Sie fällt zu Boden und zerspringt dort krachend.

Nachwort

Eine Zeitschrift wanderte durch die Reihen des großen Hörsaals im Bonner Juridicum, von der Mitte der Reihe nach vorn rechts, zu einer gelockten Frau, die mit dicken Moonboots in der Juravorlesung saß. Jemand tippte auf eine Zeile in der Zeitschrift, die Frau mit den Moonboots las den Text – und plötzlich ertönte ein Schrei durch den ganzen Hörsaal: »Der!! Mit dem werde ich ein Hühnchen rupfen!«

»Der«, das war ich. Und die Frau mit den Moonboots hatte gerade etwas über die Frau mit den Moonboots gelesen – über sich selbst, geschrieben von mir in meiner Kolumne »Das Bonn-Log«. Ein Jahr lang protokollierte ich meine ersten beiden Semester als Student in Bonn im »UniSPIEGEL«, dem Studentenmagazin des »SPIEGELs«. Ich berichtete über gute Partys und über langweilige Seminare. Ich legte offen, wie ich lernte, wie ich feierte, wie ich flirtete. Ich erzählte vom Stipendien-Casting in der Provinz genauso wie vom peinlichsten Anbagger-Versuch aller Zeiten. Manches von dem, was ich im »Bonn-Log« beschrieb, greife ich auch in diesem Roman auf.

Doch während das »Bonn-Log« ein authentisches, wenn auch zugespitzt formuliertes Tagebuch war, ist der *Uni-Roman* das, was er ist, und das, was der Titel aussagt: ein Roman, eine Erzählung, die meiner Erfindungsgabe geschuldet ist. Dieses Buch ist, allen »Bonn-Log«-Einträgen zum Trotz, durch »ausschweifende Einbildungskraft eines hungrigen Poeten« entstanden, wie Lenz in seinem »Hofmeister« schreibt. Der *Uni-Roman* ist kein autobiographisches Buch. Er ist aber auch kein Schlüsselroman. Ähnlichkeiten der Figuren mit wirklichen Personen sind zufällig, zumindest unabsichtlich. Dennoch wird sich der ein oder andere wiederfinden, fast nie zu Recht, meist zu Unrecht. Als ich in einer »Bonn-Log«-Folge den »Chekka« einführte, einen nervtötenden, besserwisserischen Kommilitonen, eine Person, die es wirklich gab – und die auch in diesem

Buch an der ein oder anderen Stelle, ganz anders freilich, vorkommt –, sprachen mich drei oder vier Leute an: »Bin ich der Chekka?« Jeder von ihnen fühlte sich erkannt und ertappt, doch keiner war es. Ob der richtige »Chekka« meine Zeilen jemals gelesen hat? Ich weiß es nicht. Wer sich also freut, dass er zur Romanfigur geworden ist, den muss ich enttäuschen. Und wer sich ärgert, den kann ich beruhigen. Denn dieses Buch ist nicht mehr und nicht weniger als eine Liebeserklärung. An Bonn, an die Universität, an ihre Bewohner und Bewohnerinnen, an den ganz normalen Wahnsinn des Alltags und an eine Zeit, die so aufregend und verwirrend ist wie wohl kaum eine Zeit früher oder später.

Dass die handelnden Personen an jeder deutschen Universität lernen und lehren könnten, ist offensichtlich. Alles andere wäre auch schlimm. Martin Walser hat das in den »Ehen in Philippsburg« erhaben ausgedrückt: »Der Roman enthält nicht ein einziges Porträt irgendeines bestimmten Zeitgenossen, aber es ist die Hoffnung des Verfassers, er sei Zeitgenosse genug, dass seine von der Wirklichkeit ermöglichten Erfindungen den oder jenen wie eigene Erfahrungen anmuten.«

Das soll auch für den *Uni-Roman* gelten.

Danksagung

Studieren macht Spaß, und ich möchte mich daher herzlich bei meinen Freunden in Bonn, der Universität und insbesondere sechs Hochschullehrern bedanken – sie selbst wissen, wer gemeint ist; sie alle haben mich sehr bereichert.

Namentlich danke ich meinen Eltern Marianne und Thomas Hartung für alles, was ich ihnen zu verdanken habe. Ich danke meinen Freunden Johanna Aichele, Fritz Breithaupt, Mareike Glöß, Vanessa Morlock und Antonia Ruppel für Bestärkung und Kritik, für Lob und Verbesserungsvorschläge. Ich danke meinem Agenten Ernst Piper für viele gute Gespräche. Ich danke meinen Lektorinnen Ulrike Bürgel und Michaela Kenklies für die Betreuung. Ich danke Per Hinrichs und Jochen Leffers vom »SPIEGEL« für das »Bonn-Log«. Und ich danke Thomas Kerstan von der »ZEIT« für alles, was er angeschoben hat.

Ich widme dieses Buch allen Studenten in Deutschland. Nicht nur denen, denen es so geht wie mir. Sondern auch allen anderen.

Thommie Bayer

Spatz in der Hand

Roman. 256 Seiten. Serie Piper

Eine heiße Sommernacht in einem Hotel: Hierher hat sich Sabine, eine attraktive Mittdreißigerin, nach einem Streit mit ihrem Mann zurückgezogen. Da fällt ihr Blick in ein anderes Hotelzimmer, wo sie einen Fremden entdeckt. Aus einer Laune heraus nimmt sie telefonisch zu ihm Kontakt auf, und er läßt sich auf das Geplänkel ein. Schon bald wird mehr daraus, aber noch ahnt er nicht, daß am nächsten Morgen ein überraschendes Treffen auf ihn wartet …

»Eine zarte, freche, melancholische Liebesgeschichte. Man verschlingt diesen Spatz in der Hand.«

Stuttgarter Zeitung

05/2083/01/L

Jakob Hein

Formen menschlichen Zusammenlebens

160 Seiten mit 30 Farbfotos des Autors. Serie Piper

Schon mit zwölf, als er noch mit Taschenlampe unter der Bettdecke gelesen hat, wollte Jakob Hein nach Amerika, in die Heimat dicker Burger und schlechter Biere. Vom real date bis zum blind date, von New York nach San Francisco studiert er zwei Jahrzehnte später amerikanische Kühlschrankinhalte, Mitbewohner und die merkwürdigsten Formen menschlichen Zusammenlebens.

»Jakob Hein weiß, daß die Verteidigung der Naivität seine einzige Chance ist und den Charme seiner Prosa ausmacht. Er erzählt leicht, locker und mit Sinn für Skurrilität.«

Frankfurter Allgemeine Zeitung

05/1854/01/R

Annette Pehnt

Ich muß los

Roman. 125 Seiten. Serie Piper

»Dorst schob seinen Einkaufswagen von hinten sachte in Elners Hüfte. Elner drehte sich um, in der Hand eine frostige Spinatpackung. Ach nein, sagte sie und ließ den Spinat sinken. Der spanische Sekt ist im Sonderangebot, sagte Dorst, legte den Kopf schräg und wartete.« Unergründlich und scheu ist er, der Held in Annette Pehnts kraftvollem erstem Roman. Er läuft in den schwarzen Anzügen seines toten Vaters herum, erzählt als selbsternannter Reiseführer von Limonadebrunnen und Honigfrauen. Seine Phantasie ist grenzenlos, die Nähe zu anderen nicht. Vor allem nicht die zu seiner Mutter und ihrem neuen Freund. Erst als Dorst die junge Elner trifft, scheinen seine Zurückhaltung und seine Rastlosigkeit ein Ende zu finden. Lakonie und leiser Humor vereinen sich in Annette Pehnts Roman zu einer traurig-schönen Geschichte über einen jungen Mann und seine Verbindung zur Welt.

05/1511/01/L

Maarten 't Hart

Die Sonnenuhr

Roman. Aus dem Niederländischen von Marianne Holberg. 336 Seiten. Serie Piper

Leonie Kuyper führt ein bescheidenes Leben als Übersetzerin – bis ihre beste Freundin Roos, die Laborantin mit den knallroten, superlangen Fingernägeln, an einem Sonnenstich stirbt. Roos hat sie zur Alleinerbin bestimmt, allerdings unter einer Bedingung: Daß sie für die drei geliebten Katzen sorgt und in ihr Appartment zieht! Als Leonie sich auf diesen Deal einläßt, entdeckt sie nach und nach verwirrende Geheimnisse im Leben ihrer Freundin. Maarten 't Hart, der große Erzähler und Meister witziger Dialoge, hat einen komischen und höchst spannenden Roman geschrieben.

»Maarten 't Hart, ein wunderbar altmodischer Erzähler, offenbart in diesem Krimibubenstück lustvoll seine komödiantische Seite.«
Der Spiegel

05/2042/01/R